# 西北大学英烈故事十五讲

西北大学西北联大与大学文化研究院 编

主编／姚远
副主编／伍小东　陈中奇

本书为陕西省教育科学"十四五"规划课题"西北联大红色元素挖掘及其育人路径研究"（SGH21Y0071）

西北大学出版社
·西安·

## 图书在版编目(CIP)数据

西北大学英烈故事十五讲 / 姚远主编. —西安：西北大学出版社，2022.10
ISBN 978-7-5604-5029-2

Ⅰ.①西… Ⅱ.①姚… Ⅲ.①革命故事—作品集—中国 Ⅳ.①I247.81

中国版本图书馆 CIP 数据核字(2022)第 186678 号

## 西北大学英烈故事十五讲
XIBEI DAXUE YINGLIE GUSHI SHIWU JIANG

主　编　姚　远

出版发行　西北大学出版社
(西北大学校内　邮编：710069　电话：029-88302621　88303593)
http://nwupress.nwu.edu.cn　　E-mail：xdpress@nwu.edu.cn

| | | |
|---|---|---|
| 经　销 | 全国新华书店 |
| 印　刷 | 西安华新彩印有限责任公司 |
| 开　本 | 787 毫米×1092 毫米　1/16 |
| 印　张 | 14.5 |
| 版　次 | 2022 年 10 月第 1 版 |
| 印　次 | 2022 年 10 月第 1 次印刷 |
| 字　数 | 252 千字 |
| 书　号 | ISBN 978-7-5604-5029-2 |
| 定　价 | 68.00 元 |

本版图书如有印装质量问题，请拨打 029-88302966 予以调换。

## 西北大学校史编纂顾问委员会

主 任 张岂之
委 员 （以姓氏笔画为序）
　　　王忠民　方光华　乔学光　孙　勇　李军锋
　　　张　炜　陈宗兴　郝克刚　董丁诚


## 西北大学校史编纂委员会

主 任 王亚杰　郭立宏
副主任 张　清　常　江　吴振磊　田明纲
委 员 （以姓氏笔画为序）
　　　马　来　马向科　王旭州　王根教　刘　丰
　　　刘　杰　刘舜康　杨　涛（校庆办）　杨春德
　　　杨德生　汪　涛（规划与学科处）　周　超
　　　姚　远　姚聪莉　崔云水　崔延力　梁星亮
　　　韩志斌　熊晓芬

# 序

天地英雄气，千秋尚凛然。英雄是民族精神的集中体现，是国家历史的重要来源。在中国共产党领导人民从站起来、富起来到强起来的伟大飞跃中，处处都有气壮山河的英雄史诗，处处都有凯歌以行的英风浩气。西北大学诞生于近现代中国危难深重、救亡图存的风云激荡中，在追求民族独立、人民解放和国家富强、人民幸福的壮阔历程中，涌现出许多平凡而伟大的英雄人物，形成了丰厚的红色文化积淀和光荣的革命传统。

翻开历史画卷，自诞生之日起，西北大学一直是民族图强与进步的沃土。1902年陕西巡抚升允给慈禧太后和光绪皇帝的奏折中写道："盖得人斯能为政，而兴学始克育才"，建议开办陕西大学堂，光绪皇帝有"著即督饬，认真办理，务收兴学实效"的朱批。自此，"兴学图强、报以国华"的种子就在西北大学扎根生长。1927年1月，国民军联合总司令部在苏联顾问和中国共产党的倡议下，决定收束西北大学，筹办西安中山学院。学院以培养"指导农民运动，办理党务及军队中政治工作人才""妇女运动模范人才"为办学宗旨，建立中共党、团组织，刘伯坚、邓小平等先后来校讲学。学院既是共产党人的战斗堡垒，又是锻炼和造就革命军政人才的熔炉，为早期的革命培养了一大批政治工作人才，走出了"陕北共产党奠基人"李子洲、首任院长刘含初、红二十九军军长陈浅伦、杨虎城将军夫人谢葆真等一批革命英烈。

在各个历史时期，无论办学条件多么艰困，西北大学始终将自身的发展与民族的兴衰荣辱紧密相连，"兴学图强"的爱国情怀深深根植在西大人的传统之中，"爱党爱国、追求进步"的红色基因深深融入西大人的血脉之中。据统计，西北大学各个历史时期有20余位师生相继为中华民族的独立解放事业和社会主义建设献出了宝贵的生命。这些英烈高擎民族精神火炬，以鲜血浇灌理想，用生命捍卫真理，或临危不惧，威武不屈，坚守信仰，坚定信念，只为耕者有其田；或受尽严刑拷打，绝不吐露党的机密,绝不出卖同志,只为忠贞于党的事业;或勇挑重担,吃苦耐劳,甘洒热血,将青春献给革命事业;或胸怀大爱,见义勇为,不怕牺牲,只图国家强盛、人民幸福。他们的音容,他们的故事,他们的业绩,西大不会忘记,祖国不会忘记。

回顾既往,举目今朝。习近平总书记指出,崇尚英雄才会产生英雄,争做英雄才能英雄辈出。在西北大学120周年校庆之际,重读英雄事迹,深切缅怀先烈,不仅是对校史上所有烈士的缅怀致敬,更是最生动的党史教育、最深刻的灵魂洗礼、最震撼的精神共鸣。对英雄先烈们最好的缅怀和致敬,就是在铭记中奋进前行、在传承中赓续血脉、在接续中推进伟大事业。面向未来,西大人将牢记初心使命,发扬光荣传统,更加坚定而豪迈地在全面建设社会主义现代化国家的伟大征程中作出新的更大贡献。

王亚杰

2022年7月13日于西北大学

# 卷首语

## 一

西北大学既是西北最高学府之一，也是西北革命文化的发祥地之一。其京陕两源均有丰厚的红色文化积淀。晚清时期即爆发反帝、反封建的罢课学潮，辛亥革命中更是一马当先。民初时期的陕源西北大学是社会主义思潮的传播源之一，1913年就在全校开展了"社会主义能否适行于今日之中国"的大讨论。1924年7月，国立西北大学邀请鲁迅讲学，传播新文化，政治经济科主任王凤仪在国立西北大学暑期学校作了题为"社会主义与共产主义之源流"的演讲。1923年在上海加入中国共产党的刘含初返陕任国立西北大学事务长，是西北大学最早的共产党员，并在西安围城期间坚持革命活动，与魏野畴一起介绍国立西北大学学生会主席、文科学生王孝锡加入中国共产党。之后在校入党的学生还有李应良、保至善、任鼎昌等，他们是西北大学学生中的第一批共产党员。这说明早在中国共产党建党之初，西北大学师生中就有了一批愿意为共产主义理想抛头颅洒热血的先行者。这些先行者是：

1923年在上海加入中国共产党的国立西北大学历史学讲师兼学校事务长、西安中山学院院长刘含初，在"四一二"反革命政变后，取道家乡黄陵、太原北上苏联途中，在宜君石堡村被反动军阀枪杀，年仅32岁。

1925年经吴化之介绍加入中国共产党的国立西北大学工科学生李应良，因奉陕西党组织之命给中共北方区委书记李大钊送信而被捕，与李大钊一起走上绞刑架，年仅27岁。

1926年6月经魏野畴与刘含初共同介绍加入中国共产党的国立西北大学学生会主席、创建甘肃省第一个农村党组织——中共邠宁支部的王孝锡，被凶残的国民党反动派乱刀砍死，年仅25岁。

1926年在校加入中国共产党、甘肃工农运动新局面的开拓者之一、国立西北大学学生保至善，在郑州英勇就义，年仅26岁。

1924年3月考入国立西北大学、1926年在西安围城斗争中加入中国共产党的任鼎昌，因被严刑拷打，伤口溃烂致严重感染而牺牲，时年30岁。

1923年考入国立西北大学、1927年转入西安中山学院，在渭华起义（1928年5月1日）前夕的"宣化事件"中被捕的王文宗，1928年6月17日与其他8位共产党员一同被活埋于西安北门外红庙坡，年仅24岁。

1924年考入国立西北大学，后因参与领导反对陕西封建势力的斗争被开除学籍，1925年在北京农业大学加入中国共产党的黄人祥，在雨花台遇难时年仅26岁。

其中，王孝锡在狱中面对一次次酷刑审讯，以钢铁般的意志与敌人进行了顽强不屈的斗争，严守党的机密，表现出一个共产党员坚贞不屈、视死如归的英雄气概。在被押往刑场的路上，他奋力高呼"共产党万岁！""共产主义精神不死！"凶残的刽子手举起马刀向他身上乱砍，鲜血飞溅，仍挡不住他高昂的口号声。他"慷慨歌太平，从容作楚囚，暴刀逞一快，何惜少年头"和"取来烈火千万炬，这黑暗世界，化作尘烟。出铁笼，看满腔热血，洒遍地北天南"的英雄气概，彰显了中国传统文化中重气节、有理想的高尚节操，是建党初期共产主义理想高于一切的精神和民族大义高于一切的精神的杰出代表。

## 二

西北大学前身之一的西安中山学院是半公开状态的、由中国共产党实际领导的陕甘第一所革命学府，亦为中共陕甘地区第一次代表大会的召开地。共产党员刘含初任院长、共产党员李子洲任副院长兼总务长。学校设有国民党中山学院区党部、中共中山学院地下党总支和共青团西安中山学院地下团支部，并发展张策（曾任中共中央纪律检查委员会副书记）、卫志毅（曾任中共西安市委书记、中共郑州市委书记）等一批学生在校入党。在此聚集起了邓小平、刘伯坚、魏野畴、刘继增、李子洲、杨明轩、史可轩、刘志丹、吴化之、徐孟周、呼延震东，以及苏联军事顾问乌斯曼诺夫、塞夫林等一批优秀共产党人，培养了以陈浅伦、谢葆真、卫志毅、张策为代表的700余名学生，从而形成了陕西乃至西北地区中国共产党发展的一个高潮，奠定了陕甘地区党的发展的基础。

除刘含初院长以外，西安中山学院时期还有7位烈士：

1923年初经李大钊、刘天章介绍加入中国共产党，陕北红军和苏区创建人之一，西安中山学院副院长兼总务长李子洲，在狱中被害时年仅37岁。

1927年4月入西安中山学院农民运动班，1928年加入中国共产党，中国工农红军第二十九军军长陈浅伦，遇害时年仅27岁。

1927年2月入西安中山学院妇女运动班学习，并加入中国共产主义青年团，同年毕业后在前线工作团加入中国共产党，携子自投监狱的杨虎城夫人谢葆真，被害于杨家山中美合作所狱中，年仅34岁。

1927年3月入西安中山学院军事政治班、1930年随刘伯坚东征作战中牺牲于豫南的杨实初，年仅27岁。

1927年春入西安中山学院学习，1935年初在国民党反动派"围剿"葭县（今佳县）苏区时留在当地坚持革命斗争，因叛徒出卖被捕后壮烈牺牲的高绪祖，年仅28岁。

1926年8月加入中国共产党，1927年初受党组织选派入西安中山学院农民运动班学习，曾任洵邑（今旬邑）县临时苏维埃政府军事委员会委员长兼工农革命军总指挥的程永盛，因叛徒出卖而惨遭杀害，年仅22岁。

1925年在西安加入中国共产党，1927年秋被中共旬邑特别支部派往西安中山学院军事政治班学习，曾任中共陕西省委交通员的宁克齐，在靖远县作战时牺牲，年仅27岁。

其中，谢葆真从西安中山学院毕业后，受中共党员刘伯坚、宣侠父的影响，很快加入中国共产党。她性格泼辣，革命热情高，深得杨虎城赞赏，后经党组织批准与杨虎城结婚。在婚礼上，她说："我不要什么海誓山盟，更不稀罕什么富贵生活，只要一起干革命就行。"全面抗战爆发后，杨虎城请缨回国抗日被囚。在她看来，既然我救不了你，那我就陪你一起坐牢！人说"夫妻本是同林鸟，大难临头各自飞"，但她却"明知山有虎，偏向虎山行"，立即带爱子拯中自投监狱，随后无论辗转何处，总与丈夫在一起。她为杨虎城生了七个孩子，包括长子杨拯亚和次子杨拯中，以及杨拯美、杨拯英、杨拯汉、杨拯陆、杨拯贵等五个千金。最年幼的杨拯贵在狱中出生，又在狱中与父母一同遇难，成为共和国年龄最小的烈士。在狱中，谢葆真身体虚弱，敌人最后竟将她与杨虎城完全隔离关押。在重庆杨家山监狱，谢葆真开始绝食，继而又吞金，最后被特务向小腿注射毒针，痛苦挣扎而死，年仅34岁。当杨虎城得知此事，被允许见面时，夫妻已是阴阳两相隔。后来，杨虎城日夜将谢葆真的骨灰盒抱在怀中不离左右，直到他被特务从身后刺入脊背倒地，骨灰盒才甩出前方数米。正可谓不离不弃，生死相依，一位柔弱女子为杨虎城尽夫妻之道，为家尽妇道、娘道，为民族尽匹夫之责，感天动地，日月可昭。让我们向充满中华传统美德的高尚爱情致敬，向这对革命夫妻的高尚爱情观致敬。

## 三

西北大学京源北平大学（以下简称"平大"）法商学院是我国俄文教育的最高学府和经由苏俄译介马克思主义学说的传播源之一。其前身为光绪二十五年（1899）的东省铁路俄文学堂，该学堂为即将修建的中东铁路培养精通俄语的交涉人才；1912年改为俄文专修馆，瞿秋白为此时期的学生；1921年改为外交部俄文法政专门学校；1928年合并为国立北平大学俄文法政学院；1934年与商学院等合组为法商学院；1937年9月迁陕，相继为国立西安临时大学、国立西北联合大学（以下简称"西北联大"）、国立西北大学法商学院，由商学系承办俄文先修班，继续俄语教育。刘泽荣教授曾讲话指出，"我国唯一学习俄文的学府，便要算本学院的商学系了"。原北洋政府外交部主事、平大俄文教授王之相，中国共产党创始人之一、平大经济系主任李达教授，起草《五四宣言》的学生领袖、平大政治系许德珩教授，《资本论》前三章最早中译者、平大政治系主任陈豹隐教授，《资本论》全廿章最早中译者、平大法学院侯外庐教授，被毛泽东称为人民哲学家、平大经济系主任沈志远教授，我国第一部运用马克思主义理论构建中国通史新体系的探索者、平大女子文理学院院长范文澜等，均曾在此任教。抗日战争时期，西北联大、西北大学继续教授俄语、传播马列，推进抗日民主运动，故亦被称为"抗大"。西北联大是中国共产党领导下建立的抗日救国组织"中华民族解放先锋队"的发祥成长地、西北大后方抗日民主学生运动的主要高校和最早建立中共地下党组织的高校之一。因此，在西北大学京陕两源的各个时期，涌现了一批革命烈士：

1938年加入中国共产党，同年由辅仁大学历史学系转入西北联大文理学院历史系学习，1939年任中共陕南学校工作委员会负责人兼西北联大党支部书记的刘骏达，1949年12月7日在成都十二桥英勇就义，时年39岁。

1912年考入西北大学前身西安三秦公学（1915年该校与西北大学附属中学合并为省立第三中学），1916年毕业，1939年起相继任国立西北大学讲师、副教授兼课外活动组主任、知识青年志愿从军委员会委员兼宣传股股长的傅鹤峰，1949年12月22日在成都西门外金牛坝被国民党反动派活埋，时年54岁。

其中，刘骏达代表的精神正是西北联大的抗战西迁精神。刘骏达中学毕业后，千里迢迢从四川到北平，考入北平辅仁大学，目睹了日本帝国主义占领我国东三省并不断扩大对中国的侵略，便毅然走出书斋，投身到"一二·九"抗日运动中。1936年加入党领导的"中华民族解放先锋队"，积极投身抗日宣传活动。1937年日本攻占北平后，不甘做亡国奴的刘骏达被迫离开北平流亡到山东烟台，参加平津流亡同学会和滨县抗日宣传动员委员会，夜以继日地投入抗日救亡运动中。后因韩复榘不战而逃，山东沦陷，刘骏达再次被迫流亡，历尽千辛万苦到达成都，经川康特委批准，加入中国共产党。又接到地下党组织指示，要他转学到西北联大学习和工作，复任中共陕南学校工作委员会负责人兼西北联大党支部书记，为大学抗日救亡运动作出重要贡献。刘骏达北上平津，东赴齐鲁，西去成都，再赴陕南，颠沛流离，但为民族解放运动而奋斗的意志始终坚定不移。成都解放前夕，他投身反饥饿、争温饱斗争，发动全市中学教师开展罢教斗争和全市尊师运动，与妻子马力可（同为西北大学历史系毕业生）一起被捕，后妻子因小产被保释，刘骏达则英勇就义。他托出狱的同志给妻子马力可带去一本在扉页用火柴头写着"忠贞谨慎"四个字的书，并在他们的结婚照上题词："力可与我结婚了，今后我们要互相敬爱，互相勉励，为我们理想奋斗，为前途努力。凡有利于人群之事，不计待遇之厚薄，位置之高下，皆乐为之，这样方不辜负我们结合的意义。"他用自己的言行和生命践行对革命事业的"忠贞"和对家庭幸福的"谨慎"，以及不计个人得失、以人民利益为最高标准的高尚境界，为党的事业奋斗终身，坚贞不屈，表现出共产党员高尚的革命情操和气节。

## 四

1949年5月20日，西安解放，西北大学进入新的历史时期，至2007年，先后有5位烈士：

1949年9月21日，完成解放大西北的战地救护工作，奉命返校的国立西北大学医学院的冯白华、武琦两位女生，途经邠县（今彬州）黑河桥，因河水暴涨导致翻车落水遇难。一位年仅22岁，一位年仅21岁。

1949年加入中国共产主义青年团，1954年加入中国共产党，1957年自西北大学地质系毕业的杨拯陆，1958年9月25日在新疆中蒙边界的三塘湖盆地率队进行石油地质勘探时，遇寒流袭击，壮烈牺牲，年仅22岁。

1987年以优异成绩考入西北大学地理系，1989年4月16日，在西安户县（今鄠邑区）境内高冠瀑布风景区为救落水女工，落入深潭牺牲的郭峰，年仅20岁。

2001年考入西北大学并获西北大学国民经济学研究生学位的戴俊，2007年6月26日晚在西安环城西路自来水公司公交车站附近，为救遭劫女青年而被三名歹徒围攻，身中数刀，伤及要害，失血过多而亡。后被陕西省政府追授为"陕西省见义勇为先进个人"，并先后被中央文明办、全国总工会、共青团中央、全国妇联确定为全国道德楷模、文明风尚典型和革命烈士，且被授予"见义勇为先进个人"荣誉称号。中共江苏省委宣传部、共青团江苏省委、江苏省青年商会追授英雄戴俊为"江苏省杰出青年企业家"。西部电影集团根据戴俊真实事迹，拍摄了纪实性故事片《戴俊》。

此外，由于战争频仍，辗转迁徙，存留档案甚少，一些烈士甚至连牺牲的时间、地点都不清楚，因此无法单独立传，只好在文末简略叙述。

现存史料相对充实的烈士有 16 位。其中，遇害时年纪较大的傅鹤峰 54 岁、刘骏达 39 岁、李子洲 37 岁、谢葆真 34 岁、刘含初 32 岁、任鼎昌 30 岁；年龄较小的杨拯陆 22 岁、冯白华和武琦分别为 22 岁和 21 岁。王孝锡、黄人祥、保至善遇难时均为 26 岁，李应良 27 岁。这些烈士中，除傅鹤峰以外，其余均为中国共产党党员。他们为革命献身之时，大多数正值青春年华，但是为了理想、为了民族、为了中国共产党的伟大事业，他们毫不犹豫地献出了自己宝贵的生命。

杨虎城与谢葆真的女儿杨拯陆，在西北大学地质系读书时加入中国共产党。她在《陕西日报》上发表的一篇《我要做一名祖国工业化的尖兵》的文章指出："还在上中学时，我对自己的未来就充满着理想。想做一名教师，用自己的血汗去灌溉正在成长着的社会主义幼苗。想做一个畜牧工作者，使祖国草原上的牛羊长得更肥壮。想学冶金、采矿，也想做一个地质工作者。总之，我想得很多，但最吸引我的是做一个地质工作者——祖国工业化的尖兵。""我们的祖国……要繁荣富强，要有最现代化的工业，要有强大的国防，这一切和什么关系最密切呢？煤、石油、钢铁、金属是少不了的，而发现它们的正是我们的地质工作者。""想到这些，我就感到肩上的担子重大，也感到无比光荣，再一次深刻体会到'祖国工业化尖兵'这个称号的含义""在这一年中，我要更加努力地学习和锻炼自己，准备把自己的全部青春、智慧和劳动，贡献给祖国的地质事业，决不辜负祖国和人民对我的期望"。毕业后，她可以选择去北京，也可以选择留在西安，但她毫不犹豫地到新疆戈壁荒漠为国找石油，担任女子勘探队队长。她把最远的路留给自己走，把最高的山留给自己爬。她领导的 106 勘探队，常常超额完成任务，完成了 1950 平方公里的地质详查，详查面积是原设计的 205%。她具有扎实的专业基础和严谨细致的科学求实精神，用自己的双脚踏勘了探区的每一片土地，撰有《克拉美丽红山区地质调查总结报告》，明确指出该区存在生油层，存在储油构造，30 年后果然出油，其预测得到确证。当她听说大学同学、113地质勘探队队长戴健，轮台吐格尔明地质勘探队队员李乃君、杨秀荣，115队实习生周正淦，113队队员李月仁，先后在勘探工作中壮烈牺牲后，不但毫不畏惧，还在给战友的信中写道："我想你可能早已听到那些不幸事件。当然我们不能因此而产生害怕的思想，我们的同志付出了自己的生命，为了他们未竟的事业，我们应当以更勇敢的行动来弥补这些损失。"一次，她在三塘湖地区执行地质普查任务时，天气突然风雪交加，气温骤降，她和队友遭遇强寒流风暴，迷失在回营区途中。当人们找到她冻僵的遗体时，发现她俯卧在一道冰封雪盖的斜坡上，两臂前伸，十指深深地插在泥土里，而在她的怀里，一张新绘的地质图和她新涂上去的识别色却依旧如新，保存完好。她将这些石油地质资料看得比自己的生命还要珍贵。从中升华而起的这股子"英雄气"，正是我们在此所要揭示的"西大精神"。可喜的是，新疆石油人踏着杨拯陆的足迹，打出了日产百吨的油井，使三塘湖油田日产千吨。石油人终于梦圆三塘湖，也实现了杨拯陆的梦想。

## 五

西北大学于2019年4月11日举行纪念革命英烈刘含初学术研讨会，陕西省委、延安市委及黄陵县委相关领导，北京师范大学、西北大学等院校党史研究专家，以及刘含初烈士的亲属20余人参加。西北大学党委常委、副校长常江在致辞中说："重读先烈事迹，深切缅怀先烈。回望历史，在民族危亡之际，中国共产党带领中国人民艰苦奋斗，是中国共产党人世界观、人生观和价值观的全面展示，更是我们构建社会主义和谐社会的强大精神动力。"这正是我们研究革命先烈和讲述先烈故事的初衷所在。我们希望由此出发，不断厚植大学文化底蕴，认真总结120年来的办学思想、办学理念，凝练"西大精神"，使"西大精神"成为我们走向新时代的强劲动力。

早在1982年，西北大学梁星亮教授等就开始对刘含初烈士做系统研究，并采访了吴化之等亲历者和刘含初的女儿刘孟邻等亲属，在《革命英烈》1982年第3期发表有《刘含初烈士传略》，是研究刘含初的最早文献。2021年，西北大学姚远、周明全、耿国华、马朝琦等走访了黄陵县党史办公室、黄陵县地方志办公室、黄陵县气象局、建设中的刘含初纪念馆等相关部门，以及备村、北村等刘含初烈士的亲属和早期村干部，调阅了部分档案，获得一批珍贵的文字档案、照片、录音和录像史料。其中，1979年2月26日刘含初女儿刘秦真写给西北大学梁星亮等同志的亲笔信原稿（含照片），以及1979年2月刘含初女儿刘孟邻的《回忆刘含初烈士》亲笔原迹文稿等档案弥足珍贵。另外，1944年7月余正东主修、黎锦熙校订的《中部县志》（黄陵县志，台湾成文出版社有限公司，1976年出版）中有关"刘翰章"的条目，为了解国民政府视角的刘含初提供了新的线索。西北大学常江副校长带领相关人员访问黄陵县有关部门，并在后期修改出版中给予鼎力支持。在本书主要内容作为"西北大学校史中的红色印记"展出时，王亚杰书记、田明纲部长、王旭州馆长曾给予宝贵的修改意见。在本书稿内容提要以《信息参阅》形式内部刊载时，梁木副主任、姚文琦教授给予很多中肯的意见。谨致谢意！

然而，对于西北大学英烈的研究毕竟还很薄弱，我们的起步也很仓促，加之涉猎有限，缺漏错讹之处尚望不吝赐教，以便不断修订完善。

本书执笔分工：

第一讲　姚　远　周明全　耿国华　　第二讲　姚　远　周明全　耿国华
第三讲　肖　洋　黄　怡　陈中奇　　第四讲　姚　远
第五讲　王　璐　黄　怡　陈中奇　　第六讲　姚　远　伍小东
第七讲　伍小东　　　　　　　　　　第八讲　刘景华　陈中奇
第九讲　曹振明　　　　　　　　　　第十讲　伍小东
第十一讲　沈玉霞　陈中奇　　　　　第十二讲　曹振明
第十三讲　林启东　　　　　　　　　第十四讲　赵嘉文　王旭州　姚　远
第十五讲　姚　远　伍小东

编　者
2022年5月5日

# 目 录

## 第一讲 威武大丈夫：共产党人刘含初与西安中山学院（上）

**刘含初（1895—1927）**

1923年加入中国共产党。西北大学前身三秦公学学生、陕源国立西北大学事务长、西安中山学院院长。任内重要事件：主持国立西北大学收束改为西安中山学院，使其成为大革命时期中国共产党在西北创建的第一所革命学府，成为中共陕甘区第一次代表大会和共青团陕甘区第一次代表大会的召开地；邓小平同志到西安中山学院讲课；王文宗、贺鸿箴、姜炳生等于1928年6月参加了渭华起义；培养了红二十九军军长陈浅伦、杨虎城夫人谢葆真、中共中央纪律检查委员会副书记张策等学子。1927年8月15日被国民党反动派枪杀，时年32岁，是西北大学历史上第一个以中国共产党党员和前院长身份牺牲的革命英烈。

一、族中"八先生" 威武大丈夫 ………………………………………… 2
二、投身五四 两陷囹圄 …………………………………………………… 4
三、创刊《共进》 初试文笔 ……………………………………………… 9
四、八校任教 在沪入党 …………………………………………………… 14

## 第二讲 威武大丈夫：共产党人刘含初与西安中山学院（下）

五、创建中山学院 兴办革命学府 ………………………………………… 19
六、革命者临危不惧 大丈夫威武赴难 …………………………………… 28

## 第三讲　民族柱石：李子洲为中国革命根据地奠基

**李子洲（1892—1929）**

　　陕西绥德人。西北大学前身三秦公学学生、西北大学前身西安中山学院副院长兼总务长，和西安中山学院院长刘含初一起确定了培养"指导农民运动，办理党务及军队中政治人才""妇女运动模范人才"的办学宗旨。西安中山学院为中国革命培养了一批骨干人才。1923年初，李子洲经李大钊、刘天章介绍加入中国共产党。1927年1月，国民军联军驻陕总司令部成立，李子洲当选为国民党陕西省党部执行委员兼青年部部长。同年7月，中央撤销陕甘区委，成立陕西省委，李子洲当选为省委常委兼组织部部长。同年9月，兼任中共陕西省委军委书记，参与了省委对清涧起义、渭华起义的领导决策工作。陕北红军和苏区创建人之一。1929年2月，被国民党当局逮捕，同年6月18日在狱中病逝，时年37岁。后被追认为革命烈士。

一、锋出磨砺　香自苦寒 ········································· 38
二、回陕工作　宣传革命 ········································· 42
三、发起学生运动　建立党团组织 ······························ 44
四、发动武装起义　唤醒工农大众 ······························ 45
五、英勇不屈　无畏死亡 ········································· 49

## 第四讲　血洒京华：李应良理想之花在绞刑架上绽放

**李应良（1900—1927）**

　　清光绪二十六年（1900）生于陕西西安。1922年夏，考入陕西水利道路工程专门学校，1924年春随校归并于国立西北大学工科。1924年7月，听鲁迅在国立西北大学讲学。1925年冬，经吴化之介绍加入中国共产党。1926年，在中国共产主义青年团西安地委工作。1927年2月，任西安中山学院事务委员会委员。中共陕甘区委成立后，李应良在区委协助李子洲做党的组织工作。1927年4月29日，与李大钊一起遇难，时年27岁。

一、27岁西大学子李应良与李大钊同上绞刑架 …………… 53
二、走上革命道路 与西大前身三校有缘 …………… 57
三、为党为国 为最后胜利献身 …………… 59

## 第五讲 何惜少年头：王孝锡一腔热血洒陕甘

**王孝锡（1903—1928）**

　　1924年考入国立西北大学，任学生会主席。1926年6月，经魏野畴、刘含初介绍加入中国共产党。1927年2月毕业，被派往甘肃工作，建立中共兰州特委。1928年春，以中共邠宁支部书记名义发动旬邑农民暴动。同年11月被捕。12月30日在兰州英勇就义。

一、少年赋诗"秋风歌" 立志"黄沙血染"不回头 …………… 63
二、先理后文冠群"儒" 读《新青年》踏上革命路 …………… 65
三、巩固和扩大统一战线 受命重建中共甘肃支部 …………… 68
四、落实"八七"会议精神 创建中共邠宁支部 …………… 69
五、发动旬邑起义 誓将黑暗世界化尘烟 …………… 71

## 第六讲 陇东播火：保至善开辟甘肃工农运动新局面

**保至善（1902—1928）**

　　清光绪二十八年（1902）7月生于甘肃平凉崇信县锦屏镇西街村。1924年3月，考入国立西北大学。1926年，加入中国共产党。1927年2月初，任西安中山学院事务委员会委员，下旬被派往兰州，任中共甘肃特别支部领导人之一，国民党甘肃特别党部农民部部长。1928年春，在郑州英勇就义，年仅26岁。

一、剪辫子反包办婚姻 出平凉入西安求学 …………… 80
二、四君子临危受命 返家乡发动工农运动 …………… 81
三、英雄去只为清风伴神州 暗举哀唯有肝肠眼中血 …………… 87

## 第七讲　严刑拷打：任鼎昌宁死不屈主义真

**任鼎昌（1899—1929）**

字宜之，甘肃宁县太昌人。1924年考入刚刚恢复办学的国立西北大学。1926年，在西安围城斗争中加入中国共产党。1928年4月17日，在平凉被捕。1929年10月某日，在狱中被严刑拷打，遍体鳞伤，由于伤口溃烂，发生严重感染而病逝于狱中，时年30岁。

一、北大西大求学路　最终走上革命路 ············· 89
二、组建党支部创建青年社　陇东革命现曙光 ········· 93
三、办剧社办报社　小平誉为播火人 ··············· 97
四、揭背花压杠子　压不弯共产党人的钢铁脊梁 ······· 102

## 第八讲　红军军长：陈浅伦武装工农转战陕南

**陈浅伦（1906—1933）**

原名陈典伦，又写作陈浅沦、陈潜伦，最后改名为陈潜，字徽五。1906年生于陕西省西乡县。1925年考入汉中省立第五师范学校。1927年4月，入西安中山学院农民运动班。1928年9月，先后入上海持志大学、上海劳动大学学习，同年冬在上海劳动大学加入中国共产党。1931年11月，任共青团西安市委书记兼宣传部部长。1931年11月，任中共陕南特委书记。1933年1月6日，中共陕南特委开始组建中国工农红军第二十九军，2月13日宣布正式成立。陈浅伦任军长，李艮任政委。1933年4月6日，陈浅伦与李艮同时惨遭杀害，前者年仅27岁，后者年仅25岁。

一、入汉中师范入中山学院　如饥似渴学马列 ········· 105
二、在沪被捕在汉被捕　革命意志愈挫愈奋 ··········· 107
三、创建根据地组建游击队　红二十九军威震陕南 ····· 108
四、被出卖再被捕　英雄血洒马儿崖 ··············· 110

## 第九讲 革命爱情楷模：携子自投监狱的杨虎城夫人谢葆真

**谢葆真（1913—1947）**

1927年2月入西安中山学院妇女运动班学习，并加入中国共产主义青年团。同年毕业后，被编入国民革命军第二集团军总司令部政治部前线工作团并加入中国共产党。1927年10月，由吴岱峰介绍并经党组织批准与杨虎城结婚。1938年，携幼子杨拯中为营救杨虎城入狱。1947年2月8日，谢葆真在杨家山中美合作所狱中遇害，年仅34岁。

一、出校门入军中　一对革命夫妻为共同理想而结合 …………… 114
二、一同出国考察　危难之中现真情 …………………………… 118
三、自投监狱　只为患难与共同生共死 ………………………… 121

## 第十讲 坚贞不屈：联大书记刘骏达只愿天下耕者有其田

**刘骏达（1910—1949）**

四川省遂宁县人。1938年，加入中国共产党。1938年秋，由辅仁大学历史学系转入西北联大文理学院历史系学习。1939年，任中共陕南学校工作委员会负责人兼西北联大党支部书记。1940年从汉中撤离后，考入成都金陵大学中国文化研究所做助理研究员。1945年，任教于成都石室中学。1949年4月20日夜，与妻子马力可（1939年加入中国共产党，1940年毕业于国立西北大学历史系）同时被捕，妻子因小产保释狱外就医，而他自己于12月7日在成都十二桥英勇就义，时年39岁。

一、反对敬鬼信神和封建礼制的青年人生 ……………………… 128
二、求学辅仁时的救亡图存活动 ………………………………… 129
三、担任西北联大支部书记推动党的学校工作 ………………… 132
四、辗转各校争取革命取得最后胜利 …………………………… 134
五、血洒成都十二桥　革命精神永垂不朽 ……………………… 138

## 第十一讲　策反被囚：西大教授傅鹤峰为汉中解放献身

**傅鹤峰（1895—1949）**

　　1912年考入西安三秦公学，1916年毕业于1915年由西安三秦公学与西北大学附属中学合并而成的陕西省立第三中学。1939年起相继任国立西北联合大学讲师、副教授兼课外活动组主任、知识青年志愿从军委员会委员兼宣传股股长等。1949年10月2日，受中共西北局委托，回汉中做陕西省主席董钊的策反工作时被捕。1949年12月2日被押往成都，22日在成都西门外金牛坝被活埋，时年54岁。中央人民政府给傅鹤峰烈士的家属颁发了以毛泽东主席名义签发的光荣纪念证。其女儿傅亦民为汉中第一位女共产党员。

一、少年受教　初立报国之志 ················· 143
二、北京读书　投身五四运动 ················· 143
三、回陕任教　创办师范教育 ················· 144
四、就职南京　上书挽救乡梓 ················· 147
五、抗战爆发　投笔从戎 ····················· 147
六、辞职董钊军部　重返教育育桃李 ········· 148
七、策反董钊失败　为民族解放捐躯 ········· 151

## 第十二讲　戈壁荒漠：杨拯陆以青春热血淬炼西大精神

**杨拯陆（1936—1958）**

　　著名爱国将领杨虎城将军的女儿，母亲谢葆真。1949年加入中国共产主义青年团，1954年加入中国共产党，毕业于西北大学地质系，大学毕业后自愿到新疆工作。1958年9月25日，在新疆中蒙边界的三塘湖盆地率队进行石油地质勘探时，遇寒流袭击，壮烈牺牲，年仅22岁。1959年，她的骨灰葬入西安烈士陵园。

一、将门之女　生逢乱世 ····················· 157
二、迎来解放　立志报国 ····················· 159
三、为国找油　献身大漠 ····················· 162

## 第十三讲　高冠瀑布：郭峰舍己救人精神彰显大爱无疆

**郭峰（1969—1989）**

　　出生于陕西省长武县。1987年考入西北大学地理系。1989年4月16日，20岁的郭峰和同学们在离西安不远的高冠瀑布风景区踏青时，为救起不慎跌落河中的西安帆布厂的一名女工，不幸和落水者一同被湍急的水流冲入深潭而牺牲。1989年4月18日，《光明日报》《中国青年报》《中国教育报》、中央人民广播电台等媒体都报道了郭峰的动人事迹。西北大学党委报请中共陕西省委追认他为中国共产党党员，共青团陕西省委授予他"优秀共青团员"荣誉称号。1989年9月29日，陕西省人民政府批准他为革命烈士。

一、爱党爱国　追求进步的理想信念 …………………… 167
二、见义勇为　不怕牺牲的奉献精神 …………………… 169
三、热爱生活　富有爱心的大爱情怀 …………………… 172
四、勤奋学习　勇于实践的优良品质 …………………… 173
五、西大英烈　精神永驻 ………………………………… 175

## 第十四讲　见义勇为：全国道德模范提名奖获得者戴俊

**戴俊（1963—2007）**

　　江苏阜宁人。陕西广播电视大学工商管理专科毕业，2001年考入西北大学研究生班，取得硕士学位。2007年6月26日晚，在环城西路与太白路十字，为解救遭抢劫的女青年被三名歹徒残忍杀害。后被评为全国道德楷模、文明风尚典型、见义勇为先进个人和革命烈士。

一、艰难每从贫家始　梅花香自苦寒来 ………………… 177
二、学习创业两不误　终成乐善好施家 ………………… 179
三、见义勇为垂青史　舍身成仁铸俊魂 ………………… 182
四、世人同钦弘正气　苏陕共仰泪满襟 ………………… 184
五、昨夜星辰依然闪烁　英雄虽去英名永在 …………… 187

# 第十五讲　西大九烈士：危难之际彰显英雄本色

## 一、坚守信念　为工农武装革命献身 ……………………………………… 191

**王文宗（1904—1928）**

又名隐，字子清。清光绪三十年（1904）出生于陕西渭南大王姜巷。曾就读于陕西省立第一中学、陕西公立法政专门学校、国立西北大学。1927年2月转入西安中山学院，1928年夏毕业后，在渭南县立中学任校长，同年加入中国共产党，兼任国民党县党部委员和常委。1928年2月29日，在"宣化事件"中被捕。1928年6月17日下午，与一同被关押的8位共产党员一起被活埋于西安北门外红庙坡。

## 二、唤起工农　中山学院四学生不惧牺牲闹革命 ………………………… 194

**程永盛（1906—1928）**

**宁克齐（1905—1932）**

**杨实初（1903—1930）**

**高绪祖（1907—1935）**

均系西北大学前身西安中山学院毕业生，在工人运动或农民运动中，相继遭国民党反动派杀害。

## 三、雨花台遇难　黄人祥坚守革命情操英勇就义 ………………………… 200

**黄人祥（1904—1930）**

安徽六安人。1924年考入国立西北大学，后因参与反对陕西封建势力的斗争而被学校开除学籍。1926年，在北京农业大学加入中国共产党。1929年4月，负责南京市委工作（书记）。同年6月，因叛徒出卖被捕入狱。1930年9月20日夜，在雨花台被敌人杀害，年仅26岁。

## 四、血洒黄花岗　黄花岗七十二烈士之一陈可钧 ………………………… 206

**陈可钧（1888—1911）**

中国近代民主革命家，黄花岗七十二烈士之一。1911年4月28日从容就义。

五、战地天使　冯白华和武琦为解放大西北献身 …………………………… 206

**冯白华**（1927—1949）

　　陕西白水人，1948年考入陕西省立医学专科学校攻读医学，参加支前队伍时是国立西北大学医学院一年级学生。

**武琦**（1928—1949）

　　陕西渭南人，1947年考入陕西省立医学专科学校攻读医学，参加支前队伍时是国立西北大学医学院二年级学生。

# 第一讲

## 威武大丈夫：
## 共产党人刘含初与西安中山学院（上）

刘含初（1895—1927），1923年加入中国共产党。西北大学前身三秦公学学生、陕源国立西北大学事务长、西安中山学院院长。任内重要事件：主持国立西北大学收束改为西安中山学院，使其成为大革命时期中国共产党在西北创建的第一所革命学府，成为中共陕甘区第一次代表大会和共青团陕甘区第一次代表大会的召开地；邓小平同志到西安中山学院讲课；王文宗、贺鸿箴、姜炳生等于1928年6月参加了渭华起义；培养了红二十九军军长陈浅伦、杨虎城夫人谢葆真、中共中央纪律检查委员会副书记张策等学子。1927年8月15日被国民党反动派枪杀，时年32岁，是西北大学历史上第一个以中国共产党党员和前院长身份牺牲的革命英烈。

对刘含初的研究最初仅限于一些口述史料①和《刘含初墓志》等，《新民主主义革命时期陕西大事记》②亦有记载。1982年，梁星亮、张守宪、董建中等先生在采访方仲如、马文彦、赵伯平、刘仁静、罗章龙、屈武、吴化之、吴岱峰、王超北、陈云樵、杜松寿、梁俊琪、刘依仁、张耀斗、李天笃、刘孟邻、刘秦真、刘光智、刘树基、杨昆山等亲历者的基础上，在《革命英烈》发表《刘含初烈士传略》（收入陕

---

① 杨昆山. 刘含初一生的最后几天［J］. 革命英烈，1982（3）：34.
② 中共陕西省委党校党史教研室，陕西省社会科学院党史研究室. 新民主主义革命时期陕西大事记［M］. 西安：陕西人民出版社，1980：157-158.

西省革命烈士事迹编纂委员会的《英烈传选》)①。其事迹相继于 1986 年载入《革命烈士传》②，1991 年列入《中华英烈辞典》③，2000 年载入《中华著名英烈》④，2001 年载入《中国共产党通志》⑤，2002 年载入《西北大学学人谱》⑥，2004 年载入《中国共产党西安市委员会志》⑦，2006 年载入《西安市志》⑧。西北大学于 2019 年 4 月 11 日举行了纪念革命英烈刘含初的学术研讨会，再次引起了全社会对刘含初的关注。中共西北大学委员会也提出了"对为新中国献身的西大革命英烈及事迹进行系统整理，拿出高质量研究成果"的要求。

## 一、族中"八先生" 威武大丈夫

"富贵不能淫，贫贱不能移，威武不能屈，此之谓大丈夫。"这是孟子提出的成为大丈夫的三大标准，已成为千古名句。其意为：荣华富贵无法扰乱其心志，贫困卑贱的处境无法改变其坚强的意志，强权暴力的威胁无法使其屈服。然而，就在 95 年前的一个夏日，陕西中部县（今黄陵县）一位青年正在为乡亲们书写此名句，以及"中国国民革命是世界革命之一部分""文章西汉两司马，经济南阳一卧龙"等条幅和对联时，六七名国民党官兵冲上前来。这位青年厉声质问，"你们想干什么？！"哪知这些刽子手不由分说便举枪射击。这位青年身中数弹，壮烈牺牲，年仅 32 岁。

---

① 梁星亮，张守宪，董建中. 刘含初烈士传略［J］. 革命英烈，1982 (3): 32-40.
② 北京图书馆社会科学参考组《革命烈士传》编委会资料组. 革命烈士传记资料目录（第一辑 1922-01—1937-06）［M］. 北京：解放军出版社，1986: 165.
③ 陈日朋. 中华英烈辞典［M］. 长春：北方妇女儿童出版社，1991: 186.
④ 中华人民共和国民政部. 中华著名烈士：第 3 卷［M］. 北京：中央文献出版社，2000: 103-107.
⑤ 张静如，梁志祥，镡德山. 中国共产党通志：第 4 卷［M］. 北京：中央文献出版社，2001: 804.
⑥ 姚远，徐怀东. 西北大学学人谱 1997-08—2002-08 续集［M］. 西安：西北大学出版社，2002: 22-24.
⑦ 中共西安市委办公厅. 中国共产党西安市委员会志（1925-10—2002-07）［A］. 内部资料，2004: 706.
⑧ 西安市地方志编纂委员会. 西安市志·第七卷·社会·人物［M］. 西安：西安出版社，2006: 428-429.

图 1-1 刘含初（1895—1927）

这位大革命时代挺身赴难的先烈名叫刘含初，是陕西乃至西北最早的中国共产党党员之一。"四一二"反革命政变后，他毫不畏惧国民党的白色恐怖，而是召集大会，发出通电，公开声讨蒋介石屠杀共产党人的罪恶行径。他遇难前曾被国民革命军联军总司令许以高官厚禄，但他坚辞，他选择绕道家乡转太原，赴苏联学习。途中，在家乡以书写对联形式宣传革命时被反动军阀杀害。他英勇就义前挥笔写就的孟子关于大丈夫三标准的语录，成为其大丈夫民族气节和共产党员大义凛然气概的生动写照。

刘含初，原名刘翰章，字含初。清光绪二十一年（1895）农历正月二十六日生于陕西中部县太贤乡备村一个地主家庭。其父刘信成，为清贡生。刘含初 7 岁开始读私塾，自幼读书过目成诵，提笔成文。因在家族中排行第八，故有"八先生"之称。

刘含初 17 岁考入省城西安的省立三秦公学（亦有 14 岁入三秦公学之说，但三秦公学创办于 1912 年，时已 17 岁）。①1916 年考入国立北京大学文史系。1919 年在

---

① 三秦公学于 1912 年 4 月 28 日在西安成立，6 月 23 日正式开学，位于西安西关外旧农业学堂（今西北大学太白校区一带）。教师有李仪祉等 56 人，学生有 8 班 400 余人。它是辛亥革命后陕西仿日本公学体制成立的一所介于高等教育和中等教育之间以理工教育和留学教育为主的新式学校。1914 年初，袁世凯亲信陆建章入陕，解散三秦公学，将其中学班归入省立三中，其余留学预备英文专修班、德文专修班、日文高等预科、高等预备班、数理化专修班、高级数理化专修班、蚕桑专修班、蚕桑简易班、农校原附属农业试验场则归入西北大学。杨钟健、李子洲、魏野畴、刘天章、杨明轩、杨晓初、赵葆华、傅鹤峰等均毕业于三秦公学。

北京参加五四运动。1920年与刘天章、李子洲、杨钟健、魏野畴等发起创办《秦钟》《共进》等刊物。1920年秋毕业后，在通州师范学校、苏州中学先后任国文教员。1922年任教于岭南大学，因在课堂宣讲反帝反封建言论遭解聘。于右任于1923年聘其到上海大学任教。刘含初在上海结识瞿秋白、蔡和森、邓中夏、张太雷等人，不久加入中国共产党。1924年任教于中州大学。1925年10月2日，由中州大学返回西安，任三民军官学校教员、国立西北大学代理事务长等。在国立西北大学期间，参与领导西安反帝爱国运动，以及反围城斗争，并组织千余人参加暑期学校。1926年1月14日，国立西北大学学生会发出致全国同胞书，反对日本"以保护侨民"为借口出兵奉天。[1]1927年2月，国民党陕西省党部正式成立，刘含初被推选为常务委员，与赵葆华共同主持省党部工作。1927年3月，参与收束国立西北大学，组建西安中山学院。1927年3月，西安中山学院成立，刘含初任院长。1927年"四一二"反革命政变后，因其参与组织召开万人大会，声讨国民党新军阀罪行被解职西安中山学院院长。8月15日，刘含初正在宜君县石堡村岳父家为乡亲们书写条幅和对联时，被陕北军阀井岳秀派部下杀害，年仅32岁。

## 二、投身五四　两陷囹圄

从1916年夏到1920年秋，这四年是刘含初成为一位革命者的重要起点。他在北京大学学习期间，一边接受系统的高等教育学习，一边在校学生会接受社会历练，并担任学生会教育股副主任，深受李大钊、陈独秀的影响，思想趋于进步。1920年5月5日出版的第554期《北京大学日刊》第2版报道刘含初在北大读书时，曾任北京大学学生会教育股副主任，1920年5月辞去此职。该报道表明："学生会教育股同人刘翰章（刘含初）现已向评议部辞去教育股副主任一职。自今日起，教育股一切事务概不负责。特此奉闻。"[2]

---

[1] 国立西北大学学生会通电全国，发出致全国同胞书［N］.西安：民生日报，1926-01-23(2).

[2] 刘翰章启事［N］.北京大学日刊，1920-05-05(2).

此外，刘含初在北京大学毕业前夕，还曾向陕西省教育厅申请继续深造津贴并获准。北京大学亦于 1920 年 10 月 26 日就此发出布告（图 1-2）：

> 前据本校毕业生刘翰章函请"转咨本省教育厅续给津贴，以便再入他科研究"一节。当经据情转咨核办在案。兹准复称查核该生有志深造，殊堪嘉许，原有本科二百元津贴准予照旧发给，但以本学年为限。相应函复，希即查照并请转饬该生知照为荷等因到校。特此布告。①

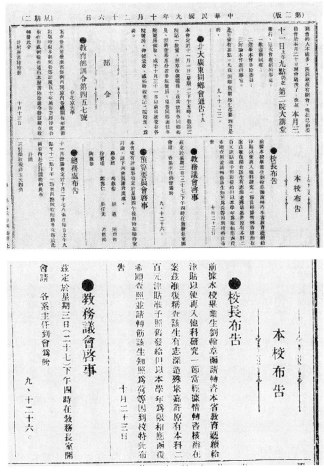

图 1-2 《北京大学日刊》1920 年 10 月 26 日刊登《校长布告》表明刘含初申请继续深造津贴获准

---

① 本校布告. 校长布告：前据本校毕业生刘翰章函请继续深造津贴获准［N］. 北京大学日刊，1920-10-26 (2).

此时，刘含初已经到通州师范学校任教，不知何故没有返校继续深造。以上有关刘含初辞去学生会教育股副主任和申请继续深造津贴获准的两则新闻报道，填补了刘含初在北京大学读书期间的文献空白。

五四运动是对刘含初一生都有重要影响的运动。在此期间，他两陷囹圄：第一次是5月4日下午，他与另外两名同学一起返回寻找未返校的同学，自动投案被短暂羁押询问；第二次是在"北大学生互控"案中，与北大三位同学一起被判"共犯私擅监禁罪"，但经民国著名律师刘崇佑（1877—1942）辩护，涉事学生均获释放。这两个事件分别发生在1919年5月4日当天及稍后一两个月期间。

五四运动是1919年5月4日发生在北京的一场以先进知识分子为先锋、广大人民群众参加的彻底反帝反封建的伟大爱国革命运动。其直接起因是第一次世界大战中的巴黎和会在帝国主义列强操纵下，不但拒绝战胜国中国的要求，而且在"对德合约"上，明文规定把德国在山东的特权全部转让给日本。北洋政府竟准备在"对德和约"上签字，从而激起了中国人民的强烈愤慨。1919年5月3日晚，北大学生在北河沿北大法科礼堂召开学生大会，并约请北京13所中等以上学校代表参加，大会决定4日（星期日）在天安门举行示威游行。5月3日晚，北京大学学生通宵制作旗帜，书写标语。作为校学生会教育股副主任，刘含初也参与其中。次日上午10时，各校学生召开碰头会，商定游行路线。

1919年5月4日下午，北京大学等多所学校的3000多名学生代表冲破军警阻挠，云集天安门，高呼口号，要求惩办交通总长曹汝霖、币制局总裁陆宗舆、驻日公使章宗祥，学生游行队伍痛打章宗祥，火烧赵家楼。随后，军阀政府派出大队军警，当场逮捕32名学生，他们分别是：熊天祉、梁彬文、李良骥、牟振飞、梁颖文、曹永、陈声树、郝祖龄、杨振声、萧济时、邱彬、江绍原、孙德中、何作霖、鲁其昌、易克嶷、许德珩、潘淑、林公顿、易敬泉、向大光、陈宏勋、薛荣周、赵永刚、杨荃骏（杨明轩）、唐英国、王德润、初铭音、李更新、董绍舒、刘国干、张德。其中北京大学20名学生，北京高等师范学校8名学生，工业学校2名学生，中国大学1名学生，汇文大学1名学生。陕西籍北京高等师范学校学生杨明轩，在痛打章宗祥时，看到日本人中江丑吉拼死护住章宗祥，恼恨至极，忍无可忍，上前扯开中江丑吉，并和他扭打在一起，两人在地上滚来滚去，这时军警赶到，将杨明轩逮捕。

据北京市档案馆馆藏档案记载：5月4日当天，北京大学的学生代表段锡朋、钟巍、刘翰章（刘含初）来到警察厅投案，并为被捕学生送食品。警察讯问三人后，将其放回。临走，段锡朋给被捕学生留下一封信，鼓励同学们要以乐观的精神看待，同时表示蔡元培和王宠惠先生会设法营救学生。这则史料说明，刘含初参加了下午的五四运动，没有问题，但并未被捕，而是返回学校后，见一部分同学没有返校，于是与段锡朋、钟巍一起返回现场，得知已有32名学生被捕，自动到警察厅了解情况，被短暂羁押讯问后当即放回。

5月7日，警察厅被迫释放全部被捕学生，这些学生由北大同学陪同，分乘6辆汽车返回北京大学。蔡元培率领全体教职员和学生在红楼前的广场上迎接。被捕学生被营救回校，大家以为这件事情到这里就平息了。但是，事实远不像人们想象的那样简单。早在5月4日晚内阁紧急会议上，内阁大员们就对北京大学和蔡元培十分不满。北京政府国务总理钱能训甚至说："蔡鹤卿校长地位不能动摇，假若蔡死则何如？"于是，在社会上有很多传闻纷纷而出，有人说："曹汝霖、章宗祥行将报复。"有人甚至说："曹汝霖、章宗祥一方面以三百万金购人刺蔡，一方面派人焚北大校舍，杀北大学生。"还有人说："徐树铮已经调来了军队，在景山上架起了大炮，准备轰击北京大学。"

据馆藏档案显示，5月13日，北京16所高等专科以上学校的学生到京师地方检察厅自行投案。学生们在自行检举书中写道："窃学生等本不应干预政治，近以山东青岛问题祸迫眉睫，义愤所激不能自已，致有五月四日之事。学生等诚无状，理合依法自行投案，静候处分。"附呈北京16所高等专科以上学校学生自行检举名册一本，名册中是全市五千多名学生的名字。

参加五四运动当日活动的陕西籍学生还有魏野畴（1898—1928），陕西兴平人，参加五四运动时为北京高等师范学校学生；李子洲（1892—1929），陕西绥德人，参加五四运动时担任北京大学学生会干事，积极参加示威游行，并和同学们火烧赵家楼，痛打章宗祥；刘天章（1893—1931），陕西高陵人，参加五四运动时为北京大学学生会负责人之一，组织痛打章宗祥、火烧赵家楼的行动，曾被捕，后获释；杨明轩（1891—1967），陕西户县人，参加五四运动时为北京高等师范学校学生，参加了痛打章宗祥、火烧赵家楼的行动，曾两次被捕；呼延震东（1894—1977），陕西清涧人，参加五四运动时为北京大学学生；杨钟健（1897—1979），陕西华县人，1917年考入北京大学预科，参与了天安门前的集会和游行；屈武（1898—

1992），陕西渭南人，参加五四运动时为西安成德中学学生，陕西学生联合会主席，6月下旬还作为陕西学生代表赴北京声援；党修甫（1903—1972），又名家宾，陕西郃阳（今合阳）人，参加五四运动时为北京高等师范学校附属中学学生；傅鹤峰（1895—1949），陕西城固人，参加了五四运动当天的集会和街头演讲，时为北京高等师范学校学生自治会负责人之一。

与西北大学有关的除杨明轩、李子洲、魏野畴、呼延震东、杨钟健以外，还有：杨晦（1899—1983），本名杨兴栋，辽宁辽阳人，1917年8月考入北京大学哲学系，是在五四运动中最先冲入并火烧赵家楼的几个学生之一，1941年任国立西北大学教授；罗章龙（1896—1995），湖南浏阳人，参加五四运动时为北京大学学生，在火烧赵家楼的行动中身先士卒，1938—1947年任国立西北联合大学、国立西北大学教授；另有陈剑翛（1896—1953，曾任西安临时大学、国立西北联合大学常委兼秘书处主任）、初大告（1898—1987，曾任国立西北大学外国语言文学系教授兼系主任）等。

五四运动两个多月之后，刘含初再次涉案。其原委是：1919年7月16日，几个安福系政客在政闻社举办宴会，试图收买应邀出席的部分北大学生。被收买的学生约定次日上午在北大法科大礼堂商议行动计划。此消息走漏后，北大学生鲁士毅、王文彬等人带领数百名支持五四运动的学生赶往礼堂，冲进会场，将许有益、俞忠奎等5名学生扣留下来。鲁、王等人对5名学生进行了审问，并且让其签录了承认勾结安福系的口供。为表惩罚，许、俞等人后被关在北大理科楼的一个房间之中，直到当晚由警察放出。次日，被关学生向警察厅控告鲁、王等人"伤害并私擅逮捕监禁"。警察厅遂将涉事学生11人逮捕。同时，鲁、王等人亦以"侮辱罪"控告许、俞等4人。8月，北京地方检察厅分别以"伤害及私擅监禁罪"和"侮辱罪"对鲁、王和许、俞等两批涉案学生提起公诉，时称"北大学生互控"案。1919年8月21日，著名律师刘崇佑闻知此案，毅然挺身，担任鲁士毅等11名学生的辩护律师，出庭声辩。该案开庭审理，旁听之位座无虚席。当时社会舆论对鲁、王等人颇多同情，旁听者亦多趁休庭时间向鲁、王等被告招手慰问，而对许、俞一方则鲜有问津。刘崇佑的辩护"激昂悲惨""沉痛精彩"，整个审判历时8个小时方才退庭。1919年8月26日，法庭做出判决：鲁、王一方11人中，鲁士毅、倪品贞伤害罪和共犯私擅监禁罪成立，王文彬、刘含初、谢绍敏、陈邦济共犯私擅监禁罪成立，其余学生宣告无罪；许、俞一方4人则侮辱罪均告成立。在判刑方面，有罪的学生分别被判处从拘役到徒刑4个月不等的刑罚,但是获徒刑者均得缓刑,判拘役者则以未决期内的羁押日数进行抵扣或亦判缓刑,所以全部学生皆得释放。这也可算是法庭接受了刘崇佑使学生早日返校就学的主张。

这就是刘含初因参加五四运动两次被短暂关押的史实:一次与北大学生段锡朋、钟巍三人被问讯后释放;一次是在"北大学生互控"案中与王文彬、谢绍敏、陈邦济四人共犯私擅监禁罪,以未决期内羁押日数抵扣或亦判缓刑而释放。就此,"被北京政府逮捕,羁押数日"①的说法、"曾遭反动当局逮捕,经斗争获释"②的说法、"因参加五四爱国运动,遭反动当局拘捕"③的说法均不准确。

## 三、创刊《共进》 初试文笔

刘含初在北京大学读书期间的第二个重要事件就是参与创刊和编辑《共进》杂志。

刘含初为1921年至1924年间共进社的主要负责人之一。"当时,共进社的活动经费比较困难,刘含初常常捐出自己的工资,作为共进社的活动费用。有的同志生活上发生困难,他便解囊相助。"④这一时期共进社的其他主要负责人还有屈经文、武止戈、方仲如、安子文、刘尚达、潘自力、王子休、白超然、刘天章、魏野畴等。刘含初不仅承担大量的社务,还为《共进》撰写了《我主张一部分的排外运动》《旧国会恢复后的罪恶》等文章,并以《共进》半月刊的名义回复了部分读者的来信。1922年10月29日,读者吴湘如女士因对《共进》第24期署名子骞的《我的南岳峻想吃天鹅肉》一文不满,认为其在指责自己参与买卖婚姻,有损自己名誉,故在未接到

---

① 西安市地方志编纂委员会. 西安市志·第七卷· 社会·人物[M]. 西安:西安出版社,2006:428-429.

② 李瑞林. 刘含初[M]//中华人民共和国民政部. 中华著名烈士:第3卷. 北京:中央文献出版社,2000:103-107.

③ 张静如,梁志祥,镡德山. 中国共产党通志:第4卷[M]. 北京:中央文献出版社,2003:804.

④ 梁星亮,张守宪,董建中. 刘含初[M]//陕西省革命烈士事迹编纂委员会. 英烈传选:第1卷. 西安:陕西人民出版社,1987:21-28.

图1-3 刘含初在《共进》1922年1月25日发表的《我主张一部分的排外运动》

《共进》半月刊及时答复的情况下，将有关函件在《晨报》发表。同时，她认为《共进》第25期没有及时发表自己的来函是在蔑视和侮辱女性。实际上，是刘含初在看到此函时，表示认识此读者，收存来函拟当面交涉，"愿图友谊之谅解"，却因"私务忙碌，尚未与女士见面"而耽搁，致有此笔墨官司。就此，共进社首先以编辑的名义于1922年11月3日作了答复。但这仍不能平息吴湘如女士的责难，刘含初遂于1922年11月16日作了回复，又以共进社记者的名义于1922年11月23日作了答复。这表明"原为息两方（作者子骞与读者吴湘如）笔墨之争，已声明向吴女士说明缘由，不意返来私务牵掣，未能一晤吴女士，致吴在《晨报》发表，并对《共进》发生怀疑，此实不佞之咎也，除即日登报声明缘由外，并向诸先生谨道歉意"①，这才大致结束此次笔墨之争。②此虽为小事一桩，但从中可以看出，刘含初在《共进》创刊初期的确承担了极为琐碎和相当繁重的事务性工作，为《共进》殚精竭虑，以致很难抽身多撰写一些稿件或有闲暇去拜访熟人。同时，它也反映了民国

---

① 刘翰章. 给《共进》半月刊编辑诸先生的函件［N］. 1922-11-25（4）.
② 吴湘如女士来函（1922-10-29；1922-11-16）［N］. 共进，1922-11-25（4）.

初期办刊的不易和来自各方意想不到的困难。

今见刘含初在《共进》发表的文章有1922年1月25日第1版发表的《我主张一部分的排外运动》和在1923年1月15日第2版发表的《旧国会恢复后的罪恶》，反映了刘含初1923年间的一些政治主张和对社会的认识。

在《我主张一部分的排外运动》一文中，其思想表现在三个方面：

其一是，"打破那偏狭的爱国主义"，"打破人种的差别"，主张走向"国际革命运动"。他认为，"在现代资本主义侵略的时代，稍微觉悟的人，都主张一种'国际革命运动'，往人类携手的方面走，不但要打破那偏狭的爱国主义，并且要打破人种的差别"。①

其二是，"人类是互助的，不单是互竞的"，"社会的进化，是协进的进化，不是相争的进化"。他认为，"发明'互助'真理的克鲁泡特金决乎不能与煤油大王携手罢。我相信人类是互助的，不单是互竞的，又相信社会的进化，是协进的进化，不是相争的进化"。由此，他认为，既然我们要实行人类的协进，"就不能不把那实行协进的阻碍除去，也就不能不把那不能协进而又不愿协进的分子铲除"。②

其三是，在除去"协进障碍"的基础上，他提出"非可与陕人并存者而排"的部分排外主张，亦即排除"军官士卒及走江湖的土匪"和"政客官僚"等封建军阀对陕西的侵略。他就此打比方道："比喻建筑一座房子，就不能不先把地基上弄得干干净净，那不是房子所需要的材料，也不能不把它搬到别处。""要使我们陕西建筑在不受一切强力束缚，在自治的基础上面，同享'人'的幸福生活，或者比较幸福的生活。"③其实，无论是湖南的"驱张运动"还是陕西的"驱刘运动"，换了一任督军又能怎样呢？比如1925年2月成功驱逐了河南人刘镇华，结束了刘镇华长达八年的残暴统治，换了陕人陈树藩，还是"换汤不换药"，不能从根本上改变这吃人的旧社会。此处，刘含初肯定了20世纪20年代以旅京陕西学生为主发动的"驱刘运动"，驱除十恶不赦的反动军阀刘镇华，无疑是一次正义的、革命的运动，也是《共进》、陕西旅京学生联合家乡进步势力参与地方反封建、反军阀恶霸的一次重要胜利。同

---

① 含初. 我主张一部分的排外运动（1922-12-28 于广州）[N]. 共进, 第 8 号, 1922-01-25 (1).
② 含初. 我主张一部分的排外运动（1922-12-28 于广州）[N]. 共进, 第 8 号, 1922-01-25 (1).
③ 含初. 我主张一部分的排外运动（1922-12-28 于广州）[N]. 共进, 第 8 号, 1922-01-25 (1).

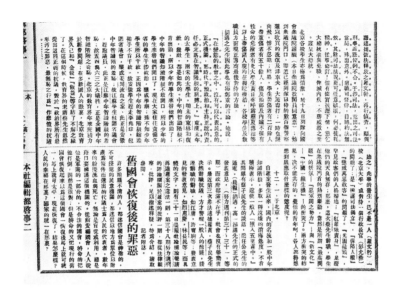

图 1-4 刘含初在《共进》第 30 号，1923 年 1 月 15 日发表的《旧国会恢复后的罪恶》

时，刘含初认识到湖南"驱张运动"和陕西"驱刘运动""不能从根本上改变这吃人的旧社会"，是他对这类学生运动的一次深刻反思。然而，如果要将这一运动上升到理论上的"排外运动"，无论如何都是很狭隘的一种改良意识，反映出作者在加入中国共产党以前的一些不成熟的认识。

在《旧国会恢复后的罪恶》一文中，其思想表现在四个方面：

其一是，认为 1922 年至 1923 年间恢复的民意机构——国会与其代议制，构成一种"罪恶"，只有"头脑不清的人"才"迷信国会是神圣的、不可侵犯的"和"迷信以地方为单位、以财产为条件而选出的代议士为人民的代表者"。从民初数年来国会的一次次成立、一次次垮台来看，他指出，"数年来的纷扰流血与死亡，无论是盲从或利用，总是借口要拥护这个机关。从前的安福国会，拼命地把它打倒，固然是对的，但是拼命地又把现行的旧国会恢复起来，以为这个国会一恢复后马上就可统一，马上就可太平"吗？然而，"现在恢复了，结果怎么样？人民的幸福在哪里？国家的统一在哪里？"反而是，国会恢复了，但"混乱污浊的程度越发增高，数月以来的报纸，大半幅总是让国会的恶浊消息占据了，全北京的社会几乎是完全恶化"。①

---

① 含初. 旧国会恢复后的罪恶（撰写于 1922-12-22）[N]. 共进，第 30 号，1923-01-15(4).

其二是，认为1912年民国成立至1923年，12年来国会在制宪方面毫无作为可言，构成"现国会对于宪法的罪恶"。他指出，1913年时"一般议员多忙于逛妓馆的事"，1916年时"多忙于文麻雀"，现在又忙于"向军阀磕头献媚、吃馆子请客的事"，以致国家根本大法"不能平心静气酌量国情地制定，乃欲为保障私人权利的制定"。而且，现在的议员是1913年选出的，以10年前的头脑，何以能代表10年后的民意，何以能制定出"适应国情的宪法"？！①

其三是，现国会"同意案问题"构成一种"罪恶"。什么民意、什么义务、什么权利，均"变成攘夺权利的器具"，同意与否皆以"国务员请吃请喝分配利益为标准"。他直言揭发：农商部某某，"因要求同意票，接受议员推荐信千余通，部内增加咨议、秘书、办事员至近千人，流氓、纨绔子""几乎把农商部的座位占满，增加国库负担，虚糜人民财力"；教育部某某为得到"同意票，至于干涉司法独立，逼走大学校长，使数千学生在众院门前演流血之惨剧，陷国家于无教育状态"。②

其四是，现国会对于将来选举总统构成"罪恶"。他认为，"十年前的国会议员，在十年后已无存在之价值，更何能说到可以选举总统"。这"与法与理，均说不过去"，议员们却将此当作"发财大机会""直闹得满城风雨，铜臭熏天，廉耻丧尽，风纪荡然"。至于其内部的倾轧更是触目惊心，"你陷害我，我陷害你，卑鄙恶浊，无所不用其极。参议院因互相争议长，票价增至五千元，数月纷扰，不能开会，会场中叫嚣、喧闹、对骂、种种丑态"，不一而足。这难道不是一种罪恶吗？！刘含初不无忧虑地指出："国家根本大法，就托在这般人的手里，四万万男女的幸福，也就托在这般人的手里，唉！这是何等的危险！"③

刘含初还在1922年9月10日出版的《共进》第21号上发表有《自由谈话半打》一文。其主要思想表现在四个方面：

其一是，对1913年至1922年间，议员"今日投南，明日投北"的政治立场提出强烈批评，认为其"人格已经不能说了，还要装腔作势，侈谈一切"，为此痛骂其人格哪里是什么"国民代表，我说他就是几个游狗"；哪里是什么"媒妁"，简直就

---

① 含初. 旧国会恢复后的罪恶（撰写于1922-12-22）[N]. 共进，第30号，1923-01-15 (4).
② 含初. 旧国会恢复后的罪恶（撰写于1922-12-22）[N]. 共进，第30号，1923-01-15 (4).
③ 含初. 旧国会恢复后的罪恶（撰写于1922-12-22）[N]. 共进，第30号，1923-01-15 (4).

是个"牵头";哪里是什么"小政客",简直是"小强盗"。①

其二是,对一夫多妻提出强烈批判。他认为,男女结合"只能一夫一妇",但"一般阔少大佬,偏要娶上四五个,占在自己房中,使世间添了许多的旷夫,使牢狱增了许多的奸犯,不特是垄断资产,还要垄断人口"。这无异于"霸占人妻"。

其三是,对"父兄们"供给子弟求学,并不是希望子弟求明学理,乃是望子弟挣钱养家,与其说把子弟当人看待,毋宁说他们"把子弟""当机械看"。

其四是,对帮派林立非常反感,"上海的拉车夫,有苏州帮;北京的水夫,有青帮红帮";甚至留日学生也有什么"东洋派""北京派"。

在这些文章中,刘含初忧国忧民,敢于直言,直指时弊,痛斥民初国会的种种罪恶,以图唤起民众争取真正的民主。

列宁逝世后,《共进》等刊物大量转载了纪念文章,从各方面阐述列宁主义,大声疾呼"努力奋斗,勿忘列宁",赞誉列宁"是实行马克思主义的指导者,是为无产阶级而奋斗,为全人类谋幸福的领袖。其功绩伟大处,就在他能根据这种主义和精神为全世界被压迫的弱小民族说公平话,并能引导着作实现社会主义的运动"。②

## 四、八校任教　在沪入党

刘含初是北京大学文史系的高才生,毕业后先后任教于通州师范学校、苏州中学、岭南大学、上海大学、中州大学、国立西北大学、三民军官学校、西安中山学院等八所学校,特别是参与创建了一南一北两所革命学府——上海大学和西安中山学院。他1923年在上海大学加入中国共产党,与刘天章(1921年入党)、魏野畴(1923年入党)、李子洲(1923年初入党)等是陕西乃至西北最早的几位共产党员之一,曾与李大钊、恽代英、瞿秋白、张太雷、陈望道、邓小平等共产党人共事。

刘含初任教的前两所学校已很难获知详情,仅知:第一所是通州师范学校,第二所是苏州中学,1920年秋先后任两校国文教员。其中,通州师范学校始创于清光

---

① 刘含初. 自由谈话半打 [M] //中共陕西省委党史资料征集研究委员会. 共进社和《共进》杂志. 西安:陕西人民出版社,1985:166.

② 雷学军,邓亚斌. 马克思主义在陕西的早期传播 [N]. 陕西日报,2018-05-09 (6).

绪三十一年（1905），相继改为中学堂、师范学堂、顺天府第三中学、京兆第三中学，1920年改为京兆师范学校。

刘含初任教的第三所学校是岭南大学，1922年，他在该校任国文教员，在课堂上反对讲古习经，向学生灌输革命思想，宣传马克思主义，曾以"对国文教员的批评"为作文题让学生发表见解，结果学生大胆抨击时政和教育的种种弊端，在全校引起轩然大波。校方以他"鼓动"学生闹事为由，解除其职务并勒令其立即离校。刘含初复转任广东信宜县教育局局长，不久，又被当地反动政府借故停职。于右任得知此事，遂聘他到上海大学任教。

刘含初任教的第四所学校——上海大学，是1923年国共合作时期由中国共产党创办的第一所高等学校。刘含初任上海大学校务长，后改任行政委员会总务主任，校务长一职由代理校长改聘韩觉民接替。①

上海大学是同后来的西安中山学院很相似的一所高等学校。该校由于右任担任校长，邵力子任副校长。该校"三长"（校务长、教务长、学务长）之一的校务长相继由邓中夏、刘含初、韩觉民担任，教务长由瞿秋白、叶楚伧担任，学务长由何世桢、陈望道担任。刘含初在上海大学期间，与瞿秋白、张太雷、陈望道等结识，成为《向导》的撰稿人之一，并在此期间加入中国共产党。据上海公共租界工部局主办的《警务日报》报道："其他地位较低之教授而为《向导》写稿的则有：蒋光赤、张太雷、刘含初。以上三人与施存统同住于慕尔鸣路（茂名北路）彬兴里二〇七号。"②1924年10月10日"双十节"集会时，上海大学社会学系学生黄仁遭到国民党"右派分子"的袭击而死，引起了社会强烈反响。上海大学学生会发表通电，公布事件真相，提出强烈抗议。上海《民国日报》发表短评，指出应当把"双十节"改为"警告节"。瞿秋白受中共中央委托，写信给孙中山的顾问鲍罗廷，披露国民党上海执行部和上海大学内部分化、冲突的内情。10月27日，上海大学举行黄仁烈士追悼大会，几百副白色挽联飘荡在会场四周，很多人到会致哀和声援。陈望道主持追悼大会并报告事件经过，然后全体到会人员向烈士遗像行礼，烈士同乡何秉彝报告烈士历史及事略，继沈玄庐、瞿秋白、恽代英之后，刘含初也发表演说，强烈谴责

---

① 编者. 上海大学之新计划［N］. 民国日报，1925-02-05（6）.

② 上海大学瞿秋白等活动.《警务日报》（上海公共租界工部局）（1924-12）［M］//黄美真，石源华，张云. 上海大学史料. 上海：复旦大学出版社，1984：110.

国民党"右派分子"的暴行，表达对黄仁同学的哀思。最后，整个会场群情激昂，唱起悲愤的追悼歌，从下午一时开始，一直持续到四时才结束。之后，上海大学社会学系与英国文学系部分师生之间产生了政治倾向上的严重对抗，矛盾激化，导致瞿秋白辞职，转入地下秘密工作。1924年12月9日下午，上海公共租界工部局警务处和静安寺巡捕房包探，突然对西摩路132号的上海大学及其毗邻的西摩路522、523、524、525、526、527号，慕尔鸣路207号等瞿秋白、刘含初、张太雷等师生住处进行搜查，结果搜去了"排外性质书籍三百册"和"社会主义性质之俄文书籍三百四十本"。①这也可能是刘含初后来离开上海的原因之一。

刘含初任教的第五所学校是中州大学（1924年）；第六所学校是国立西北大学（1924年），任代理事务长；第七所学校是三民军官学校（1925年）；第八所学校是西安中山学院（1927年），任院长。

刘含初曾经任教的陕西耀县三民军官学校，筹备于1925年5月，于1925年7月开始招生。杨虎城兼校长，唐嗣桐为校务长，魏野畴为负责政治教育的政治处主任，刘含初与赵葆华、吕佑乾等为政治教官。1926年春，因学员开赴西安参加围城保卫战，学校随之结束。其政治课内容"主要讲述三民主义、各国革命史、帝国主义侵华史、社会进化史、马列主义基本原理及发展史"②等，均由共产党员讲授。

1924年春，刘含初回陕后先在陕西省教育厅供职，后转任国立西北大学代理事务长。在校期间，国立西北大学学生运动此起彼伏，他于1925年参与领导西安反帝爱国运动。1924年考入国立西北大学的保至善和任鼎昌即受到以刘含初为代表的国立西北大学共产党人的影响。董汉河的《第一次国共合作时期的甘肃工农运动领导人保至善》中指出："国立西北大学教师中，有许多北京大学的毕业生，其中有和李大钊一起从事过革命活动的共产党员。在这里，保至善受共产党员和进步教师的影响，经常阅读《新青年》《向导》《中国青年》等革命刊物，逐渐接受了马克思主义思想。"③柏石在《忠贞浩气贯陇东——任鼎昌烈士》中写道："（我）1923年中学毕

---

① 张秋实. 解密档案中的瞿秋白［M］. 北京：东方出版社，2011：146.
② 屈伸. 回忆三民军官学校创办始末［M］//中国人民政治协商会议陕西省西安市委员会文史资料研究委员会. 西安文史资料（第11辑）. 西安市委员会文史资料研究委员会，1987：29-34.
③ 董汉河. 第一次国共合作时期的甘肃工农运动领导人保至善［M］//中共平凉地委党史办公室. 中共平凉党史资料之一·党在平凉地区的早期活动. 中共平凉地委党史办公室，1988：60-63.

业，慕名投考北京大学读书，在北京学生运动的直接影响下，进一步受到了新文化运动的启迪，思想逐渐进入新的境界。1924年1月为了节省学费，又转入重新恢复的国立西北大学就近读书，这时和王孝锡等甘肃陇东同学有了较多的接触，在国立西北大学共产党员刘含初等直接领导下，学习马列主义，受到了党的培养教育，积极参加西安学生运动，进行反帝反封建的革命宣传活动，声援'五卅'斗争和参加西安'非基运动'。""1926年4月，任鼎昌积极参加中国共产党领导下的反围城斗争，在斗争中光荣地加入了中国共产党。"①1924年考入国立西北大学的甘肃宁县人王孝锡也是1926年在国立西北大学加入中国共产党的。1926年1月14日，国立西北大学学生会通电全国，发出致全国同胞书，反对日本"以保护侨民"为借口出兵奉天。②

刘含初任国立西北大学代理事务长期间，正值西安围城时期，他和王授金住在西安九府街46号和47号。刘含初与魏野畴、赵葆华的主要任务是对杨虎城、李虎臣等进行统战工作。围城期间，刘含初曾以中共地下党、国民党省党部宣传委员、国立西北大学事务长的多重名义，开展"市民解围运动"，曾于1926年11月初，在国立西北大学召开了一次市民代表大会，向市民发放油渣、麦麸等食物，号召市民自救，发动市民支持守城。这次市民大会公推刘含初为代表，与学生代表、工人代表去找杨虎城请愿，向守军提出"主动出击，以配合城外援军；禁止军人进入民宅搜粮；坚决镇压投降分子"③等要求，表示对守城的坚定支持、对投降派的声讨，同时派代表化装出城向冯玉祥的国民军联军第一军求援和介绍城内情况。这些工作对反对投降、安定军心、坚定守城、打击消极守城具有积极意义，此后有军人入户抢粮和通敌被枪毙。另一项重要工作就是刘含初参与党组织使用学联名义举办的暑期学校。报名学习的学生有500余名，不久扩充至千人。学校下设社会科学系、自然科学系、文学系、史学系等四系，雷晋笙、王授金、刘含初、贾平万分任系主任。据

---

① 柏石. 忠贞浩气贯陇东：任鼎昌烈士[M]//中共平凉地委党史办公室. 中共平凉党史资料之一·党在平凉地区的早期活动. 中共平凉地委党史办公室, 1988：64-69.

② 编者.国立西北大学学生会通电全国，发出致全国同胞书[N].西安：民生日报, 1926-01-23 (5).

③ 王文振. 国民军坚守西安大事记（1926-01—1927-01）[M]//中共西安市委党史研究室. 坚守西安. 中共西安市委党史研究室, 1993：434.

当时的西安一中学生、共青团支部书记王苙南回忆："围城期间学校没有开学，一部分学生因城被围没有回家，学校剩下一部分学生，一千多人。于是由学联主持办了个暑期学校，共六个班，五六百学生。担任讲课的有刘含初、王授金、雷晋笙、赵葆华等，除课堂学习以外，也学习《向导》上的一些文章，同时出版了《暑期学生》刊物六期。学校党团组织，特别是团的组织有了很大的发展。"①田一明也回忆：1926年"暑假，在城隍庙后门省一中（今西安市第二十五中学）成立了一个暑期学校，西安市一些中学生和中小学教职员在这里听讲唯物史观、社会进化史、列宁主义初步等进步知识，我也被吸收听讲和学习"②。这个暑期学校不仅组织学生积极支援守城、安定城内秩序，而且为以后的工人运动、农民运动培养了一批骨干力量。

西安军民忍饥挨饿，浴血奋战，坚持了8个月的反围城斗争，终于在冯玉祥、于右任率领的国民军联军的支援下取得了胜利，于11月底赶走了刘镇华，陕西地区的大革命运动出现了蓬勃发展的新局面。

（姚　远　周明全　耿国华）

---

① 王苙南. 围城期间西安城内的党团活动（1959年访问，复经本人于1983年12月校阅）[M]//中共西安市委党史研究室. 坚守西安. 中共西安市委党史研究室，1993：173-177.

② 田一明. 围城中的学生运动[M]//中共西安市委党史研究室. 坚守西安. 中共西安市委党史研究室，1993：177-179.

# 第二讲

## 威武大丈夫：
## 共产党人刘含初与西安中山学院（下）

### 五、创建中山学院　兴办革命学府

**（一）收束国立西北大学和筹组西安中山学院**

1926年7月北伐战争开始后，中国共产党和苏联积极帮助冯玉祥出兵北伐。9月15日，冯玉祥自苏联回到绥远省（今内蒙古自治区中南部）五原县，就任国民军联军总司令。冯玉祥接受中共北方区委和李大钊的建议，兵分两路进军陕甘，解除了长达8个月之久的西安之围。由此，陕西地区的革命形势迅速发展，需要大批干部。为此，国民军联军总部采纳苏联顾问、中国共产党及国民党左派的倡议，在西安创办西安中山学院和西安中山军事学校。其最高领导机构为1927年2月18日成立于西安的西北临时政治委员会，亦为国民党在国民军联军管辖区域内的最高指导机关。具体的教育业务则归属国民军联军驻陕总司令部（于右任任司令，邓宝珊任副司令）和政治部（部长为共产党人刘伯坚）直接管理。虽然总司令部教育厅厅长、共产党人杨明轩也是西安中山学院委员会五位委员之一，但他并未直接参与管理。学院军事教育计划由军事顾问塞夫林（又译谢依夫林、赛夫林等）负责，政治教育计划则由政治顾问乌斯曼诺夫负责。

1927年1月18日，国民军联军驻陕总司令部公布关于收束国立西北大学，筹建西安中山学院的命令，并成立筹备委员会，由王凤仪（原国立西北大学教务长、代理校长）、李寿亭、赵葆华、刘含初（共产党员，原国立西北大学事务长）、李子洲

（共产党员）等 5 人组成。1 月 27 日晚，筹备委员会在陕西省烟卷特税处召开第一次会议，研究结束国立西北大学的具体事宜，会议推选刘含初为筹备委员会委员长，推李子洲暂觅两个职员负责接收国立西北大学一切交接事宜，并起草西安中山学院组织大纲和计划。因为国立西北大学经费出自陕西省烟卷特税，故会议责成筹备委员会委员、时任国民党陕西省临时党部常务执行委员的共产党人赵葆华向国民军联军驻陕总司令部交涉，另委任烟卷特税长，明令烟卷特税作为收束国立西北大学和筹备西安中山学院之用。1927 年 2 月 4 日，筹备委员会在国立西北大学举行第二次会议，研究决定国立西北大学学生过去未了之手续由西安中山学院代理；在西安中山学院开办之各班、各系中尽量容纳国立西北大学学生；高年级学生函送到府考选录用；愿继续所学科目插入西安中山学院各系者，从前修业年限认为有效。

据此决议，国立西北大学确有部分学生转入西安中山学院。今所知者有：王文宗（1904—1928，字子清，陕西渭南人），1924 年考入国立西北大学，1927 年由国立西北大学转入西安中山学院学习。甘肃青年运动的先驱者之一任鼎昌（1899—1929，字宜之，甘肃宁县人），1924 年考入国立西北大学，1926 年在西安围城斗争中加入中国共产党，1927 年转入西安中山学院。李应良（1900—1927，原名李培基，字子善），于 1922 年夏考入陕西省立水利道路工程专门学校，1924 年春随校并入国立西北大学工科继续学习，在西安围城中毕业后留西安工作，并协助李子洲开展工作，1927 年 2 月任西安中山学院事务委员会委员。

在刘含初主持的第二次筹备会议上，会议对国立西北大学的外债，教职员、夫役欠薪，外省教授离陕旅费等问题，均做了妥善处理。比如："直接借用过的外债，由中山学院尽可能地从速筹还"；关于旧欠薪金，"外省教授离陕者各筹发旅费洋百元，中山学院聘任者不在此限"，"外省教授薪金清至 1926 年 2 月底为止，由中山学院于 1927 年 6 月以前从学校收入项下分期清偿，如有带家眷者，急于离陕者，可以酌量提前发给若干"；夫役工资、雇员工资、本省教授工资均在 1926 年 4 月底、7 月底以前分期清偿。这些问题在一个月后即获解决，"西大欠款及欠薪除已由筹备会清偿外，余均由筹备会呈请总部移交财政委员会"。①

据 1927 年 3 月 6 日的《陕西国民日报》报道：

> 西北临时政治委员会昨日开会，讨论关于中山学院之各种重要问题，以

---

① 编者. 中山学院前晚开正式委员会［N］. 陕西国民日报，1927-03-22（3）.

便进行。其决议案如下：一、中山学院隶属国民军联军总司令部、西北临时政治委员会指导；二、经费以烟卷特税办理，如不足时由国联总部津贴；三、组织用委员制，委员五人，由五人中推出委员长一人，当时推出委员为刘含初、刘伯坚、杨明轩、李子洲、薛子良，刘含初为委员长；四、开办妇女运动班；五、请冯、于两司令通电各地驻军，禁止截收烟捐、特税、商税及教育专款。①

西北临时政治委员会常务委员会有关西安中山学院问题的决议，表达了三层意思：一是确认西安中山学院的隶属关系；二是停止"收束西北大学筹建西安中山学院五人筹备委员会"，成立"西安中山学院委员会"组织管理架构，去王凤仪、李寿亭、赵葆华三人，增总司令部政治部主任刘伯坚、教育厅厅长杨明轩、总司令部财政委员会委员长薛子良（薛笃弼）三人，组成更高级别的委员会，而仍以刘含初、李子洲为主，刘含初仍任委员长。

### （二）西安中山学院的成立

西安中山学院委员会的成立标志着西安中山学院筹备工作进入新阶段。在刘含初等人的积极筹备下，西安中山学院于1927年2月15日发出招生启事，首批招收军事政治、农民运动、组党等三个班。社会各界对西安中山学院寄予殷切希望，认为"西安中山学院，为陕省最高学府，所负之责任既重且大"②。

1927年2月16日，国民军联军总司令冯玉祥致电于右任等，要求西安中山学院早日开课。他在电文中说，"本军党务及政治工作人才缺乏""各方均向总部请求派人无法应派""中山学院应定日开学，赶速训练大批人才，以应急需"。③起初，还有创办西安中山学院陕北分院的设想，冯文江就是中共陕甘区委从西安中山学院调出，拟任陕北分院农运教员④，但最终未能实现。在西安中山学院2月17日召开的筹备

---

① 编者.西北临时政委昨开常务会议，中山学院问题解决，通电各地驻军禁止截收教育专款[N].陕西国民报，1927-03-06（2）.
② 谢镇东.西安中山大学成立及改组经过纪实[J].新陕西月刊，1931，1（1）：78-79.
③ 中共西安市委党史研究室.中国共产党西安历史第1卷（1921—1949）[M].北京：中共党史出版社，2005：87-88.
④ 赵通儒，魏建国.《延安文学》精品书系（第一辑）：陕北早期党史资料[M].北京：中共党史出版社，2018.

图 2-1　西安中山学院

会议上成立了招生、事务、教育三个委员会。其中，招生委员会委员长为陈玉璧，委员有穆济波、吴化之、杨怀英、张汉俊；事务委员会委员长为呼延震东，委员有梁俊琪、保至善、李应良；教育委员会委员长为穆济波，委员有吴化之、亢维恪、杨怀英、张汉俊等。

1927年3月10日，西安中山学院举行成立大会。国民军联军驻陕总司令部司令于右任、总司令部政治部部长刘伯坚和苏联军事顾问塞夫林，以及来宾、教职员、学生等千余人出席大会。"会场布置颇形完善，除会场内贴满革命领袖肖像及各机关团体送来的红条幅外，全院均张贴标语，充满革命气氛。上午11时起，来会者已渐形拥挤，下午2时止，到会者1000余人。由于右任同志宣告开会，刘伯坚、刘含初等同志及苏联同志塞夫林相继讲演。最后有双簧、舞蹈、音乐等游艺，闭会时已下午（晚间）9时矣。"

西安中山学院开课将近一个月后，"学院已经正式成立，筹备委员会亟待结束"，故1927年3月20日召开筹备委员会最后一次会议，宣布结束筹备委员会，由委员长负责制改为院长负责制，下设训练部（在每班设一名政治训练主任）、教育部、总务部。在李子洲拟定的《中山学院初步计划》中，第二学期分设社会科学系、政治系、经济系三系，但终因时局突变而搁置，仍旧分为军事政治班、农民运动班、组党班、妇女运动班、行政人员养成班、教育人员养成班等。学院不设系，各学习班以中队组织教学，分为三个中队（吴岱峰回忆以后增至五个中队），并成立有国民党中山学院区党部和中共地下党总支和共青团地下团支部。其任职分别如下：

　　院　　长　刘含初（共产党员）；
　　副院长　李子洲（共产党员，初兼训练部部长，后改兼总务长）；
　　训练部部长　李子洲（兼）；
　　教育部部长　徐孟周（共产党员，后由穆济波继任）；
　　总务部部长　呼延震东（共产党员）；
　　总队长　任敬斋（共产党员）；
　　第一中队队长　陈玉璧（前任吴岱峰、陈云樵）；
　　第二中队队长　高锦尚（前任吴岱峰）；
　　第三中队队长　李万斌；
　　第四中队队长　李万斌；
　　第五中队队长　杨怀英（吴岱峰继任）；
　　组党班负责人　金鸿图；
　　农民运动班负责人　杜松寿；
　　妇女运动班负责人　杨怀英；
　　中国国民党中山学院区党部　杨怀英；
　　中共中山学院地下党总支书记　冯文江（吴化之回忆说总支书记为刘含初或王子休），总支委员有吴化之；
　　共青团西安中山学院地下团支部书记　霍建德（后改名为王俊）。

中共党员任教者有：苏联顾问乌斯曼诺夫、塞夫林，刘伯坚、邓希贤（邓小平）①、吴化之、李子洲、赵葆华、钱清泉、严信民、王子休、冯苔周（一航）、潘自力（兼）、刘继增、杨慰祖、冯文江、杜松寿、金鸿图、杨明轩（兼）、亢维恪（兼）、吕佑乾（兼）、魏野畴（兼）、刘志丹（兼）等。"其中有些人是兼职的，国民军联军总政治部部长刘伯坚也不时来院作政治报告。""中山学院要成立的消息，我

---

①　据毛毛《我的父亲邓小平》，时在莫斯科中山大学的邓小平与另两名共青团员一起，乘坐苏联为冯玉祥部队运送子弹的汽车抵达西安，任西安中山军事学校政治处处长兼学校党的书记，兼在西安中山学院讲课。当时的学员陈云樵等亦有听邓小平讲课的回忆。

最早是从魏野畴那里得知的。有一天晚上魏野畴回来对我说：'于胡子（于右任）说要成立中山学院了。'"①

西安中山学院教员薪金均以教课钟点计算，党员每小时 1 元，非党员每小时 1.5 元。教职员的薪金以 30 元为最低额度，以 140 元为最高限额；50 元及 50 元以上之教职员凡属党员者一律以八成开支；雇员薪金以 16 元至 24 元为限度，辅以工资以 8 元至 12 元为限度。

### （三）招生与学员

从 1927 年 3 月到 7 月，西安中山学院共招生 900 多人。1927 年 3 月 20 日，西安中山学院委员会召开会议决定，"再定期招农民运动班学员 100 名"，并将"红城政治训练班移入学院"。在中共陕甘区委的支持下，驻陕总部又下令各县选派"合格"人员投考，学生人数迅速增加，"以致学校人满之患"。4 月 2 日的《陕西国民日报》报道：西安中山学院又设劳动夜校，"以养成革命人才及锻炼革命技能为宗旨"，要求"本院夫役必须加入""职员任意加入""校外各界人员欢迎加入"。

第二次筹备委员会会议同时确定学生报考资格和报考办法，除公开招收以外，多系陕甘两省各地党组织保送的党团员和革命青年，以陕北绥德师范、榆林中学和三原县保送的学生最多。1927 年 3 月，杜斌丞到西安参加解围庆祝活动，分别会见了冯玉祥、于右任、刘含初、李子洲等，听取他们对革命形势的分析，并将所带 78 名陕北青年中的 62 人送入西安中山军事学校学习，16 人送入西安中山学院学习。②

西安中山学院学生一律不收学费。农民运动班、组党班、军事政治班三个班的学生伙食及用品由学院供给，另给军事政治班学生每人发单军衣一套。军事政治班 4 个月毕业，农民运动班及组党班 3 个月毕业。

### （四）课程设置

西安中山学院公共科目有社会进化史、政治经济学概论、中国政治状况、新三

---

① 梁俊琪同志的回忆 [J]. 西安文史资料，1984（2）：96-98.
② 中国中共党史人物研究会. 中共党史人物传·精选本·15·统战与国际友人卷 [M]. 北京：中央党史出版社，2010：407-408.

民主义、帝国主义对中国的侵略、不平等条约、农民运动、军事知识、社会调查实习、国民革命、步兵操典、射击教范、筑城学等课程，还组织专题讨论、辩论、讲演，教学形式生动活泼。军事政治班学员张策回忆：有些课程没有课本和讲义，都是报告，像我听过的"资本主义浅说""唯物史观""共产主义 ABC"等。另外，还有一些秘密课程"有几次我是在大家睡觉以后才去陕甘区委听课，听课的时候不点灯，谁也看不见谁，这是为了保密"。①

西安中山学院农民运动班和军事政治班实行严格的军事管理，要求学生"须养成吃苦耐劳的习惯，做到三点：思想系统化，对于政治教育及训练全部接受；行动纪律化，一切行动须严守院规，并服从指导者的命令；生活平民化、军事化，衣食起居以平民、士兵为准则"②。所授科目分为公共科目、特殊科目两类。其中公共科目有：军事科目，包括术科的操场训练和野外实习，学科的典范令摘要和四大教程大要；政治科目，包括孙文主义、帝国主义、帝国主义侵略中国史、不平等条约及关税问题、中国政治经济状况、世界政治经济状况、革命史、国民党史、社会科学概论、政治学概论、经济学概论、革命的艺术、世界政党与革命党、社会进化史。特殊科目包括农民运动班特殊科目和军事政治班特殊科目。其中，农民运动班特殊科目有：农民问题、农民运动须知、全国农民运动概况、农民运动中之重要问题、农协与农民自卫军之组织与训练、本党党纲及重要宣言、农民教育。军事政治班特殊科目有：军队中政治工作、土地问题及农民运动、政治工作应用文字。

西安中山学院妇女运动班所授科目，除以社会科学为主外，尚有看护学、军事常识等。1927 年 5 月 18 日，经冯玉祥总司令特批，西安中山学院还开设地方行政人员训练班，学员要接受为期 4 个月的训练。

西安中山学院教育行政人员养成班的修学期限为 4 个月，所授科目有教育原理、教育行政、教育统计、学校组织、中山主义、社会科学概论、经济学概论、社会进化史、中国政治经济状况、农民运动、政治训练、军事训练、帝国主义侵略中国史、关税问题、不平等条约、国民党史、各国革命史、世界政治经济状况等。

西安中山学院劳动夜校设在校内，主要以养成革命人才及锻炼革命技能为宗旨，

---

① 张策同志的回忆［J］. 西安文史资料，1984 (2)：102-104.
② 中山学院农民运动第三班、军事政治第二班招生简章［N］. 陕西国民日报，1927-06-06 (6).

招收本院各部职员、本院夫役和校外各界人员,向学生免费提供书籍、用品。每日下午 6:30 至 8:00 授课,包括三民主义及帝国主义各种浅说、政治常识、常识问答、革命艺术等。

### (五)教学与授课

西安中山学院的教学活动有课堂教学,也有分组讨论、辩论,到工厂、农村、街头做社会调查和宣传革命,组织文艺宣传队演出戏剧,以及出墙报,阅读《向导》《中国青年》杂志等活动,形式多样,取得了良好效果。中共中山学院地下党总支宣传委员、暑假教育人员养成班负责人陈云樵回忆:

> 教学方法非常活泼,除课堂讲授外,通过学习组长联席会议,发现掌握学员中的学习思想问题,然后组织小组讨论会,互相帮助,共同提高。对一些原则性问题和带有普遍性的思想认识问题,便进一步组织专题辩论会,最后有组织、有准备地组织专题学员讲演会,巩固学习的思想收获。这样的学习方法,调动了学员的主动作用和学员的学习积极性。我记得在学习讨论中,由于学生出身和斗争经历的不同,有时讨论得非常激烈,双方争得面红耳赤,甚至为一个问题闹得两人不讲话(但从来没有人扣帽子),在教员的循循善诱下,引导学员用马列主义的观点、立场、方法剖析问题,很好地解决了每个问题的争论,使大家思想觉悟提高很快,收获很大。原来两个不讲话的也讲话了,而且更加亲密起来。①

中共陕甘区委经常指派党员领导干部到校作政治报告或讲课,国民军联军的苏联总顾问乌斯曼诺夫和副总顾问塞夫林,以及刚从苏联回国任西安中山军事学校政治部主任的邓希贤(邓小平)也应邀到校讲演、授课。房尚志回忆,西安中山学院"一切由共产党员负责,共产党人刘含初担任院长一职,军事教育计划由军事顾问塞夫林负责,并兼任战术教官;政治教育计划由政治顾问乌斯曼诺夫负责,兼讲俄国农奴制一课"②。冯文江也回忆:"星期六有专题报告,刘伯坚、邓小平、苏联顾问乌斯曼诺夫等都利用这个时间作过报告。"③陈云樵回忆:"除学院的教员讲课以外,

---

① 陈云樵. 一九二七年党领导的西安中山学院[J]. 西安文史资料, 1984 (2): 88-92.
② 房尚志. 西北革命学府西安中山学院始末纪实[J]. 西安文史资料, 1984 (2): 93-95.
③ 冯文江同志的回忆[J]. 西安文史资料, 1984 (2): 95-96.

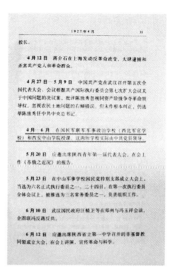

图 2-2 《邓小平年谱》中关于邓小平在西安中山学院兼课的记载

还不时邀请党内外的老同志及苏联顾问团的同志来学院作'精神讲话'。我记得给我们作过报告的有：苏联顾问乌斯曼诺夫、塞夫林和刘伯坚、邓希贤（邓小平）同志，还有惠有光先生等。他们的精神、讲话给我们留下了极其深刻的印象。"①学员张觉回忆："我记得邓小平同志给我们作报告时，用手卡着腰，讲得很生动。"②

《邓小平传》中写道："当时在西安还有同中山军事学校性质相近的两所学校，即西安中山学院和西北军官学校。邓小平在这两所学校都作过报告或教过课。西安中山学院隶属国民军联军总司令部西北临时政治委员会，实际上是由中共陕甘区委领导筹备创办起来的。院长刘含初是中共党员，副院长兼总务长李子洲、教育长徐梦周、总队长任敬斋、总务科长呼延震东都是共产党员。这所学校当时也被誉为'西北革命学府'，培养出了许多党政工作和工农运动的重要骨干。"③毛毛《我的父亲邓

---

① 陈云樵. 一九二七年党领导的西安中山学院[J]. 西安文史资料, 1984 (2): 88-92.
② 张觉. 谈话记录[M]//中共中央文献研究室, 杨胜群, 刘金田. 邓小平传（1904—1974 上）. 北京：中央文献出版社, 2014: 80.
③ 中共中央文献研究室, 杨胜群, 刘金田. 邓小平传（1904—1974 上）[M]. 北京：中央文献出版社, 2014: 80.

小平》一书也有:"父亲在西安期间主要做学校(担任西安中山军事学校政治处处长)工作,也曾短期在西安中山学院讲课,这个学院也是我党派人领导的。除此以外,他还参加西安的一些党团会议和革命群众集会,当时西安的群众革命气氛很浓,游行集会自不会少。"①比如,1927年5月21日,邓小平应邀参加陕西青年社第一次代表大会,并作了《苏俄之近况》的报告。《陕西国民日报》报道说,他的报告极富鼓动性,不时被热烈的掌声打断。1927年6月12日,陕西省立第一中学在学校大礼堂举行该校非基督教同盟成立大会,邓小平到会演讲,宣传革命与科学。

在社团活动方面,1927年4月25日,近代世界革命运动研究会在西安中山学院仲恺俱乐部宣布成立。其旨在"当此革命怒潮高涨之中,与帝国主义短兵相接之时,使得做工作的同志对于近代世界革命运动有切实研究、彻底了解"②。

## 六、革命者临危不惧 大丈夫威武赴难

"四一二"反革命政变,阴云密布,气氛恐怖。刘含初临危不惧,集会愤怒声讨蒋介石。1927年4月25日,刘含初与李子洲、魏野畴、赵葆华、杨明轩一起以国民党省党部名义,向全国发表通电,声讨蒋介石发动的"四一二"反革命政变,揭露蒋介石自1926年中山舰事件以来"植党树私""投靠英美""与卖国军阀妥协""摧残党部,杀戮党员""破坏民众团体,把持政府财政"的罪恶事实,号召陕西人民与全国各界"共同声讨"。

1927年4月27日,国民党西安市党部在刘含初等共产党人的领导下,召开讨蒋大会,揭露蒋介石叛变革命之罪恶事实,一致通过斥责蒋介石、坚持国民革命等决议案。其中包括:"三大政策——联俄、联共、扶助农工,是国民革命唯一的道路,蒋介石在言论、行动上违背此种政策,实为破坏革命之联合阵线""年来军事上的胜利,是由于工农群众的参加拥护而获得的。蒋介石屠杀工人,破坏民众组织,实为分化革命势力""本党使命是要打倒一切帝国主义及封建余孽军阀,而蒋介石竟公然

---

① 毛毛. 我的父亲邓小平[M]. 北京:生活·读书·新知三联书店,2013:51.
② 编者. 近代世界革命运动研究会今日开成立大会[N]. 陕西国民日报,1927-04-25(6).

勾结帝国主义,与奉系军阀妥协""现在中央毅然决定开除蒋介石之党籍,解除其职权,实为正当之处置,我们表示一致之拥护""全陕在国民军会师中原,扫除奉系军阀的时期,一致拥护中央完成国民革命"。①

1927年5月,刘含初、史可轩(大会总指挥、共产党人)、刘伯坚等一起以纪念五一国际劳动节和"五五"马克思诞辰为名,在西安召开大会,声讨蒋介石屠杀共产党人的反革命罪行,并高喊"拥护三大政策""打倒新军阀蒋介石""工农组织起来""打倒一切反革命""世界革命万岁"等口号。1927年5月5日的《陕西国民日报》报道:"昨日,各团体上午11时在易俗社露天剧场开五四纪念大会,到会人数不下五千(一说10万人)。至时人山人海,旌旗飘扬,鼓乐洋洋,该会场已无插足之地。……又次,特约讲演员刘含初讲演,大意如下:(一)五四运动捣破了帝国主义之假面具;(二)开始实行国民外交;(三)民众认清卖国政策而信任我们学生,所以我们才能呼起农工阶级来作民族革命。"大会通过了要求武装工农,通电全国、全世界,宣布蒋介石罪状,帮助国民军肃清后方,改善工农生活,反对苛捐杂税等议案。

1927年的六七月间,冯玉祥先后将在军中担任过政治、参谋工作的百余名共产党员遣散。刘伯坚、邓希贤(邓小平)和苏联顾问乌斯曼诺夫被"礼送"遣散;刘景桂(刘志丹)、宣侠父、方干才(方仲如)、刘贯一等数十名共产党人被驱逐遣散;鲍罗廷由张允荣和李连山经兰州送达库伦,返回苏俄。这样,冯部的"苏联军事顾问团"就此宣告结束。

1927年6月,驻陕国民军联军总司令冯玉祥参加了蒋介石主持召开的"徐州会议"后,一反常态,随蒋反共,回陕后与时任陕西省省长的石敬亭(兼任联军参谋长)、第十一师师长宋哲元密谋:清党铲共,肃清杂军、剿编陕军、镇压农会。同时,下令封闭西安中山学院和西安中山军事学校。为了适应突然变化的形势,中共陕甘区委在西安中山学院召开紧急扩大会议,决定通知各级党组织尽快由半公开活动转入完全秘密状态,重要干部秘密离开西安,各地请示工作只由耿炳光、杜衡两人负责。7月,撤销中共陕甘区委,组建中共陕西省委。

1927年6月16日,国民军联军总参谋长石敬亭在西安开始"清党",带队至西

---

① 中共陕西省委党校党史教研室,陕西省社会科学院党史研究室. 新民主主义革命时期陕西大事记述(1919—1949)[M]. 西安:陕西人民出版社,1980:138-139.

安中山学院逮捕师生，撤销刘含初的院长职务，张贴布告，整顿学校，强迫放假一个月，不准学生上课，学院的党团员被迫离校，刘含初返回家乡中部（今黄陵）县，准备赴苏联学习。史可轩、许权中（共产党人）率西安中山军事学校全体师生、西安中山学院部分学生，以及国民军联军总部政治保卫部人员1000余人开赴河南洛阳前线。国民党反动派企图消灭这支革命新生力量，史、许率军避其锋芒北上，经临潼交口镇，暂住雨金镇休整时与敌遭遇，遂沿石川河北抵富平县美原镇，又被反动军阀田生春围攻，史可轩遇难身亡。1927年8月14日，反共的陕西省政府解散西安中山学院委员会，学院相继由惠又光、赵愚如、王凤仪维持院务。1928年2月7日，陕西省政府第16号令改西安中山学院为西安中山大学，王凤仪任校长。至此，西安中山学院结束。

在此期间，刘含初以共产党员身份参与创建了国民党陕西省党部和陕甘党的组织。他在收束国立西北大学，创建西安中山学院，以及建立党团组织中作出重要贡献。"四一二"反革命政变后，他参与组织召开万人大会，声讨国民党罪行。在冯玉祥追随蒋介石公开反共，国民党陕西省党部被解散，西安中山学院遭封闭后，他立场坚定，旗帜鲜明地站在党和人民一边。国民军联军驻陕总部负责人曾致信刘含初，劝他"认清时务"，同去南京国民党政府，并许以高官厚禄，刘含初断然拒绝。后来，国民党反动政府缉捕他的消息不断传出，党组织认为他不宜留在西安，决定派他去苏联学习。

1927年8月初，刘含初带家眷及西安中山学院学员赵静山、随员祁金钟等返回老家，拟安置家小后，再北去太原，赴苏学习。在此前，回到中部县的西安中山学院学员还有张好义、王殿卿、白映珍等。

刘含初回到家乡，继续向乡亲们宣传革命思想，深受大家爱戴。陕北军阀井岳秀派其驻洛川的部下杨衮于8月15日带马弁（指军官的护兵）七八人追至其岳父家所在的石堡村。这时，已有村民向刘含初报信，岳父催促其"从后院出去躲一躲"，但刘含初不但未躲避，反而让岳父"出去问一问，这些人是干什么的，在百姓家搜查个啥，不要胡闹"。他仍然坚持写完了"富贵不能淫，贫贱不能移，威武不能屈，此之谓大丈夫"和"中国国民革命是世界革命之一部分"等字幅。哪知墨迹未干，杨衮等刽子手就闯入家中，一见刘含初便开枪射中其头部，岳母扑身救护却被刽子手一脚踢开。后刽子手又向刘含初补射数弹，鲜血染红了他白色的夏装，刘含初壮烈牺牲，年仅 32 岁。①刘含初挥笔写下的孟子关于大丈夫三标准的语录，成为展现其大丈夫气节精神的绝笔。他以鲜血与生命书写了一个优秀共产党员对党的忠诚和坚定信念。

刘含初的内弟刘树基回忆其返回中部县老家时的活动，说：

> 刘含初在家，时常与村院中老少坐场头、地畔、树荫下聊天，从未出远门一步。常手不释卷深夜不眠，村邻以其勤学精神传为美谈。其间遇来访的县绅乡望，则晓以识社会潮流，革命大势，顺百姓愿望，减轻人民负担疾苦，努力宣传革命思想，道义相勉；对回县的中山学院学员张好义、王殿卿、赵静山、白映珍等人，则勉励要廉洁正直，以人民利益为重，联系群众，宣传革命理论，反对贪官污吏、土豪劣绅，处好县基层局、区长关系，与有众望的乡贤相亲近，扎根群众中，团结组织可靠武装力量，等待时机。他身处险境，仍致力于党的宣传活动，为革命工作不息，为革命不计个人安危的斗争精神，永远值得我们后辈学习。他不讲求封建礼教，不讲求男女尊卑。住在家里的那些日子里，对人态度和蔼，爱论家常日月光景，人见了不拘束，看得起穷人家。村院中男女老少称赞他有学问，是一个了不起的人物，是一个性格豪爽、快活乐观、平易近人的革命活动家。但当他连接西安呼延震东、赵葆华、张含辉等人来信时，白天仍与来访的乡亲攀谈欢笑，却不再通宵达旦地看书了，而是夜与爱人计议动向行踪等事，或者在室内独自来回踱步，其精神显然不似以往那么恬静、快活自若了。适时，宜君石堡村前妻娘家差人，邀他与继娶爱人刘文德一同去串亲。他念及岳父母年老，自己常年在外无暇探望，便同爱人携幼女去石堡。没两三日，得知消息的驻洛川敌旅长杨甫珊（杨衮）派 7 名便衣追拿刘含初。（农历）七月十八日，从备村追至石堡村。村人据情告知他，他却不予躲避，反而追问有无捉拿逃兵护照。瞬间，凶手们闯进杨宅，出示冯玉祥致陕北镇守使井岳秀缉拿刘含初的密电。当他严词责问凶手们不得附逆行凶之际，被凶手向头部射击一枪倒地。善良的岳母扑身号哭掩护，一伙无人性的凶手们踢开年迈岳母，连向头部、下腮、左右胸部射击，共伤口 7 处，随即扬长而去。十九日下午，石堡

---

① 刘树基. 回忆刘含初遇难前的活动［M］//曹明周，赵辉远. 黄陵文典·纪实卷［M］. 西安：陕西人民出版社，2008：89-90.

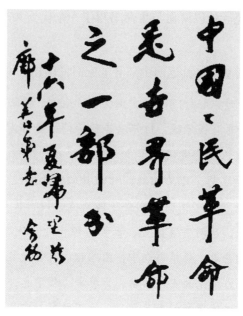

图 2-3 刘含初牺牲前写的条幅"中国国民革命是世界革命之一部分"

亲戚家护送烈士遗体回备村,头部伤不时渗有血珠,胸前衣服血迹斑斑,惨不忍睹,面部略浮肿,闭口合眼,状如入睡。其临难不畏之精神,显而易见。村中老少男女吊唁者,叹息啜泣,有的放声大哭,当日晚入殓。一代革命先烈惨遭敌人杀害,英灵抱恨九泉,从此无声无息于人世。①

刘含初次女刘孟邻回忆:

  我和妈妈常常在半夜被反动军警的凶狠叩门声惊醒。我们的家(今西安市粉巷)被抄了。姐姐年龄大一点,就放在杨明轩伯伯那里,父亲已化装成农民逃出西安城。我和妈妈只带了三个小包袱,也匆匆离开西安,到了三原见到了爸爸,就一起回到家乡黄陵。当时,组织上已决定叫爸爸去苏联学习,因为母亲将要生产,就先把我们母女送回老家。我们回家的第二天,有人就来给父亲说,有几个陌生人在村里转悠。次日,我们就一同往宜君县石堡村舅家暂避,孰料到石堡村两三天后,一天傍晚时分,……忽然有人急急

---

① 刘树基. 回忆刘含初遇难前的活动 [M]//曹明周, 赵辉远. 黄陵文典·纪实卷 [M]. 西安:陕西人民出版社, 2008:89-90.

跑来说来了几个骑马的人，直奔这边场院来了。……那些狗强盗……举起枪就向父亲开了万恶的一枪，正中父亲的头部。他满身鲜血仍站立在那里，又往前走了一步，才倒下去！敌人又连开了数十枪。……舅舅慌忙把我抱起，转身到隔壁，把我放到一个大空粮囤里，妈妈从后院满是枣刺的短墙翻过去，掉到一个井里，就昏过去了。强盗们向母亲逃去的方向打了几枪，就骑马而去。夜幕笼罩着场院，淡淡的月光下，鲜血染红了烈士白色的衣裤。①

杀害刘含初的凶手之一为军阀井岳秀部下杨衮的一个马弁，与刘含初家为远亲，曾数次到过刘家。1932年，刘含初最小的弟弟任黄陵县地下党县委书记时，抓住了凶手，亲手为民除了此害。刘含初长女刘秦真回忆，在刘含初遇难两个月后，自己才回到老家，当时继母有孕，到十月份生下弟弟，后继母改嫁，弟妹被寄放北京。②

刘含初在家乡短暂的几天里，热情地向乡亲们做革命宣传。白天与乡亲们一起下地干活，了解农村情况，晚上和他们一起乘凉，促膝长谈，用浅显易懂的话向农民宣传革命道理。那时，陕北农村贫困落后，地租、苛捐杂税、高利贷，加上天灾人祸，压得农民喘不过气来。可是他们都弄不清楚造成这种悲惨状况的社会根源是什么。刘含初用言简意赅的语言给乡亲们分析几千年来农民受压迫的原因，他讲道：现在农民生活贫困，是这个社会不好，贪官污吏、土豪劣绅勾结在一起，任意欺压、剥削农民。只要大家一条心，组织起来，一块抗租、抗税、抗债，打倒了官僚、地主，将来一定会有好光景过的。他还向乡亲们介绍说：现在世界上有那么一个国家，名叫苏联，工人、农民已经推翻了反动政府，过上了幸福自由的日子，咱们中国也会有这一天。这些话，在祖祖辈辈受压迫、相信菩萨和命运的山区农民听来，虽然一时难以理解，但他们第一次听到了"压迫""剥削""革命""自由"这些名词，感到很新鲜，都来找刘含初交谈。他还启发家乡的青年学生要上新学、念新书、长见识，在家乡播下了革命的种子。③

---

① 刘孟邻. 忆刘含初烈士（手稿）. 1979年2月于陕西千阳百货公司，今存陕西黄陵县党史办公室。
② 刘秦真. 给张守宪、梁星亮的信. 1979年2月26日，今存黄陵县党史办公室。
③ 杨崑山（刘含初的内弟）. 刘含初一生的最后几天 [J]. 革命英烈，1982(3)：34-35.

总之，在国共合作的大革命时期，以刘含初为首的共产党人创建的西安中山学院，成为共产党发展的一个重要平台，成为代表全区 388 名共产党员的中共陕甘区第一次代表大会和代表 7000 余名团员的共青团陕甘区第一次代表大会的召开地，以及中共陕甘区党组织、团组织和中共陕西省委的发祥地。同时，也在此聚集起了邓小平、刘伯坚、魏野畴、刘继增、李子洲、杨明轩、史可轩、刘志丹、吴化之、徐孟周、呼延震东、王子休、任敬斋，以及苏联军事顾问乌斯曼诺夫、塞夫林等一批优秀共产党人，培养了以陈浅伦、谢葆真、张策为代表的 700 余名学生，从而形成了陕西乃至西北地区中国共产党发展的一个高潮，奠定了党的发展的基础。刘含初参与 1927 年初国民党陕西省第一次代表大会的召开并成立省党部，以执委会常委和国民党俱乐部主席等角色做了大量工作，提出"国民革命是世界革命的一部分"的重要主张，为开辟国共合作的新局面作出积极贡献。驻陕国民军联军总司令于右任也开始大力倡导国民革命和工农运动，提出"民众与武力结合"的口号，陕西人民在饱受军阀和封建势力祸害之后，爆发出强大力量。截至 1927 年 5 月，陕西农民协会会员已达 75 万之众，仅次于湖南，形成了"一切权利归农会"的大好革命新局面。在"四一二"反革命政变爆发后，刘含初等共产党人毫不畏惧，利用"清党"在陕稍微迟缓一些的机遇，采取了积极斗争的策略，先后举行了纪念李大钊、纪念鲁迅、纪念五一国际劳动节、纪念"五五"马克思诞辰等重大集会，使反革命政变在陕反而成为唤醒民众、认清蒋介石的反革命本质的生动教案。在他自己遭遇拉拢、被许以高官厚禄之时，立场坚定，毫不动摇，选择赴苏求学深造，将来为党更好地工作。即便在恶敌当前、敌人举枪射击之际，他依然怒斥刽子手，从容就义，表现了威武不屈的大丈夫气节。

最后，对刘含初生于 1894 年和生于 1895 年，以及被害于 1927 年七月十八日（农历，《黄陵文典·纪实卷》）[①]、8 月 15 日（《中国近现代高等教育人物辞典》）[②]；1895 年生、1927 年 8 月 15 日遇害（《中华英烈辞典》）[③]；1895 年生，1927 年 8 月

---

① 刘树基. 回忆刘含初遇难前的活动[M]//曹明周, 赵辉远. 黄陵文典·纪实卷[M]. 西安: 陕西人民出版社, 2008: 89-90.
② 周川. 中国近现代高等教育人物辞典[M]. 福州: 福建教育出版社, 2012: 152.
③ 中华人民共和国民政部. 中华著名烈士: 第 3 卷[M]. 北京: 中央文献出版社, 2000: 103-107.

15日（《中国共产党通志·第4卷》①和《中华著名烈士·第三卷》）、8月18日（《西安市志·第七卷·社会·人物》）②、8月19日遇害几种说法再做了考证，正确的应为生于1895年，被害于1927年8月15日。

此外，笔者还纠正了有关刘含初研究的一些错误：一是证实刘含初并非五四被捕的32名学生之一，而史实是刘含初等三名学生下午到警察厅投案，并为被捕学生送食品和送信时遭到询问而已；提供了在1919年"北大学生互控"案中，"刘含初等4名学生共犯私擅监禁罪成立"，但均得缓刑的新史料。二是新发现刘含初与蒋光赤、张太雷、施存统同住于上海慕尔鸣路（茂名北路）彬兴里207号时，上海工部局对刘含初等人的监视记载，并新见刘含初出席陈望道主持的黄仁烈士追悼会并与沈玄庐、瞿秋白、恽代英分别发表演说的报道，从而扩大了刘含初与中共早期领导人交往的线索。三是认为西安中山学院的性质及管理架构与上海大学相似。上海大学是中国共产党创办的第一所大学，有"红色学府"和"武有黄埔，文有上大"的说法，而西安中山学院是我国西北第一所革命学府，中国共产党陕甘区第一次代表大会在此举行，也有"西北黄埔"的说法③。两校均是大革命时期具有国共合作性质、实际上以中国共产党为主创办的高等学校。上海大学的办学宗旨是着力培养革命和建设人才，参与的共产党人主要有邓中夏、瞿秋白、陈望道、刘含初等；西安中山学院的办学宗旨是培养"指导农民运动，办理党务及军队中政治工作人才""妇女运动模范人才"，参与的共产党人主要有邓小平、耿炳光、魏野畴、刘含初、李子洲、杨明轩等。这两次国共合作办学，均与于右任有关，只不过于右任在上海大学亲任校长和行政委员会主任委员，共产党人只是担任行政委员会委员或出任"三长"实际办学。然而，在西安中山学院，从院长、"三长"到教员，几乎全部由共产党人执掌。上海大学建校4年7个月，西安中山学院从1927年2月开始招生到1928年2月改为西安中山大学，建校仅1年。两校均在"四一二"反革命政变之后被国民党反动派查封，上海大学为蒋介石指令淞沪警备司令杨虎和陈群查封，西安中山学院则

---

① 张静如，梁志祥，镡德山. 中国共产党通志：第4卷［M］. 北京：中央文献出版社，2017：804.
② 西安市地方志编纂委员会. 西安市志·第七卷·社会·人物［M］. 西安：西安出版社，2006：428-429.
③ 上海大学档案馆. 上海大学（1922—1927）档案全宗介绍（2020-07-13）.

为追随蒋介石的冯玉祥和于右任查封。1932年12月，正在筹备国立西北农林专科学校的于右任①多方争取，将在上海大学原址上创办的上海劳动大学农学院划归国立西北农林专科学校。另外，西安中山学院与西安中山军事学校同为中共北方区委和国民军联军总司令部合作创办的两所革命干部学校，两校的干部、教员、教官大多是共产党员，两校都有中共组织和共青团组织进行秘密活动，发现、培养积极分子，发展党、团组织。"两校都是为陕西以至西北地区培养政治、军事、农运、妇运等方面的骨干人才"②。两校教员互兼，如乌斯曼诺夫、塞夫林、邓小平、刘伯坚、刘志丹均在两校任教。西安中山军事学校与西安中山学院的区别是，西安中山军事学校学制稍短，为一两个月，主要培养营、连、排初级干部；西安中山学院学制在三四个月左右。因此，应将其视为有共同点和密切关联的两所学校。

（姚　远　周明全　耿国华）

---

① 这之后，于右任因与张继等提出《开发西北提案》、所属山陕监察使童冠贤参与西安临时大学筹备、外甥周伯敏以陕西省教育厅厅长名义参与西安临大—西北联大筹备、在西北大学发表《中国标准草书》演讲、连续六次为西北大学毕业学生题词等，与西北、与西北高等教育发生广泛联系。

② 《汪锋传》编写委员会. 汪锋传［M］. 北京：中共党史出版社，2011：11.

# 第三讲

## 民族柱石：
## 李子洲为中国革命根据地奠基

---

李子洲（1892—1929），陕西绥德人。西北大学前身三秦公学学生、西北大学前身西安中山学院副院长兼总务长，和西安中山学院院长刘含初一起确定了培养"指导农民运动，办理党务及军队中政治人才""妇女运动模范人才"的办学宗旨。西安中山学院为中国革命培养了一批骨干人才。1923年初，李子洲经李大钊、刘天章介绍加入中国共产党。1927年1月，国民军联军驻陕总司令部成立，李子洲当选为国民党陕西省党部执行委员兼青年部部长。同年7月，中央撤销陕甘区委，成立陕西省委，李子洲当选为省委常委兼组织部部长。同年9月，兼任中共陕西省委军委书记，参与了省委对清涧起义、渭华起义的领导决策工作。陕北红军和苏区创建人之一。1929年2月，被国民党当局逮捕，同年6月18日在狱中病逝，时年37岁。后被追认为革命烈士。

---

对李子洲同志的研究，大多从20世纪70年代开始。目前影响较大的是1979年张守宪、董建中、张钧华、梁星亮在《西北大学学报（哲学社会科学版）》刊登的《李子洲烈士事迹简介：陕西革命烈士史料之三》[1]，1982年屈武在《人物杂志》第6期刊登的《我的启蒙老师李子洲》，陕西人民出版社于1985年10月出版的《李子

---

[1] 张守宪，董建中，张钧华，等. 李子洲烈士事迹简介：陕西革命烈士史料之三[J]. 西北大学学报（哲学社会科学版），1979 (3)：87-90.

图 3-1　李子洲（1892—1929）

洲传记·回忆·遗文 1892—1929》①，中央文献出版社于 2000 年 9 月出版的《中华著名烈士》（第五卷）中的《李子洲》②，2000 年李镜在《党史博览》第 10 期刊登的《李子洲之死》③，陕西人民出版社于 2016 年 1 月出版的《陕北革命故事》④，中国人民大学出版社于 2018 年 4 月出版的《中共党史人物传》（第七卷）中的《李子洲》⑤。这些资料为后人研究李子洲提供了重要的文献资源。

## 一、锋出磨砺　香自苦寒

李子洲（1892—1929），名登瀛，笔名逸民。陕西绥德人。他曾是西北大学前身三秦公学学生，也曾任西北大学前身西安中山学院副院长兼总务长，是一名优秀的

---

① 陕西省革命烈士事迹编纂委员会. 李子洲传记·回忆·遗文 1892—1929 [M]. 西安：陕西人民出版社，1985：1-164.
② 中华人民共和国民政部. 中华著名烈士·第五卷[M]. 北京：中央文献出版社，2000：129-135.
③ 李镜. 李子洲之死 [J]. 党史博览，2000 (10)：46-48.
④ 白永贵. 陕北革命故事 [M]. 西安：陕西人民出版社，2016：53-65.
⑤ 中国中共党史人物研究会. 中共党史人物传·第七卷 [M]. 北京：中国人民大学出版社，2018：65-84.

中国共产党党员,一名杰出的无产阶级革命家,同时也是陕北红军和苏区创建人之一。

1892年12月23日,李子洲出生于陕西绥德县城关镇。其祖父李三生和父亲李元贞都是银匠,凭借着这种小本生意来维持一家八口人的生活,生活条件十分艰难,直到十五六岁他才开始到私塾上学。在私塾中,像他这样大年龄的学生十分少见,因此一些富豪子弟嘲笑他为"小学堂里的大学生"。李子洲对此并不在意,只是选择发奋读书,不仅取得了优异的成绩,还被私塾先生称作"寒门才子"。

1912年,为进一步深造,李子洲从绥德徒步七八百里,历时20余天来到西安,考入了西安三秦公学中学班。这里的教职员有一些是进步分子,他们深受孙中山三民主义思想的影响,李子洲在他们的指导和影响之下,阅读了一些进步书籍,开始关心国家前途和民族命运。

1915年5月,袁世凯接受了日本帝国主义侵略和灭亡中国的"二十一条"。这一重大消息传到西安后,在一些进步老师的带领下,李子洲和刘天章、魏野畴、杨钟健等人团结校内外广大学生,投入了反日、反袁斗争中。之后,受家庭经济状况的影响,李子洲不得已休学,回到家乡劝学所成了一名试听员。随着家中经济条件好转,以及得到地方的资助,李子洲才继续返回学校。

1917年春,李子洲考入北京大学预科,两年后进入哲学系学习。

1919年3月,南北政府在上海召开和会。此时的陕西军阀混战虽已结束,但在社会上仍有很大影响,李子洲和旅京的陕西学生便组织起学生向北京市政府请愿,请求停战并驱逐陕西军阀陈树藩。1919年5月初,巴黎和会中国外交失败的消息传到北京,震动了北大校园。此时,李子洲任北京大学学生会干事。他于5月3日参加了在北大召开的学生代表会议,决定第二天集会游行。1919年5月4日上午,北大等校学生不惧北京反动政府和军阀的阻拦,在天安门举行了游行活动。李子洲在五四运动期间发挥了自己的领导才能,带领学生参加了火烧赵家楼、痛打章宗祥的正义斗争。面对反动政府对学生爱国运动的强烈镇压,李子洲不顾个人生命安危,与其他学生会负责人一同,边营救被捕同学,边领导同学继续开展爱国演讲等活动。不久,李子洲加入了北京大学马克思学说研究会。

1920年至1922年,李子洲既参与了《秦钟》《共进》半月刊的创办,又创建了陕西旅京青年进步组织共进社。他是《共进》半月刊的撰稿人和发行人,也是共进社的主要领导人之一。他先后发表了《陕西师范学校应改革的几点》《释教育意义》

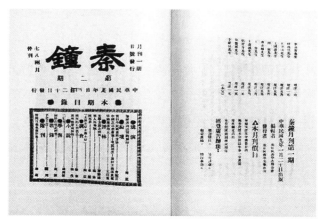

图 3-2 《秦钟》半月刊

等十余篇文章，被誉为共进社的"大脑"。李子洲主张"教育的发展是继续不断的"，不应该墨守成规，否则，"就陷于黑暗的绝地，永无生活的希望"。此外，李子洲还向旧的教育制度发起挑战，提出了一系列改革旧的教学体系和方法的具体措施。

1923年初，李子洲通过李大钊和刘天章的介绍正式加入了中国共产党。1923年，"二七"大罢工惨遭吴佩孚镇压。同年3月20日，李子洲参加了追悼林祥谦、施洋等烈士的大会。会后，他挥笔写下了《施、林"二七"被害诸烈士追悼会感》的长诗，诗中写道：

> 阶级战争开始了，
> 我们平民阶级的先锋已被敌人戕害了！
> 我们站在后线的人呵！
> 鼓舞起奋斗的精神，
> 拿定了牺牲的决心，
> 手枪、炸弹，
> 前仆、后继，
> 争我们最后的胜利！
> 那才对得起为我们牺牲的诸烈士。①

---

① 李子洲.施、林"二七"被害诸烈士追悼会感[J].共进，1923（34）：4.

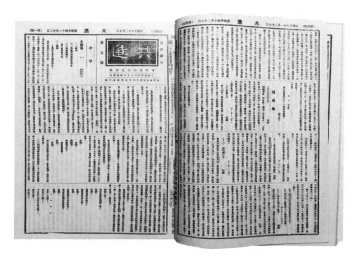

图 3-3 《共进》半月刊

与此同时,北京各界群众为反对帝国主义侵略,要求北洋军阀政府收回被日本帝国主义侵占的旅顺、大连的呼声高涨。李子洲为了声援此斗争,在《共进》上连续发表了《澄清内政运动中的外交问题》等文章,揭露北洋政府的恶行,呼吁国人推翻北洋政府,澄清内政。

李子洲在北京大学读书期间也尤其关注陕西时局。在这期间,李子洲听闻陕西当局筹备成立省立第四师范学校,他便与白超然、呼延震东等人一起上书陕西当局,请求把第四师范学校设在绥德,这一请求得到陕西当局的认可。与此同时,李子洲联合进步人士成立了绥德教育会,以此来改革学校教育。此外,一些陕西籍的官僚豪绅私自占据由延安、绥德等县共同筹款在北京兴建起来的延安会馆,致使一些陕北旅京的学生苦无宿处。面对这种不合理现象,李子洲发动陕北旅京的学生,与官僚豪绅进行说理斗争并成立会馆管理委员会,制定了相关的会馆居住条例,这才得以让陕北旅京的学生迁入会馆居住。

## 二、回陕工作　宣传革命

1923年夏，李子洲从北京大学毕业回到陕西，先后在三原渭北中学、榆林中学任训育主任和教务主任。在榆林中学时期，李子洲积极教导刘志丹、贾春霖、霍世杰、张肇勤、王怀德、白作宾、曹必达、蒙嘉福、营尔斌、杨国栋、高岗、马济川、杨尔瑛等，并介绍他们加入"共进社"，组织建立榆中学生会。这些学生在李子洲的悉心教导下，思想观念大为提高。他们要求自己能够参加校务会议，但被校方拒绝。此时正值学校放寒假，刘志丹、霍世杰、贾春霖等来到绥德告诉李子洲被校方拒绝参加校务会议一事，并寻求帮助。李子洲指示他们实行罢课斗争，表达不达目的誓不复课的决心，这一建议鼓舞了学生的斗争情绪，校方终于对此做出让步，允许学生会派代表参加校务会议。从此，学生们从学校走向社会，并于此时建立起了榆林党团组织。

图 3-4　榆林中学老校门

图 3-5　绥德陕西省立第四师范学校

李子洲自 1924 年秋任绥德陕西省立第四师范学校（以下简称"绥德师范"）校长起，就改变了该学校以往死气沉沉的状态，这一巨大改变让李子洲获得了陕北 23 个县有志青年的向往。他们争先恐后前来投考，远至富县的学生李承文，洛川县的孟祖兴，中部县的李瑞才、刘橱基，白水县的石介等，更有从山西汾阳铭义中学来的学生任国梁、赵博、李临铭等，都纷纷转到绥德师范上学。学校先后聘请王懋廷、王复生、田伯英、杨明轩、常汉三、韩叔勋、刘尚达、李致煦、蔡楠轩、关中哲、罗端先、何寓础、雷五斋、王汉屏、赵秉彝、赵少西等进步知识分子来绥德师范任教。聘请的教职员工们也积极组织活动，召开演讲竞争会，指导编排新剧。经过李子洲和广大教职员工的努力，绥德师范展现出一派生机盎然的景象。与此同时，学生一度提出赶走非社员也非党员的教师王汉屏，但李子洲说："王汉屏虽然未参加组织，但他从来不泄露我们的机密，对我们并没有不利之处。如果把他赶走，反动派借口说我们排除异己，对我们是不利的。"李子洲的这一远见卓识深得学生钦佩。

李子洲在主持绥德师范期间，新购《中国青年》《共进》等图书及杂志 2000 多本，改变了绥德师范原来没有图书及杂志的情况。此外，李子洲积极发展共进社成员，并向学生推荐革命书刊。同时，李子洲还为学生讲解马列著作，包括《共产党宣言》《马克思主义浅说》《社会主义浅说》等，教育学生要运用唯物辩证法，放眼

**图 3-6** 当时在学生中传阅的进步书籍和刊物

长远，拓宽自己的视野，从现象出发认识并改造社会。

李子洲的办学方法有自己独特的风格。针对一些贫苦人家很难有读书的机会这一现实状况，李子洲提倡社会教育，积极发动群众，引发社会舆论高度关注。当局被迫将绥德劝学所改为教育局，撤销了一些不作为的劣绅的职务，用教育专款创办了一些简易师范学校、平民学校和成人补习学校，这大大地改变了以往农家子弟因家境贫困无法上学的状况。

## 三、发起学生运动　建立党团组织

1924 年秋到 1926 年冬，李子洲在陕北高原除了办学之外，还积极建立党团组织。当时陕北只有几名共产党员和社会主义青年团员，党团组织力量十分薄弱，李子洲、王懋廷、王复生与李大钊取得联系，在绥德建立了中国共产党与社会主义青年团特别支部。支部建立后，李子洲派王懋廷、呼延震东、刘尚达等去榆林中学、延安中学和附近县积极宣传，吸收了李瑞阳、霍世杰、白乐亭、王兆卿、乔国桢、刘志丹、李登霄等一批青年参加党团组织。他还派王懋廷、白乐亭、王复生等多次去榆林中学进行革命活动，成立榆中团支部。1925 年秋，李子洲组织成立榆林中学党支部、榆林女子师范党小组和榆林街道党小组，在延安省立第四中学发展党、团员，建立了党支部。此外，李子洲还领导和发动陕北一些县的学生会成立陕北学生联合会。

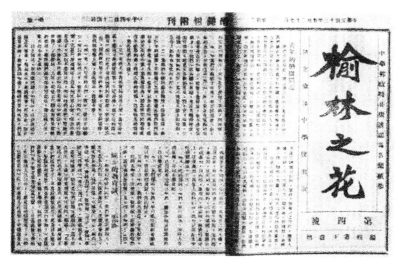

图 3-7　李子洲与王森然指导学生创办了校刊《榆林之花》

五卅惨案的消息传来，绥德师范全体教职员、学生召开紧急联席会议，通电宣言"要求政府允许国民武装，组织国民救国军；联络绥属各校、各团体全体出发向各地讲演，唤醒一般国民起而救国；派代表赴榆（林）、米（脂）联络各界各校，联络河北各军一致作救国运动"。李子洲组织绥德师范学生上街游行，以讲演队的形式分赴各县进行宣传，声讨帝国主义和封建军阀的罪行。绥德师范组织全体学生成立救国军，借到 200 多支来复枪，学生们每天至少有一个小时的兵式体操练习。李子洲领导下的绥德师范的教育教学活动，轰动了社会，引起巨大的反响，"若要强，上学堂；强中强，扛钢枪"，真实反映了民众的醒悟。

## 四、发动武装起义　唤醒工农大众

1925 年春，李子洲为响应共产党和孙中山先生关于组织国民会议、统一处理国事的号召，成立了陕北国民议会促成会，积极开展反直奉军阀专制政权的宣传工作，并积极开展国民会议运动。与此同时，他和其他同志还按照中国共产党的统战方针，建立了国民党陕北特别支部。同时，李子洲十分关注地方军阀井岳秀各部队的动态，他给北方局的报告中说道："井岳秀全部不过有枪 2300 多支，其部下有的倾向革命，有的思想很反动。石谦旅有我们的同志李象九、谢子长、李瑞成、王有才、史唯然等数十人。我们计划还派李致煦、白明善、柳长青、冯景翼、马瑞生等人去宜川、清涧等地进入该部工作，石谦本人亦可以接受我们的指挥。高双成部、贺尔介营经我们宣传，可以同情革命。高部参谋李仲仁同我们很接近，将来可以发展为共产党员。贺尔介本人住在李明轩家院内，我们已指示李同志多与贺联系，抓紧宣传工作。唯姜梅生团顽固不化，十分反动，我们必须随时提防。"①

1926年，李子洲和绥德党团地委听从上级党的安排，派党团员到绥德义合镇、西川等地成立农民协会，开展轰轰烈烈的大革命运动。到1926年，绥德师范全校300余名学生中有200余名加入了党团组织，绥德师范成为陕北革命的策源地和活动中心，陕北军阀井岳秀则惊呼绥德师范是"炸弹"。他们深入劳动者及农户当中进行社会主义革命道理的传播，并组建绥德县手工业劳动协会，社员多达300余人。延长油矿无故解雇职工，工人们提出强烈抗议，李子洲和党团地委领导以绥德师范的名义散发《告人民书》表示声援，得到各方响应。李子洲还派人深入榆林的地毯厂，带领工人罢工，以抗议资本主义剥削。

1926年间，为了发动群众运动，李子洲和绥德党团地方执委会派出了一些党团员和学生，让他们前往绥德和榆林等地切实地帮助这些地区建立妇女协进会，成立农民协会，组织工会；与此同时，李子洲也派党团员从事陕北驻军石谦团的兵运工作，并在石部建立了党团组织。到1926年底，有百余名石团的官兵加入共产党和共青团，一些连排长也都由党团员来任职。这为之后的清涧起义做了准备。

1927年1月，国民党陕西省第一次代表大会在西安召开。这次大会的召开离不开共产党统一战线政策的有力影响和推动，也离不开包括李子洲在内的一大批共产党人的努力工作。会议选举李子洲担任国民党陕西省党部执行委员兼青年部部长，以及西安中山学院副院长兼总务长。刘含初和李子洲一起确定了办学宗旨，即培养"指导农民运动，办理党务及军队中政治人才""妇女运动模范人才"。他们要求教学中学员没有性别之分，一律过军事生活。当时，西安中山学院为中国的国民革命作出了突出的贡献，培养了一批急需的革命干部。可惜，该校开办没多久就被冯玉祥解

---

① 本书编委会. 雕山忠魂英雄事迹、遗文（墨）、回忆文章[M]. 西安：陕西人民出版社，2011: 327.

散了。

1927年2月，中共陕甘区执行委员会在西安成立以后，就担负起统一领导西北地区各级党组织进行政治工作建设和农民群众斗争的任务，耿炳光为书记，李子洲和魏野畴分别负责组织人事和教育宣传工作。3月中旬，他们一起主持制定了陕西《目前工作计划》，提出"党的工作原则是工作集中"，口号是"党到农民中去"！① 通过区委和李子洲等人的刻苦努力，农民运动开展得轰轰烈烈。许多老同志回忆这段伟大光辉的战斗历史时，常常要提及李子洲及他的广大战友们，推崇李子洲为"陕西的李大钊"。

1927年，蒋介石在上海发动了"四一二"反革命政变，李子洲和陕甘其他部分领导人一起组织开展了一次西安人民上街讨伐蒋介石的游行示威活动。其中，李子洲携带区委下发的通知文件与全国游行请愿队伍代表一起高呼"打倒一切反革命""打倒新军阀蒋介石""工农组织起来"等爱国口号。李子洲还专门通过国民党陕西省党部执行委员会，向全国各界发出秘密通电，揭露蒋介石的一切反革命侵略罪行。同年6月，冯玉祥又追随蒋介石在陕西地区进行"清党"斗争，并秘密电令石敬亭，下令让其逮捕杀害李子洲等多名共产党人，李子洲被迫重新转入地下活动，坚持斗争。7月下旬，李子洲秘密离开西安并于8月初抵达武汉。他设法和转入地下革命的党中央取得联系，连夜代表省委起草了《关于陕西工作开展问题向中央请示》的报告，对陕西大革命活动失败及后续陕西的社会局势、国民党冯玉祥组织对中国革命的态度问题等做了详细的汇报，请求中央及时选派干部来陕工作。同年9月26日至27日，李子洲和耿炳光等秘密召开了中共陕西省委第一次扩大会议。李子洲在会上传达了"八七"会议文件和中央负责同志对陕西工作的指示。经过讨论，通过了由李子洲参与起草的《政治形势与工作方针决议案》以及关于党的组织工作、农民斗争、军事运动等方面的九个决议案。决议指出："我们要在土地革命政纲之下，加紧农村的阶级斗争，准备总暴动"；认为"在西北培植革命的军事基础"是党在陕西的特要任务"；提出"积极地用各种方式武装农民，并予以简单适用的军事训练，保存农民的武装……必要时亦可上山"。会议还提出了"党到农村中去""党到军队中去"等口号②。

---

① 目前工作计划（1927-09-26）[J]. 陕西省委通讯，1927（1）. 原件存陕西省档案馆.
② 目前工作计划（1927-09-26）[J]. 陕西省委通讯，1927（1）. 原件存陕西省档案馆.

与会同志还开展了批评与自我批评，纠正了陈独秀的右倾投降主义错误思想及其对陕西的严重危害。

此间，为积极贯彻党的"八七"会议决议，筹划在陕西地区举行武装起义，李子洲进行了一系列的努力和付出。"九二六"会议前后，为迅速适应工作形势及发展需要，他调整了一些县委的领导机构，选派了一批得力干部到群众基础较好的渭南、华县、旬邑、醴泉（今礼泉）、三原等县加强领导。同时，他与省委其他领导人一同运筹帷幄，部署和领导了清涧、渭华等地的武装起义。①

1927年10月，"八七"会议精神以及陕西省委关于举行武装起义的决议传到了陕北清涧、绥德、宜川等地，当地党组织积极准备起义。在这之前，军阀井岳秀暗杀了旅长石谦，命令李象九部队从清涧开赴延安。与此同时，命令谢子长率部从安定开赴宜川接防，阴谋乘机分而歼之。这便成为清涧起义的导火线。11月12日晚，清涧起义爆发，起义部队由清涧南下，激战长达数日，15日抵达宜川城郊，与延川的起义部队在此会师。但在清涧、安定转战途中，遭强敌袭击，损失惨重，起义失败。

清涧起义发生后，李子洲和省委其他领导人又进一步精心策划在渭华等地的武装起义。李子洲亲自参与起义部队的总体部署和动员工作，调整补充军事力量，主持召开重要会议，紧张有序地部署各项准备工作。

1928年2月底，在陕西省委的组织领导下，李子洲在中共渭南县委发动农民和学生，处决宣化观小学的反动豪绅刘锡初，痛打乐育小学的反动校长田宝丰，这次斗争在一定意义上鼓舞了当地群众的爱国斗争士气。反动派为了镇压该地区的革命运动，封闭了渭南县中学、东关小学和其他共产党活动的据点，逮捕党团员和群众40余人，解除了共产党所掌握的高塘自卫团的武装力量，并企图进一步消灭渭华地区的党团组织。此次"宣化事件"后，李子洲和潘自力同志为陕西省委起草了通告，要求进一步发动农民，继续扩大宣化斗争，并在陕西东部举行武装起义，建立陕东工农民主政权。同时，决定迅速成立中共陕东特委，派刘继曾、肖明等为临时特委负责人，继续准备发动和领导渭华起义。特委支部成立后，深入地方发动组织人民

---

① 中国中共党史人物研究会. 中共党史人物传·第七卷[M]. 北京：中国人民大学出版社，2018：77-78.

群众，并训练当地的农民武装，发展与壮大了基层党团组织。到4月底，农民武装力量已初具规模。此时，陕西军阀李虎臣发动了反对冯玉祥的战争，削弱了敌人的统治。陕西省委决定于5月举行起义。起义前夕，李子洲秘密地在赤水镇附近的一间简陋的屋子里起草了渭华起义纲领。5月初，渭南崇凝区苏维埃政府成立，在望岗岭成立了陕东赤卫队，队员很快发展到200多人。5月上旬，得到党中央的指示，李子洲和潘自力决定把许权中领导的一个旅由潼关分批开赴高塘参加起义。5月16日，工农革命军成立，达1000余人，分为三个大队，唐澍任总司令，刘志丹任军委主席，吴浩然任军党委书记，卢少亭任政治部主任，王泰吉任参谋长，高克林任参谋主任，许权中任总顾问，赵亚生、谢子长、雷天祥分任大队长。工农革命军成立后，严厉打击了当地的土豪劣绅，同前来围攻的国民党军队四个师进行了多次激烈战斗，虽然打了一些胜仗，但终因敌众我寡和革命军的领导者对指挥作战缺乏经验而遭失败。①

李子洲相继参与组织领导的清涧起义、渭华起义虽然失败了，但其对国民党反动派血腥屠杀的英勇反击，加深和扩大了共产党在广大人民群众中的影响，为革命培养和锻炼了一批骨干力量，也为刘志丹、谢子长等后来建立陕甘、陕北革命根据地，开展武装斗争打下了基础。②

## 五、英勇不屈　无畏死亡

清涧、渭华等地武装起义失败后，面对国民党反动派的血腥屠杀，李子洲仍然保持着旺盛的革命斗志，忘我地坚持工作。由于条件艰苦，李子洲积劳成疾，但他仍夜以继日地工作。1928年6月上旬，李子洲抱病参加了省委召开的扩大会议，并代表省委起草了《全陕总暴动的计划决议案》，提出党在陕西目前的任务是布置全省的总暴动。由于当时党的力量受到严重削弱，革命处于低潮，因此这一计划未能实

---

① 张守宪，董建中，张钧华，等. 李子洲烈士事迹简介：陕西革命烈士史料之三［J］. 西北大学学报（哲学社会科学版），1979（3）：87-90.
② 中国中共党史人物研究会. 中共党史人物传·第七卷［M］. 北京：中国人民大学出版社，2018：80.

施。与此同时，李子洲和省委其他领导人还进一步对一些县的部分领导机构做了调整，鼓励同志们在艰苦环境中坚定革命意志，继续同敌人进行斗争。

1929年1月底，时任陕西团省委书记的马云藩被捕后叛变，向敌人供出李子洲和其他省委领导人。同年的2月2日，李子洲和省委的其他负责人刘继曾、徐梦周、李大章、刘映胜等先后被捕，被押入西安市西华门敌军军事裁判处看守所，省委机关被严重地破坏了。军事裁判处处长肖振瀛首先提审李子洲，严刑拷打，威逼利诱，想尽各种办法，妄想从他身上得到共产党的重要机密，但没能获取一丝消息。

回到牢房，李子洲和刘继曾分析研究当下的革命形势，得知是被叛徒所出卖后，二人便决定对被捕党员加强教育工作，同时密切观察狱中党员的表现，针对有动摇苗头的党员，耐心对其进行说服教育，鼓励他们一定要经得住考验；对一些形迹可疑的人，则提高警惕。几天后，敌人又继续审问李子洲并且让他供出渭华暴动中党员的活动和党的文件藏在哪里，继而恫吓、扬言施以毒刑，但终究没有从他口中得到任何党的秘密。①

李子洲被捕后，受尽酷刑，加上自身营养不良，很快就病倒了，此时的生之大门并未对其完全关闭。李子洲担任国民党陕西省党部执行委员兼青年部部长时，与时任冯玉祥第四方面军总指挥的宋哲元多有接触。在看守所，宋哲元多次派人暗示，在李子洲答应放弃共产主义、放弃武装暴动的条件下，可以让他获得自由，但李子洲毫不为之所动。宋哲元见李子洲态度坚定，便亲自来到李子洲所在的看守所，此时的李子洲戴着全副镣铐，十分虚弱，只能被难友们搀扶着走出牢房。在狭小的院子里，他们彼此打量了一阵，宋哲元首先开了口。他说："李先生，以你的才学，若致力于教育，定会有大建树，不知为什么偏偏迷上了俄国的列宁？列宁有什么好处？"李子洲淡淡一笑，说："宋将军，这你就不懂了，列宁不只是俄国的，他是全世界的。至于说列宁有什么好处，那我可以告诉你，他主张实行共产主义，人人平等。如果他的主张实现了，这个世界上就再也没有剥削和压迫，就再也没有穷人和富人之分！你说，他不好吗？"宋哲元的脸涨得通红，避开话锋说："念你我往日之交，我想放了你。"李子洲问："有条件吗？"宋哲元说："不知道李先生从这里出去后，还干不

---

① 中国中共党史人物研究会. 中共党史人物传·第七卷［M］. 北京：中国人民大学出版社，2018：81.

干共产党？"李子洲又淡淡一笑："我知道你不会放我。"宋哲元悻悻地走了。①

李子洲没有为了获得自由而选择投降，拖着脚镣回到了牢房。他的病一天天加重。夏天苍蝇蚊子肆虐，身体本就虚弱的李子洲又染上了伤寒，常常处于昏迷状态。见如此状况，刘继曾等狱中战友联名要求将其保外送医，但没能获准。此后又要求将李子洲送往外面治疗，结果依然是不准。最后，狱外友人只好将医生请到狱中来探诊。医生要求将脚镣去掉，监狱当局置之不理。奄奄一息的李子洲在痛苦中一分一秒地挨着。②

在李子洲的最后时刻，在医生和狱友们的强烈要求下，军事裁判处处长肖振瀛才派人给他卸脚镣，他却愤怒地挥挥手，说："不用了！"

李子洲曾通过看守和狱外友好人士的帮助，给家乡的妹妹李登岳写信。他表示："我不怕死，我一个人牺牲了，还有更多的人活着，将来的社会是光明的，不要为我伤心掉泪。"③李子洲在生命的最后一息，发出铿锵有力的声音，充分表达了一个共产主义战士视死如归的坦荡胸怀和对未来充满必胜信念的崇高精神境界。④

1929年6月，随着天气逐渐炎热，牢房里时常让人闷得透不过气。即使在医生精心的治疗和友人的悉心护理下，李子洲的病情仍然未能好转，反而日益恶化。1929年6月18日深夜，37岁的李子洲戴着脚镣，静静地离开了人间。

1941年5月，为了缅怀先烈，纪念李子洲，中共绥德地委在李子洲的家乡绥德县城建立了纪念碑。1942年9月，将绥德县立图书馆更名为李子洲图书馆。毛泽东、朱德亲笔题字，给予李子洲很高的评价。1944年2月，中共中央西北局和陕甘宁边区政府在绥德西川及附近地区新成立了"子洲县"。其英名永垂不朽，永久流传！

（肖 洋 黄 怡 陈中奇）

---

① 李镜. 李子洲之死［J］. 党史博览，2000（10）：46-48.
② 李镜. 李子洲之死［J］. 党史博览，2000（10）：46-48.
③ 王衍. 伟大的预言［N］. 抗战报（半月增刊），1941-05-17（4）.
④ 中国中共党史人物研究会. 中共党史人物传·第七卷［M］. 北京：中国人民大学出版社，2018：83.

# 第四讲

## 血洒京华：
## 李应良理想之花在绞刑架上绽放

---

李应良（1900—1927），清光绪二十六年（1900）生于陕西西安。1922年夏，考入陕西水利道路工程专门学校，1924年春随校归并于国立西北大学工科。1924年7月，听鲁迅在国立西北大学讲学。1925年冬，经吴化之介绍加入中国共产党。1926年，在中国共产主义青年团西安地委工作。1927年2月，任西安中山学院事务委员会委员。中共陕甘区委成立后，李应良在区委协助李子洲做党的组织工作。1927年4月29日，与李大钊一起遇难，时年27岁。

---

有关李应良的研究很薄弱。其中，发表较早和较有代表性的为1982年张军孝发表在《革命英烈》的《李应良》①，1987年发表在陕西省革命烈士事迹编纂委员会所编的《英烈传选》②，2001年收入《史论集》③中的李应良简介。另有张晋的《李应良（1900—1927）》，列入中华人民共和国民政部编的《中华著名烈士》④；2006年的

---

① 张军孝. 李应良烈士史略 [J]. 革命英烈（西安），1982（1）：12.
② 张军孝，陈洁生. 李应良 [M] //陕西省革命烈士事迹编纂委员会. 英烈传选·第1卷. 西安：陕西人民出版社，1987：5-7.
③ 张军孝. 史论集 [M]. 北京：高等教育出版社，2001：319.
④ 张晋. 李应良（1900—1927）[M] //中华人民共和国民政部. 中华著名烈士·第2卷. 北京：中央文献出版社，2000：198-199.

图 4-1　李应良（1900—1927）

西安市地方志编纂委员会编的《西安市志·第七卷》①，亦有李应良简介。《北京高等教育志》将李银连（李应良）误为"北京大学学生"②。其余文章，大都晚于以上简介。遗憾的是，尚未见到亲历者或后裔的有关口述回忆，难以了解其更进一步的生平事迹。

## 一、27 岁西大学子李应良与李大钊同上绞刑架

以下名单就是 1927 年 4 月 29 日被张作霖绞杀的 20 位革命义士。其中第八位李银连，真实姓名为李应良，正是我们所要讲述的人物。

李大钊（中共北方区委书记，中共党员，1889—1927，38 岁）

谭祖尧（国民党北京特别市党部常委，中共党员）

邓文辉（国民党北京特别市党部常委、主席，国民党员）

谢伯俞（国民党北京特别市党部常委兼组织部部长，中共北方区委秘

---

① 西安市地方志编纂委员会. 西安市志·第七卷：社会·人物［M］. 西安：西安出版社，2006：438.

② 北京高等教育志编纂委员会. 北京高等教育志·下［M］. 北京：华艺出版社，2004：1649.

书，中共党员）

莫同荣（国民党北京特别市党部农民部部长，中共党员）

姚　彦（国民党北京特别市党部商民部部长，又名光彦，1903—1927，24岁）

张伯华（国民党北京特别市党部负责交通，中共党员）

李银连（曾任国民党北京特别市党部第九区分部常委，时任中共陕甘区委信使，中共党员，李应良的化名，1900—1927，27岁）

杨景山（曾任中共北方区委文书，中共党员）

范鸿劼（中共北方区委宣传部部长，1897—1927，30岁）

谢承常（不详）

路友于（国民党北京特别市党部商民部部长，尚未就职，1895—1927，32岁）

英　华（曾被误为莫华，工会负责人）

张挹兰（国民党北京特别市党部妇女部部长，国民党员，女，1893—1927，34岁）

阎振三（国民党北京特别市党部交通员）

李　昆（中共北方区委机关工人支部书记）

吴平地（北京师范大学学生，中共党员）

陶永立（曾任中共北方区委文书，中共党员）

郑培明（曾任国民党北京政治委员会庶务，国民党员）

方伯务（曾在中共北京地委做党务工作，著名画家，李大钊的学生，中共党员，1896—1927，31岁）①

这份烈士名单来自京师警察厅档案，"顺序是根据军法会审的宣判名单"排列的。②1927年4月29日的《世界报》以"李大钊等二十人昨被绞决"为题报道，亦较翔实。当时的《申报》等报道："党案今日下午二时判决死刑二十人，李大钊……又女张挹兰、李银连，均在看守所绞毙（28日下午8时）。"③这里，"李银连"即指

---

① 汤应武. 中国共产党重大史实考证 [M]. 北京：中国档案出版社，2001：309.
② 汤应武. 中国共产党重大史实考证 [M]. 北京：中国档案出版社，2001：309.
③ 编者. 今日下午二时判决死刑二十人 [N]. 申报，1927-04-29（2）.

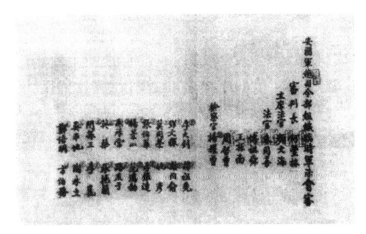

图 4-2　李大钊等 20 名革命者军法会审名单（下列右数第四人为李银连）①

李应良的化名"李应连"，《申报》等将"李银连"误为女性，名字也将"应"误为"银"，以致被长期以讹传讹。李应良还被误为国民党党员。②

1927 年 4 月 6 日，张作霖派出军警和宪兵，包围搜查了东交民巷的苏联大使馆及其附属机关中东铁路办事处、俄款委员会、远东银行，逮捕了李大钊等 64 人，其中包括前来送信的陕甘区委信使李应良。李大钊在狱中写的《自述书》最后申明："今既被捕，唯有'直言'倘以此而应重获罪戾，则钊实当负其全责。唯望当局，对于此等爱国青年，宽大处理，不事株连。"③在狱中，李大钊被审问时，还被问到李银连：

问：这陕西人李银连是否你的同党？

答：他在范鸿劼等屋内住，是在陕西某中学充当教员，此次来京系代表于右任。因为右任军中连鞋袜都没有穿，他来京，于右任令他（亦）[与]我商量请国民政府接济款项事。

在此，李大钊分明在继续替李应良等青年开脱。④

---

① 董宝瑞. 李大钊评传 [M]. 北京：燕山大学出版社，2017：502.
② 中国档案报社，深圳市档案局. 红色档案揭秘·上 [M]. 北京：现代出版社，2015：202.
③ 李大钊. 自述 [M] // 高文元. 千古文祸·第 4 卷. 延边：延边大学出版社，1999：2969.
④ 李大钊. 狱中供词 [M]. 朱文通等整理编辑. 李大钊全集·第四卷. 石家庄：河北教育出版社，1999：712.

1927年4月28日上午11时至12时10分,在京师警察厅总监陈兴亚私宅的客厅,国民党反动派对李大钊等20名革命志士(包括李应良)进行秘密审判。中午,李大钊等20名同志又被押回"京师看守所",持枪的法警们布满了各个角落,面目狰狞,一片杀气腾腾。

在京师看守所的后院里,竖着一个绞刑架,这是张作霖专门从意大利运回来的,以此对付忠心耿耿的革命者。院内寂然无声,充满令人窒息的恐怖气氛。随后,他们由4辆军车押送至西交民巷京师看守所,执行死刑。

李大钊身着棉袍,镇定自若地在敌人的镜头前留下了最后一张照片,他从容地看了看风中摇曳的绞索,第一个登上了绞刑台。他高呼:"中国共产党万岁!"残忍的刽子手特别使用了"三绞处决法",以延长其痛苦,绞杀整整持续了28分钟。敌人故意将唯一的一位女性放在最后,让她亲眼看到她的导师李大钊,以及其他18位战友一一残忍地被绞死,行刑官不停地利诱她自首。但最终她从容不迫、面不改色地走上了绞刑架。

何隽回忆:"若此者陆续推行,自晨达昏,前后十次,每次执行二人,计惨毙于绞机下者,共二十人。……诸烈士之死,重于泰山矣。"事后,据看所守陈君言:"受刑者个性虽殊,然莫不同具慷慨激昂,从容蹈死之慨,无一懦怯弩弱而作畏缩状者。"[①]刽子手们将尸体装入棺中,停放在宣武门外下斜的长椿寺中,待家属、亲戚来认领。

当时一些人曾积极营救李大钊和他的家人;因中途离场而幸免被捕的卿汝楫悲愤交加,曾参与谋划刺杀张作霖;沈尹默、黄文弼等北京大学13位教授捐款为李大钊举行公葬;在城里的沈尹默得到李大钊被奉系军阀张作霖逮捕的消息后,急忙打电话给沈志远,叫他马上把住在家中的李大钊长子李葆华藏起来,两个星期后送往日本留学;北京师范大学校长张贻惠等九校代表面见张学良军团长,陈述九校意见;西安国民党西北临时政治委员会发布告全体党员书指出,"张贼能绞杀我们的同志李大钊等二十人……断不能绞杀中国的国民革命。"告党员书最后号召,西北全体国民党员,在"本党左右派党潮重复剧烈之际","应拭干痛哭李同志等的眼泪,用我们

---

① 何隽. 李大钊临刑目击记[M]//《二十世纪中国实录》编. 二十世纪中国实录·第2卷. 北京:光明日报出版社,2002:1415.

悲愤的心情""与党内的叛徒、党外的敌人作最勇猛坚决的奋斗,以到达李大钊等二十个同志未竟的志愿"。①

## 二、走上革命道路　与西大前身三校有缘

李应良,原名李培基,字子善,曾化名李银连,清光绪二十六年(1900)生于陕西长安李下壕村(今西安未央区)。少时读私塾。他在西安陕西省立第三中学(以下简称"省立三中")上二年级时,适逢五四运动,他积极投身运动。当时,五四运动的消息传到西安,已经是5月中旬,全省及西安尚无统一的学生组织,省立三中和成德中学即选出代表与各校联系,迅速召开西安各校学生代表联席会议,会上一致通过支持北京学生的爱国运动,并派代表到陕西省教育厅和省督军公署请愿。5月下旬,又组织了游行示威活动。李应良积极参加了这些活动,从中得到锻炼,并与在京、津、沪等地上学的好友雷晋笙、方仲如、陈雨皋、岳劼恒、唐得源、张锋伯等保持通信往来。

1922年夏,李应良从省立三中毕业,随即考入水利工程专家李仪祉创办的水利道路工程专门学校(今西安东大街陕西日报社旧址)。②1923年5月间,李应良致函在上海读书的学友雷晋笙说:

　　我今天高兴极了。高兴什么呢?高兴在我们陕西竟然有一种学生自己办的周报出现了,这是怎样的可喜呀!陕西的黑暗,在现在的中国,可算是最严重的……但是空谈也是无益,不得不想补救的法子。提起补救的法子,可是再没有报纸的力量大了……现在你们办一种周报,叫我怎么不喜欢呢!因此,对于提倡新文化,讨论学生应兴应革之弊的周报,是要紧中之要紧,老实是应该先办的。

1924年1月,李应良随校归并于国立西北大学工科(今西安柏树林西安高中旧址)继续学习。1924年7月,鲁迅在国立西北大学暑期学校讲学,李应良聆听了鲁

---

① 高文元.千古文祸·第4卷[M].延边:延边大学出版社,1999:2973.
② 政协西安市未央区文史资料委员会.未央文史资料·第6辑[A].政协西安市未央区文史资料委员会,1991:13.

迅《中国小说之历史的变迁》，从中受到启发和鼓舞。1924年8月，共产党员雷晋笙从上海震旦大学毕业回陕，将中国社会主义青年团西安小组发展成团西安第一支部，并先后创办西北青年社、西北晨钟社等革命群众团体。李应良在雷晋笙等的影响下，积极参与了这些进步团体的活动，阅读了《社会科学概论》《向导》等革命书刊，受到革命思想的熏陶。同年秋，李应良加入中国社会主义青年团。此后，王孝锡在李应良和雷晋笙等的影响教育下，也走上了革命道路。[1]

1925年5月，在共青团组织的领导下，李应良与张含辉、张秉仁等发动陕西学生驱逐军阀吴新田的运动。国民党陕西省临时党部成立后，李应良担任国立西北大学区党部常务委员，为发展国共合作的统一战线努力工作。同年冬（一说1925年6月），李应良经吴化之介绍加入中国共产党。[2]1925年10月2日，国立西北大学新聘历史学讲师、中国共产党秘密党员刘含初到校，并出任学校代理事务长。1926年西安围城期间，李应良在共青团西安地方执委会工作。当时，中共在省立一中举办暑期学校，李应良在雷晋笙、刘含初、吴化之、赵葆华等的领导下，与张含辉等在学校从事宣传活动，发展中共与共青团组织。西安城解围后，李应良投身农民运动，奔走于西安城内及近郊地区。

1927年2月，陕西党组织为了加强对西北地区革命运动的领导，培养革命人才，成立了西安中山学院，该学院名义上受冯玉祥国民军联军总司令部西北临时政治委员会指导，实际领导权掌握在共产党员手中。李应良任学院事务委员会委员，为发展和健全学院各级党组织做了大量工作。

1927年1月下旬，根据中共北方区执行委员会的建议，中共中央决定组建中共陕甘区委。同时，团中央也做出建立共青团陕甘区执行委员会的决定。同年2月25日，陕甘区委决定在西安召开中共陕甘区委第一次代表大会。

1927年3月13日至18日，中共陕甘区委第一次代表大会和共青团陕甘区委第一次代表大会同时在西安中山学院举行。中共陕甘区执行委员会成立，李应良在区执委会协助李子洲搞组织工作。随后，李应良受命赴北京送密信给中共北方区执委会书记李大钊，他悄悄留下一封家书，便离开西安到了北京。在东交民巷苏联大使

---

[1] 傅宏民，雷治宇. 群星荟萃：庆阳历代名人撷英[M]. 北京：新华出版社，2003：108.
[2] 傅宏民，雷治宇. 群星荟萃：庆阳历代名人撷英[M]. 北京：新华出版社，2003：108.

馆，李应良与李大钊同时被捕，为保守党的机密，他化名"李银连"，在狱中坚持斗争，直到 4 月 28 日与李大钊英勇就义。

## 三、为党为国　为最后胜利献身

　　1927 年 5 月 16 日，李应良与李大钊等人在北京惨遭奉系军阀张作霖杀害的消息传到西安，家乡的革命者万分悲痛。5 月 16 日，刘含初和魏野畴、李子洲、赵葆华、杨明轩等以国民党陕西省党部的名义，向全省各级执行委员会发出通告，详细说明李大钊、李应良等遇难的经过，指示各级执行委员会"必须郑重追悼此次死难诸同志""继续死难烈士的遗愿，为促成中国革命成功而奋斗"。① 5 月 17 日，西安各界人民举行追悼大会，痛悼先烈，寄托哀思。

　　1927 年 6 月 7 日，按照中共兰州特支的决定，王孝锡在兰州东教场主持召开了各界人士参加的李大钊烈士追悼会。大会介绍了李大钊的革命事迹和遇难经过，号召大家踏着烈士的足迹继续前进。他还指示《第二军事政治学校校报》刊出《追悼北京死难烈士专号》，报道了李大钊、李应良等烈士遇难情况，其中载有王孝锡的《悼北京死难烈士》的长诗。②

> 霹雳一声，
> 在阴霾沉沉、妖气弥漫的北京，
> 现出了霞光万道，
> 主义的鲜花，
> 烈士的血星，
> 表现在帝国主义的发抖中。
> 你们的精神，
> 高唱在民族解放运动中；
> 你们的声音，
> 革命导师，

---

① 新民主主义革命时期陕西大事记述 [M]. 西安：陕西人民出版社，1980：148.
② 巩世锋. 陇东：说不完的革命故事 [M]. 兰州：甘肃文化出版社，2015：16-18.

  人类明星。
  你们一面引颈、一面高呼,
  枪弹是革命者的饭食,
  死是革命者的归宿,
  为了被压迫民族最后胜利。
  这是何等的悲壮啊!
  你们是为党,
  为国,
  为全人类解放而牺牲,
  这是何等的光荣!
  …………
  应当怎样努力?
  前进!奋斗!杀贼!
  才能完成你们未竟之功,
  慰你们在天之灵。

  其中,既有对反动派的蔑视——"阴霾沉沉、妖气弥漫""帝国主义的发抖",也有对烈士的缅怀——"你们的精神,高唱在民族解放运动中",也有对其英勇就义的至高褒奖——"是何等的悲壮啊!""是何等的光荣!"同时也激励活着的同志"前进!奋斗!杀贼!""完成你们未竟之功,慰你们在天之灵"。尤其是烈士们把枪弹视为"革命者的饭食",把死看作"革命者的归宿",为党,为国,为全人类而牺牲,为革命,为民族,为最后胜利而献身的伟大精神,正是我们今天所要弘扬和传承的。

  中国共产党机关报《向导》195期发表文章强烈谴责反动派残害革命志士的暴行,文章指出:"大钊同志及其他同志的名字,将为几百万北方群众所牢记不忘。我们的英勇同志之死,愈加激起革命运动向前发展。"[①]

  1949年2月2日,北平市公安局郊七分局局长朱文刚相继逮捕了害死20位革命者的主谋吴郁文,以及主要凶手陈兴亚、雷恒成、王振南等,令其逐一伏法。

---

[①] 中国人民政治协商会议北京市委员会文史资料研究委员会. 文史资料选编·第28辑[M]. 北京:北京出版社,1986:61.

1950年的春天，正是中华人民共和国成立的第二个杜鹃花泛红的季节，北京市人民政府举行隆重的追悼大会，把李大钊和随他一起牺牲的20名烈士的遗骨全部迁入八宝山。

"李应良是中国共产党的优秀党员，无产阶级的忠诚战士。为了中华民族的独立和人民的解放，他英勇地献出了自己年轻的生命，他的英雄业绩将永载中国革命史册。"[①]这是国家民政部门对李应良的人生总结，也是全国人民对李应良烈士的深切哀悼。

（姚　远）

---

[①] 张晋. 李应良（1900—1927）[C] //中华人民共和国民政部. 中华著名烈士·第2卷. 北京：中央文献出版社，2000：198-199.

## 第五讲

## 何惜少年头：
## 王孝锡一腔热血洒陕甘

王孝锡（1903—1928），1924年考入国立西北大学，任学生会主席。1926年6月，经魏野畴、刘含初介绍加入中国共产党。1927年2月毕业，被派往甘肃工作，建立中共兰州特委。1928年春，以中共邠宁支部书记名义发动旬邑农民暴动。同年11月被捕。12月30日在兰州英勇就义。

王孝锡（1903—1928），字遂五，1903年2月出生，家住甘肃省宁县太昌镇西濠村，父母以种地为生。1910年，王孝锡在太昌镇接受小学教育；1918年，小学毕业后，聪慧的王孝锡以极为优异的成绩顺利进入甘肃省立第二中学（设在平凉市，以下简称"省立二中"），开始了自己的中学生涯。1924年3月，王孝锡考入国立西北大学文科，并担任国立西北大学学生会主席一职，结识了以国立西北大学文科主持和教授身份从事党的活动的刘含初，以及共产党人魏野畴、李应良、吕佑乾等。1925年上海"五卅"惨案发生后，王孝锡在国立西北大学带头发起支援上海工人斗争的"沪案援红委员会"和"英日屠杀同胞雪耻会"，积极投身革命斗争、传播革命思想。火热的革命斗争生活，使得王孝锡经受住了革命的考验和磨炼，他于1926年在刘含初、魏野畴的推荐下，加入中国共产党，开始了革命生涯。

作为中国共产党在甘肃早期革命和甘肃青年运动中的领导人、先驱者，王孝锡在甘肃开展早期革命活动时，曾利用国民党驻西北特派员等多重身份，组织地下革命斗争活动，宣传马克思列宁主义，耕种革命信仰和革命火种，为陕甘两省早期开展革命活动作出了突出的贡献。与此同时，王孝锡组建了甘肃省第一个农村党组织——中共邠宁支部，为党组织工作的开展提供了坚实的组织基础，并创建了甘肃省第一个革命青年组织——青年社，为革命的持续开展添加了组织基础。在王孝锡的积极组织下，甘肃地区的革命活动如火如荼地开展起来，取得显著成果。这令反动当局惊恐不已，开始实施对王孝锡的逮捕行动。1928年11月26日，王孝锡同志被国民党陕甘宁"剿匪"总司令部逮捕，同年12月30日在兰州英勇就义，年仅25岁。

## 一、少年赋诗"秋风歌" 立志"黄沙血染"不回头

童年时代的王孝锡聪明伶俐、思维敏捷且性格刚强。6岁时，可背诵唐诗宋词，让乡亲大为惊叹，故有"神童"之称。1909年，王孝锡入太昌小学读书，由于有母亲学前赐教的基础，加之他对学习比较上心，所以王孝锡的学习成绩一直在班级中名列前茅。

然而，王孝锡以优异的成绩从太昌小学毕业的第二年，突患眼疾，由于治病耽误了入学考试时间，因此父亲打算让他留在中药铺打下手赚钱。但是，王孝锡果断拒绝父亲的安排，一定要到平凉去报考省立二中，继续求学。

1918年，15岁的王孝锡在考场上初步展露了他过人的才华，考入省立二中。发榜那天，他见到了先一年考入省立二中的小学同学任鼎昌，就高兴地说："咱俩又能一块在省立学堂读书啦！"王孝锡说："我们还要登大学金榜，为家乡争光，为国家效力呢。"①在学校里，王孝锡如饥似渴，埋头读书，天文地理、古今中外全面涉猎，自然科学和社会科学悉心研究，尤其是他的文学水平在同学中已成为佼佼者。在他的国文习作中，他劝勉学友，面临"今日中国，外侮迫切，内乱频仍"之际，"正宜奋威扬，立志求良，培养人才，以救国家累卵之危，奋其能力，而显当世"。由此可见，他在中学时期就有了报效国家、振兴中华的雄心壮志。

1919年，五四运动轰轰烈烈地展开，促进了民主、科学的启蒙。同时，新文化

---

① 刘镜，畅快. 赤胆播火者［M］. 兰州：甘肃文化出版社，2003：24.

图 5-1　王孝锡（1903—1928）

运动蓬勃兴起，也冲击着社会的方方面面。在五四爱国运动的鼓舞下，当时陇东在北京、西安、兰州等地的一些爱国进步青年，通过邮寄书信和革命刊物的机会，将一些有关马克思主义的读物和书籍，譬如《每周评论》《独秀文存》《共产党宣言》《马克思主义学说》和《唯物史观》等，传播到省立二中和陇东地区。王孝锡利用暑假回乡的机会，向亲友和同学们介绍五四运动和苏俄的情况，大大激发了爱国青年反帝反封建的斗争热情。他还在学校积极带领同学向群众做宣传，进行爱国演讲，反对卖国政府，抵制日货，宣传妇女放足，反对封建传统思想和道德观念。后来，他因在封建遗老"魏宝山特别纪念会"上发表了反封建的演讲而被开除学籍，但他立志求学、救国救民的决心仍然没有改变，他写了一首题为"秋风歌"的新诗，抒发了他当时的心情与抱负。诗曰：

明皎皎天高气清，
音朗朗远来飞鸿。
风过东篱香满座，
黄叶飘落动远人。
志在振去从戎，
黄沙血染，
草木静宁。[①]

---

[①] 张桂山，巩世锋. 王孝锡传［M］. 北京：中共党史出版社，2016：19.

回到家中的王孝锡，仍然压制不住继续求学的决心。于是，在 1917 年的 9 月，他徒步兰州继续完成学业。这一阶段正是五四新思想、新文化运动蓬勃发展之际，王孝锡在这样一个过程中不断受到新思想新文化的熏陶，并在兰州参加了反对北洋军阀的游行示威活动。1921 年 1 月，王孝锡在兰州国语讲习所学习期满，获得由所长邓宗签发的毕业证书。这时，同学写信来说省立二中的校长调离，由胡师文接任了校长职务；王孝锡决定返回平凉，继续完成他中学阶段的学业，再图深造，以展宏愿。1923 年秋，王孝锡在省立二中完成中学学业，将要毕业。中秋时节，王孝锡、保至善、党效贤、程道渊、刘明岳、韩毅等 10 多位同学相约，到崆峒山郊游。他们各自抒发着即将惜别母校的种种感慨，在谈到毕业后的去向时，王孝锡说，一个没有知识的国家是一个没有希望的国家，要救国兴国，必须用知识武装自己。他要报考大学，继续深造，使自己成为改造社会、振兴民族、建设国家的有用之才。

## 二、先理后文冠群"儒" 读《新青年》踏上革命路

1924 年 3 月 5 日，王孝锡在给三弟王介甫的书信中谈到，他与柳慕陶、石芸青在兰州考取了西北大学官费生（每人每年由西北大学出资 120 两银子，旅费 26 两，县劝学所每年补助 80 银圆），全家人为之十分欣喜，因为王孝锡是王氏家族乃至宁县太昌的第一位大学生。3 月 28 日，王孝锡告别父母，赶赴西北大学上学。

西北大学始建于 1902 年，原名陕西大学堂。1912 年，当时的陕西大都督张凤翙意识到西北人才短缺，就在陕西合并了几所学堂，成立了西北大学。1923 年 8 月，西北大学更名为国立西北大学。1924 年，国立西北大学与陕西省教育厅联合举办"暑期学校"，邀请鲁迅等北京、天津、上海 10 余名著名学者到学校讲学，为长期封闭的西部打开了一扇窗口。

西北大学教学管理十分严格，每天所授课程，除了国文外，一律用英语教学，课本都是从美国买回来的英文原本，同学们刚开始上课都感到很困难。为了尽快提高学生的英语水平，学校规定每天的英语作文不得少于 40 句。数学自行研习，实在不懂的地方由教员给予指导。

王孝锡开始在西北大学学习理科，但后来他根据自己的爱好和特长，转到文科

部主修国文。当时文科学习的课程有文学概论、训诂、中国文字学、六经、散文、记事文、杂体文、西洋文、史记、乐府等。由于王孝锡在中学阶段就打下了良好的文学基础，因此他对很多知识具有独到的见解。同时，他不断学习历史和心理知识，在平日里，无论是东西方的文化史，还是哲学和有关马列主义的书籍、新时期书刊，他都有涉猎。为了增长学识、扩大见闻，他经常和年少学优的同学聚在一起，研究经文，比赛诗文，谈古论今，褒贬时弊。因思维敏捷，谈锋锐利，旁征博引，汪洋恣肆，他经常以排山倒海之势力冠群"儒"，不久，王孝锡这位才俊就名噪国立西北大学了。

随着第一次国共合作的建立，工人运动有了新发展态势，受中共北方区委和李大钊的委派，中共党员李子洲、魏野畴与刘含初等同志相继回到西安开展工作，宣传马列思想。在国立西北大学任教的共产党员，也开始在学生中传播马克思主义，散播革命火种。同样是在黑暗时代寻求真理、探索真理的王孝锡，很快同刘含初、魏野畴、李应良、吕佑乾等早期著名的共产党人成为志同道合者。他从他们那里获取并阅读了大量的革命刊物，如《新青年》《向导》等。通过新思想的洗礼，王孝锡的思想觉悟和革命意识有了进一步的提升，并自觉投身于反帝反封建反军阀的斗争中。在这期间，为了反对帝国主义利用宗教进行反革命宣传活动，他们在国立西北大学成立了"反基大同盟"①，团结广大革命青年，进行反帝斗争。王孝锡还在刘含初的支持下四处演讲，揭露帝国主义的罪行。

1925年1月，中国共产党第四次全国代表大会在上海召开。大会主要讨论了中国无产阶级在民主革命中领导地位的建立和如何建立工农联盟。并且，要求积极发展党的组织，扩大党员的数量。根据会议的精神，魏野畴以西安党团负责人的身份积极开展革命活动，在西安成立了学生联合会，由王孝锡、王林分别担任国立西北大学和西安学联主席。1925年5月30日，列强在上海大肆屠杀中国人民，造成了震惊中外的"五卅"惨案。王孝锡在党组织的领导下，和其他进步同学一起，在国

---

① "五卅"运动暴露了帝国主义者侵华野心以后，中国民众已明了基督教是帝国主义杀人不见血的武器，是帝国主义侵略弱小民族的先锋队。在全国学生总会第七届代表大会的决议案里，已明白规定：耶稣日前后一星期为"反基督教周"。

 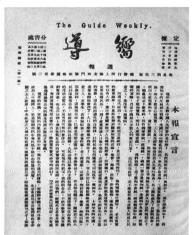

图 5-2 《新青年》史迹　　图 5-3 《向导》周报史迹

立西北大学带头发起支援上海工人斗争的"沪案援红委员会"①和"英日屠杀同胞雪耻会",并当选为"五九国耻纪念筹备会"委员,任庶事主任。6月20日,王孝锡、王林等人组织带领千名学生上街游行,同学们手握旗子,高呼"打倒帝国主义""收回租界""取消一切不平等的条约"等口号,有人甚至咬破手指,在手帕上写血书"雪耻"二字。学生的这种爱国热情大大激发了群众的热情,把西安地区"五卅"反帝爱国运动推向高潮。

此外,在 1926 年西安围城②中,王孝锡组织文艺宣传队进行宣传鼓动工作,有力支持了反围城斗争。西安解围后,为适应革命需要,国立西北大学被改为西安中山学院。西安中山学院是由共产党人领导的革命色彩很浓厚的学校,设有多个训练班,王孝锡担任学院政治教员。西安中山学院先后培养了 900 多名农民运动、妇女运动和政治工作干部,为蓬勃发展的西北革命斗争提供了急需的干部。

---

① 1925 年 5 月 1 日,为抗议日商纱厂资本家撕毁与中国工人达成的协议,顾正红带领工人群众冲进工厂与之交涉,后因连续中弹并被刀猛砍后,抢救无效而牺牲。因顾正红的牺牲,沪西日本纱厂 2 万多工人发表宣言,宣布罢工,呼吁各界人民支持和援助工人斗争。上海学生首先走上街头,工商业界也纷纷声援。此即著名的"五卅"反帝爱国运动。

② 1926 年,刘镇华在吴佩孚、张作霖的支持下,纠集 10 万人围攻西安,围城 8 个月之久,国民军将领杨虎城、李虎臣率全城军民坚守,后冯玉祥入陕解围。

在传播革命火种、投身革命斗争的火热生活中，王孝锡得到了极大的历练和成长，且积累了诸多革命经验。1926年6月，经刘含初、魏野畴推荐，王孝锡正式加入中国共产党，找到了自己人生的方向。

## 三、巩固和扩大统一战线　受命重建中共甘肃支部

1927年2月，中共西安党组织拟派王孝锡去苏联东方大学学习。因为交涉出国学习的费用问题，所以王孝锡经常与冯玉祥接触。王孝锡渊博的学识、能言善辩的口才，使行伍出身的冯玉祥对他另眼相看，欣赏有加。面对紧张的西北革命形势以及党组织需要大量优秀骨干力量开展宣传、组织工作，冯玉祥力劝王孝锡暂时放弃出国学习的机会，到西北军中任职。几天后，在刘伯坚和刘含初的安排下，王孝锡、任鼎昌、党效贤等一批学生加入了冯玉祥的西北军，并集体加入国民党。

1927年2月4日，兰州山字石中街发生皖江会馆事件，甘肃特支的张一悟同志受到国民党右派严密监视，党员被通缉，党在甘肃的活动受到制约。1927年3月4日，国民党西北临时政治委员会召开会议，讨论甘肃的党务问题和宗教问题。在这次会议上，共产党员胡廷珍、王孝锡、保至善、马凌山四人，作为"西北政治委员会特派甘肃省党部党务委员"，到兰州调查处理皖江会馆事件，整理甘肃党务工作。

胡廷珍、王孝锡等人来到兰州后，为了打开工作局面，立即组织调查皖江会馆事件，对国民党甘肃省党部内部事务进行大整顿，并与国民党右派分裂势力展开坚决的斗争，确保了中国共产党在甘肃反帝反封建国民革命运动中的领导地位。与此同时，他与胡廷珍等人秘密开展革命活动，带领共产党员和人民群众，在"联俄、联共、扶助农工"的三大政策指导下，进一步巩固和扩大革命联合统一战线，把打倒列强、铲除军阀的反帝反封建革命斗争推向高潮。1927年4月17日，经过胡廷珍、王孝锡等人的积极筹备，在兰州五泉山附近胡廷珍的舅父家里召开了一次重要的兰州地下党员秘密会议。会议首先说明了开会的内容和意义，总结了甘肃特支建立以来的工作，分析了当前革命的形势，重新组建了中共甘肃特别支部和中共兰州特别支部，由胡廷珍担任甘肃特支书记、王孝锡担任组织部部长、保至善担任农工部部

长、马凌山担任宣传部部长。①

中共甘肃特别支部的重建和国民党甘肃党部的重组，使兰州地区的革命形势呈现了可喜的局面。为了开展广泛的革命活动，重组后的甘肃特支着手组织成立工会、农会、妇女及青年社等组织。王孝锡主要负责筹建"青年社"。通过王孝锡的精心安排部署和筹委会成员的积极宣传，省立一中、兰州师范、兰州女师、工校、农校、法政专科学校都建立了青年社筹委会。通过组织学生学习和深入宣传，同学们受到启发，纷纷要求加入青年社。1927年4月上旬的一天，兰州青年社成立大会在甘肃省教育会万寿宫礼堂隆重举行，王孝锡被选举为青年社社长，马凌山任书记。大会上，王孝锡指出"兰州青年社的成立，标志着甘肃青年运动高潮的到来，青年社要投身于一切爱国活动，并提供力量源泉。青年社以'三民主义'为纲领，主张团结一切爱国青年，继续开展反帝反封建的斗争，为铲除反动军阀的统治，拯救中华民族而英勇斗争"。青年社成立以后，以兰州女子师范学校为主阵地，在中共甘肃特支的统一领导下，积极开展革命工作。他们积极组织进步青年学习革命书籍和思想，创办《妇女之声》刊物，宣传妇女解放，并在省立一中创办《醒社周刊》作为宣传共产主义的讲坛，传播新思想和新文化。此外，王孝锡还积极推动各县建立工会、农民协会以及藏民文化促进会等团体，为革命活动的展开和党员队伍的扩大起了非常重要的奠基作用。

## 四、落实"八七"会议精神　创建中共邠宁支部

郑州会议②和徐州会议③以后，1927年6月22日，冯玉祥电调王孝锡、胡廷珍、马凌山、保至善去郑州"开会"，实为"清党"反共活动的圈套。在途经洛阳得知真

---

① 丁焕章.甘肃近代史[M].兰州：兰州大学出版社，1989：298.

② 郑州会议于1927年6月10日至11日召开，出席会议的有武汉方面的汪精卫、徐谦、顾孟余、孙科等10余人和冯玉祥、鹿钟麟等。会上，冯玉祥主张国民党各派"加强团结"，共同北伐。同时，在"清党"反共问题上，双方意见渐趋一致。

③ 徐州会议于1927年6月19日召开，会议就蒋冯合作、宁汉合流、共同北伐、"清党"反共以及驱逐鲍罗廷回国等问题取得了一致意见。

相后，王孝锡和胡廷珍决定前往武汉寻找党组织，保至善等人则返回西安向陕西省委汇报情况。直至 8 月上旬，王孝锡和胡廷珍到达武汉。但是此时，"八七"会议已经结束，王孝锡见到了参加"八七"会议的陕西省委组织部部长李子洲，李子洲向其传达了"八七"会议精神，建议王孝锡回西北扩充基层党组织，扭转西北地区被动的革命局面。于是，王孝锡、胡廷珍等人立即返回陕甘，响应《中共"八七"会议告全党党员书》的号召，决定分头行动，在导河（今临夏）、邠宁、平凉秘密发展党员，建立党的组织，联络社会进步力量，开展革命武装斗争，建立革命政权，以便尽快扭转党在西北的被动局面。

王孝锡主要在宁、长、邠一带坚持革命斗争。1927 年秋，王孝锡同共产党员王晓时（又名王彦圣）、王之径和任鼎昌在家乡宁县太昌镇东岭村组织建立了甘肃省第一个农村党支部——中共邠宁党支部，王孝锡任支部书记。此后，他在党支部的领导下，立即投入组织、宣传和发动群众的各项工作中，王孝锡多次到泾河川、陕西长武秘密活动，在长武县城和骑马沟发展了 10 名党员，并筹备成立了中共长武支部。不久后，中共陕西省委批准成立中共太昌区委，任命王孝锡为区委书记。这也成为陇东第一个中国共产党的临时区委组织。

中共邠宁支部成立后，王孝锡开始整顿 1925 年暑假在宁县太昌镇成立的青年社，对其进行重新登记，招纳并吸收了一大批进步青年入社。青年社主要通过"读书会"的交流学习形式组织进步青年学习马克思主义经典著作，例如《马克思主义浅说》《列宁主义浅说》《共产党宣言》等。同时，王孝锡也亲自为大家宣传讲解马列主义学说和共产党的政治主张，并带领学生参与反帝反封建的革命活动。青年社除接触新思想外，还学唱《国际歌》《打倒列强》等革命歌曲，活动非常丰富，有很大的影响力[1]。

在组建邠宁党支部、组织青年社团的同时，王孝锡以行医为掩护，深入陕甘交界的宁县、长武、泾川、旬邑、邠县等 10 多个县的农村和邠县百子沟煤矿进行调研，深入了解了当地农村各阶级的经济发展现状、生活境况和人民对于革命所保有的态度，提出了解决农民土地问题的办法，不断探索中共农村革命的新路子。他先后撰写出《经济学大纲》《解决中国问题的草案》《农村调查和农村阶级分析》等著作和文章，明

---

[1] 中共庆阳市委党史办公室.中国共产党庆阳历史[M].北京：中共党史出版社，2012：22-23.

图 5-4　中共邠宁支部旧址

确了人民在民主革命运动中所起的重要作用，突出强调农民是无产阶级最广大和最忠实的同盟军，我们要牢牢把握革命政权，建立一支以人民为中心的武装力量。这些思想对之后陕甘边革命根据地的政策实施产生了很大的影响①。

## 五、发动旬邑起义　誓将黑暗世界化尘烟

王孝锡是陇东人民的英雄，也是中华民族的英雄，他将革命的火种洒向秦陇大地，将青春热血奉献给党和人民，他那种"任何力量不能移我之心，任何力量不堪动我之情，我的主义驱使我不能一刻留停，我的责任策励我不能一刻安寝，一腔热血要浇遍地球西东"的豪情壮志，是我们永远的精神之钙和思想之魂。

1928年1月12日，中共陕西省委根据1927年11月中央政治局扩大会议精神，发出《第二十六号通告》，号召"农民武装起来，组织农民革命军"。不久，王孝锡接到陕西省委指示，要他与中共旬邑县区委书记吕佑乾等人，组织和领导陕甘交界的宁、长、旬、邠一带工人、农民暴动。接到指示后的王孝锡立即赶到旬邑，同吕

---

① 中共庆阳市委党史办公室.中国共产党庆阳历史[M].北京：中共党史出版社，2012：25-27.

佑乾和刚从陕西省委联系工作回来的许才升召开会议，向与会党员讲述了当时的政治形势，分析发动农民暴动的主客观条件。由于旬邑县紧靠子午岭林区，地势复杂且地处陕甘交界处，国民党反动势力的统治和管理比较薄弱，为开展武装斗争创造了一个有利的地势条件。同时，这里的贫苦农民革命意识比较强烈，他们自发组织了"红枪会"，联络贫苦农民、侠义志士，同反动官府、土豪劣绅做斗争。因此，在旬邑举行起义是不二选择。与此同时，邻县百子沟煤矿工人暴动也被列入计划中。在具体部署旬邑起义方案时，党组织决定先让许才升等人在旬邑郝村发动群众，以进县城抗粮、"交农"的名义，打响旬邑起义的第一枪。同时，王孝锡去百子沟煤矿组织矿工暴动，以配合旬邑起义，吕佑乾等人则在旬邑县各村发动群众。

5月5日晚上，许才升等人在郝村召开党员会议，号召农民要团结一致推翻旧政权，并就农民武装暴动做了具体安排。5月6日，许才升采用鸡毛传帖的方式召集群众以抗粮和"交农"为名义举行起义。同时，提出"打倒贪官污吏""打倒土豪劣绅""打倒恶霸地主""打倒冯玉祥，三年不纳粮"等口号。当晚，许才升就召集了郝村、蒲社、班村、庄河等18个村庄的140多名群众，他们扛着榔头、铁锹等农具和梭镖等武器行动起来。许才升亲自击鼓为号，把群众集中到郝村药王庙内，号召群众"交农"，当即处决了郝村地主程茂育和省政府派去的催粮委员，并连夜向旬邑县城进发。在途中，起义受到群众的广泛拥护，起义队伍一下子增加到400多人。5月7日拂晓，起义队伍顺利占领旬邑县城①。

5月12日，吕佑乾召开党的支部会议，决定成立旬邑县临时苏维埃政府，并把旬邑起义群众改编为工农革命军第二路军。暴动群众推选许才升为苏维埃政府主席，王晓时任工农革命军第二路军政治委员。旬邑县临时苏维埃政府成立后，为了扩大起义成果，发展壮大革命力量，许才升带领一部分武装人员住在张家村，在县城周围各村开展打土豪、分粮食、分财物等活动，进行宣传鼓动工作。吕佑乾、吕凤岐率领大部分武装人员防守县城，并分头到土桥、张洪等地惩办劣绅，开展宣传工作。革命队伍所到之处，广大农民群众无不拍手称好，革命热情空前高涨。旬邑农民起义的烈火迅速蔓延到全县，并波及临近邻县、淳化、长武以及甘肃的宁县、正宁、泾川等县。王孝锡从旬邑开完会以后，立即返回邻县百子沟煤矿，在矿工积极分子中

---

① 张桂山，巩世锋. 王孝锡传［M］. 北京：中共党史出版社，2016：122.

组织成立了"矿工工会",讨论了举行暴动的具体安排,决定成立工农革命军第一路军,配合旬邑第二路军攻打邠县县城。接着,王孝锡又去找邠县地下党员席天顺,商量配合攻打邠县事宜。

革命运动迅速发展,使国民党反动当局惊恐万状。国民党邠乾区行政长官刘必达,一方面派李焕章代理旬邑县县长,率领民团压制农民起义的队伍;另一方面指使逃到外边的反动豪绅暗中收买队伍里面的内贼,削弱武装力量。他们收买混进起义队伍中的内奸,在革命队伍内部散布谣言,说什么杀官劫狱要偿命、抄家、灭亲,多方威胁和欺骗群众,致使不少群众思想动摇。5月30日拂晓,被国民党反动派收买的内奸郭金科、程振西、连怀印等在县城发动叛乱。因为叛乱突然,又寡不敌众,许才升、吕佑乾、吕凤岐、王浪波、王廷璧、程永盛、程国柱等七人英勇就义。王孝锡因为去了百子沟煤矿而幸免于难,王晓时遭到追捕后离开旬邑、邠县,返回宁县太昌镇。这次起义虽然时间很短就失败了,但是它为党后来在陕甘边区开展革命斗争,进行武装反抗奠定了坚实的基础。在旬邑暴动中,面对国民党反动派对革命者的残酷镇压,王孝锡将生死置之度外,他在沉痛悼念死难战友、激励自己的同时,随时准备着为中国革命献身。他于1928年7月为后人留下遗嘱,原文如下:

> 余昔读书之目的,在救国救民,常无彻底方法以自困,十四年夏,余之资产阶级思想,正如军队之攻击交战,凡数月始得解决,遂于斯年六月,我与我正式脱离关系,投身世界革命,求中国达于平等、自由、美满的各尽所能、各取所需之社会。欲达此目的,必须铲除此社会之障碍——帝国主义、新旧军阀、资产阶级、贪污劣豪及目前存在之反动结合的国民党,组织工农兵,武装夺取政权,实现苏维埃政府,达于共生共享世界大同之共产主义社会。望我后进之士,务必认清道路,以与旧社会尽力奋斗,实现理想之世界。至嘱![1]

但是,旬邑农民暴动的失败并没有削弱王孝锡从事革命斗争的信心和决心,相反,正是通过这次农民暴动,他看到农村蕴藏着巨大的革命力量和群众基础,决心同国民党反动派抗战到底,不断争取解放工农群众。此后,王孝锡等同志回到宁县,继续组织农民武装斗争。

---

[1] 王孝锡遗嘱. 转引自:张桂山,巩世锋. 王孝锡传[M]. 北京:中共党史出版社,2016:132.

1927年,"四一二"反革命政变后,随着蒋介石反革命面目的彻底暴露,冯玉祥也公开主张"宁汉合作",共同合谋反对共产党人。6月,他下令"礼送共产党员"离开国民军联军,刘伯坚等一大批共产党员被送出武胜关外。这时,形势不断恶化,由东向西,迅速蔓延到兰州。一场反革命的"清党"运动在甘肃展开,顷刻间兰州陷入一片肃杀恐怖之中。省党部大门两边贴出一副"忠实信徒走进来,赤化分子滚出去"的对联。在冯玉祥的指令下,刘郁芬成立了"甘肃省清党委员会",逮捕和迫害共产党人并禁止出版销售进步刊物。国民党甘肃省政府接连向各县发出《缉查共产党活动》《根本肃清逆党》《处理共党分子办法》等一系列"训令",并在《新陇日报》发表了一系列"共贼王孝锡、王有章等煽惑青年……"等反共文章,气氛日益紧张,到处弥漫着血腥味。

就在这一时期,一贯靠投机钻营赖以生存的国民党右派田昆山再次掌管了国民党省党部。他先是在开封冯玉祥总司令部鬼混,接着投靠南京国民党中央,摇身一变,成了陈立夫、陈果夫兄弟 CC①组织的特务骨干分子,与已经彻底暴露军阀面目的甘肃省政府主席刘郁芬紧密勾结,大肆逮捕共产党员和青年社员,通缉钱靖泉、张一悟、胡廷珍、王孝锡、马凌山等30多名共产党员。

1928年春,刘郁芬的参谋长被回民刺死在由兰州去往宁夏的途中,田昆山趁机借刀杀人,将脏水泼在了共产党人身上。由此,刘郁芬进一步加紧了对共产党人的逮捕,在沿途车站、旅店张贴布告,并附有照片,冯玉洁、窦香等六人先后被捕。从特务巢穴中钻出来的田昆山,很快就得知王孝锡在陕甘交界的宁、长、旬、邠一带活动的消息。甘肃省政府和省党部同时发出追捕令,并派出国民军联军军法处处长刘泾泮带领法官杨天枢及两名特务,直扑宁县协助县长效维国缉捕王孝锡。

1928年11月26日的前一天晚上,王孝锡悄悄潜回太昌,先躲在老虎嘴惠永魁的家里,入夜才进了家门。他想给父亲磕个头,再看看母亲、妻儿和其他家人,然后远离宁县。谁知,在他进入家门的时候,就已被暗里盯梢的李梅轩等人发现。第二天,抓他的人先找到乡约王汝家,然后闯进王孝锡家中说:"王先生,效县长请你。"王孝锡一看就明白了是怎么回事,他平静地说:"走!"面对强暴凶残的敌人,

---

① CC 指的是中央俱乐部(Central Club),是指以陈立夫、陈果夫兄弟为首的派系。该派系最强大的时候完全控制了国民党的党务运作和当时的两大情报机构之一——中统局。

王孝锡大义凛然，毫不畏惧，临走时写下了《别家有感》一诗：

> 丑贼剪何急，
> 皂隶临门催。
> 双亲堂上悲，
> 儿女牵衣涕。
> 断袖出门去，
> 天空任鸟飞。

写毕，王孝锡诀别亲人，昂首挺胸，大步出门。

王孝锡被捕后，王晓时、苟一轩等人组织当地群众，准备在途经地和盛湫包头村营救他。但王孝锡怕伤及营救人员，指示取消此次营救行动。在平凉，国民党当局举行了庆祝大会。他们叫嚣说："抓了西北共产党的头子，这下西北就安定了。"南京政府指示，要加强审讯，务必搞到王孝锡的口供，把西北共党一网打尽。审讯中，王孝锡怒骂刘泾湋、杨天枢等败类，并高声喊道："共产党人死都不怕，何惧酷刑！"第一次审讯在王孝锡的高声怒斥中草草收场。

为从王孝锡口中获得"有价值的东西"，甘肃国民党的几个党务头子亲自审问，严施酷刑。但王孝锡面对敌人凶残的面孔，毫不畏惧，严厉谴责国民党反动派屠杀共产党人和破坏中国革命的事实。在敌人法庭上，他铁骨铮铮，怒斥法官；面对酷刑，他坚守自己的信仰，对党的机密守口如瓶，始终表现了一个共产党员誓死不屈、坚贞不渝的英雄气概和坚定不移的革命立场。尽管自己已深陷绝境，但王孝锡对革命事业仍然充满信心，他写下了《铁窗朝霞》一诗：

> 静坐铁窗月影斜，
> 献身革命不还家，
> 朝阳翌日红光艳，
> 胜利预兆出彩霞。[1]

敌人从王孝锡嘴里得不到半点东西，就决定杀害他。1928年12月29日深夜，一位值夜班的狱警来到王孝锡的囚室前面，三次强调让他给家里写一封信。王孝锡

---

[1] 中国井冈山干部学院. 红色家书——革命烈士书信选集 [M]. 北京：党建读物出版社，2018：12.

意识到这是他的最后一晚了,他撕心裂肺,挥毫给父母写下了《诀别诗》:

| | |
|---|---|
| 纵有垂天翼, | 自古英雄多患难, |
| 难脱今夜险, | 岂徒我今然。 |
| 祈苍天, | 望椿萱, |
| 何不行方便? | 休把儿挂念, |
| 命神童, | 养玉体, |
| 驶慈云, | 度残年, |
| 驾慧船, | 尚有一兄三弟, |
| 援救我直到日月边。 | 足供欢颜, |
| 一夕风波路三千, | 儿去也, |
| 把家园骨肉齐抛闪, | 莫牵连!① |

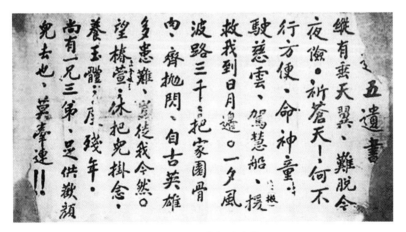

图5-5　王孝锡遗书②

---

① 中国井冈山干部学院. 红色家书:革命烈士书信选集[M]. 北京:党建读物出版社. 2018:3.
② 此遗书系抗战初年,王孝锡胞弟王干城迁葬其遗骨至家乡时,狱吏王自治根据记忆口授于王干城,有删节,再由乡人石怀璞写成朱砂横披,冠以"遂五遗书",悬于墓地。故流传时有修饰。今存甘肃省博物馆。

1928年12月30日清晨，寒风侵肌，寒凝大地。从市内三圣庙通往安定门外萧家坪刑场的路上，层层关卡令人毛骨悚然。当一辆囚车在武装士兵的押解下经过国民党甘肃省党部时，王孝锡高呼："中国共产党万岁！""共产主义精神不死！"路上的行人也全然不顾军警驱赶，纷纷来给英雄送行。寒冷的冬天里，只见他的脸上、头发上升腾着热气，奋力地反抗。惊慌失措的刽子手为了止住他的叫喊声，在他后背上乱砍，但仍止不住他的喊声，便将一团毛巾硬生生塞进他的嘴里。许久之后，敌人罪恶的枪声在空中响起，王孝锡为中国革命事业献出了他年仅25岁的生命。

中华人民共和国成立后，为了缅怀先烈，学习王孝锡的革命精神，中共宁县县委和县人民政府修建了王孝锡烈士陵园和纪念碑。

2013年4月2日，王孝锡烈士纪念馆建成开馆，生动展示了王孝锡短暂而又光辉的一生。

"生平浩气终难泯"，王孝锡永远活在人民心中！

（王　璐　黄　怡　陈中奇）

## 第六讲

## 陇东播火：
## 保至善开辟甘肃工农运动新局面

> 保至善（1902—1928），清光绪二十八年（1902）7月生于甘肃平凉崇信县锦屏镇西街村。1924年3月，考入国立西北大学。1926年，加入中国共产党。1927年2月初，任西安中山学院事务委员会委员，下旬被派往兰州，任中共甘肃特别支部领导人之一，国民党甘肃特别党部农民部部长。1928年春，在郑州英勇就义，年仅26岁。

对保至善的研究始于20世纪80年代。1984年，汉河（董汉河先生）开始在《甘肃日报》[①]介绍保至善的事迹。1985年，亲历者胡廷珍有关回忆涉及保至善被派回甘肃工作初期的情况[②]，以及王伟胜编著的《胡廷珍传奇》（兰州：读者出版集团，2011），依据大量革命文献和史料，真实记录了中共甘肃党组织的早期领导人胡廷珍烈士曲折坎坷而又极富传奇色彩的革命生涯，特别是其中"保至善被害"等节，对还原当时历史原貌具有很高的史料价值，是当年赴兰州开展工作四人中唯一亲历者的纪实性文学作品，故对研究保至善、王孝锡都有很高的史料价值。另外，1986年列入《革命烈士传》[③]，1989年列入《中国近代名人大辞典》[④]，1999年载入《皋

---

① 汉河. 保至善[N]. 甘肃日报，1984-07-02（4）.
② 李亨. 中国共产党在甘肃的早期领导人：胡廷珍[J]//中国人民政治协商会议临夏回族自治州委员会文史资料研究委员会. 临夏文史资料选辑，1985（1）：72.
③ 北京图书馆社会科学参考组，《革命烈士传》编委会资料组. 革命烈士传记资料目录（第一辑，1922-01—1937-06）[M]. 北京：书目文献出版社，1994：1392.
④《中国近代人名大辞典》编写组. 中国近代人名大辞典[M]. 北京：中国国际广播出版社，1989：518.

图 6-1　保至善（1902—1928）①

兰县志》②，1991 年列入《中华英烈词典》③，1991 年载入《中华青年英烈辞典》④等等，也使保至善的研究走出甘肃，走向全国，具有一定的象征意义。其家乡崇信县《崇信文史》⑤的介绍涉及了保至善探亲期间在家乡的革命宣传。1998 年的《兰州故事》⑥，有了较多的细节。2015 年在《甘肃党史资料选编（甘肃党组织的创建及其活动）》⑦中有了比此前更详尽的介绍。其中，最早关注保至善并收藏相关珍贵照片的董汉河对保至善的研究贡献良多，他的研究成果是具有代表性的研究成果之一。另外，还有窦香菊、冯玉洁、沈滋兰等人的口述回忆资料也很珍贵。目前，最需要的

---

① 取自崇信县保至善烈士纪念馆。
② 皋兰县县志编纂委员会. 皋兰县志［M］. 兰州：甘肃人民出版社，1999：614.
③ 张海赴，佟佳凡，公方彬. 中华英烈词典（1840—1990）［M］. 北京：军事译文出版社，1991：655.
④ 刘洪安，王生炳. 中华青年英烈辞典［M］. 武汉：湖北人民出版社，1991：178.
⑤ 高延仁. 陇上英烈：保至善［J］//中国人民政治协商会议甘肃省崇信县委员会文史资料研究委员会. 崇信文史，1990（1）：28-30.
⑥ 孙婕. 农民的朋友保至善［M］//魏著明，中共兰州市委党史办公室编. 兰州革命故事. 兰州：甘肃人民出版社，1998：43-46.
⑦ 中共兰州七里河区委党史资料征集办公室. 七里河农会成立前后［M］//中共甘肃省委党史研究室，甘肃省党史纪念馆，杨元忠. 甘肃党史资料选编·第 1 辑（甘肃党组织的创建及其活动）. 兰州：甘肃文化出版社，2015：197.

还是保至善从事党政活动档案或其学历档案的支撑,以及保至善自己文字作品的进一步发掘。

## 一、剪辫子反包办婚姻　出平凉入西安求学

保至善,字乐廷。清光绪二十八年(1902)7月生于甘肃省平凉市崇信县锦屏镇西街村。父亲保万众,秀才不第,转而为商,曾任崇信县商会会长。保至善为其次子。保至善自幼聪颖,早年入读私塾,后入县立小学堂。在辛亥革命中,9岁的保至善不仅剪去了自己的辫子,还偷偷地剪去了熟睡中父亲的辫子。他于1920年考入甘肃省立第二中学(以下简称"省立二中")。同年,家里包办,保至善与崇信县首户梁凤鸣之次女梁春娃结婚。他反对包办婚姻,结婚次日即离家赴校。他的中学时代恰逢五四运动之后,受此影响,他开始如饥似渴地阅读《向导》《新青年》《中国青年》等进步书刊,有了强烈的反帝反封建意识,逐步接受了新文化和马列主义。

1923年,保至善从省立二中毕业后,于1924年3月考入国立西北大学,在此结识了刘含初、魏野畴等共产党人。1924年7月,陕西省教育厅与国立西北大学合办暑期学校,暑期留校学生均可参加,保至善积极报名,与700余名学生和自愿参加者聆听了时任北京大学教授鲁迅关于《中国小说的历史的变迁》的演讲,同时也听取了北京师范大学教授王桐龄关于《陕西在中国历史上的地位》,南开大学教授蒋廷黻关于《法兰西革命》和《欧洲近世史》,国立西北大学教授王来亭关于《社会主义和共产主义之渊源》,爱因斯坦的中国学生、北京大学理科学长夏元瑮关于《物理学最新之进步》,南开大学教授李济之关于《人类进化史》,南开大学陈定谟关于《知识论》和《行为论》等演讲。这些都在22岁的保至善心中播下了新文化的种子,也对他选择进步思想产生了影响。

1924年深秋,国立西北大学爆发了一次学潮,给北京市政府的呼吁电报无法从西安发出,保至善便同另一名同学专门赶到甘肃泾川县邮电局发出了这份电报。随后,他顺便回崇信县探亲,在家逗留的几天里,他接待了不少慕名来访的青年学生。他向来访者宣传进步思想以及马列主义,动员亲朋好友及其他乡里人士自觉投入反帝、反封建、反军阀的革命斗争中,并告诉他们将来要建立一个没有穷人的社会,鼓

励他们努力求学，报效祖国，从而为崇信的革命斗争播下了火种。①

1925年10月，保至善所在的国立西北大学来了一位新任事务长、共产党人刘含初，在其周围团结了一批进步学生。刘含初在校期间，国立西北大学学生运动、反帝爱国运动此起彼伏，已是国立西北大学二年级学生的保至善即受到以刘含初为代表的国立西北大学共产党人的影响。董汉河的《第一次国共合作时期的甘肃工农运动领导人保至善》即指出："国立西北大学教师中，有许多北京大学的毕业生，其中有和李大钊一起从事过革命活动的共产党员。在这里，保至善受共产党员和进步教师的影响，经常阅读《新青年》《向导》《中国青年》等革命刊物，逐渐接受了马克思主义思想。"②在这样的氛围中，保至善于1926年光荣地加入中国共产党。另外，还有任鼎昌、王孝锡等他的甘肃同学也加入中国共产党。

在1926年西安围城中，刘含初与魏野畴、赵葆华的主要任务是对杨虎城、李虎臣等进行统战工作，以中共地下党、国民党省党部宣传委员、国立西北大学事务长的多重名义，开展"市民解围运动"，在国立西北大学召开市民代表大会，发动市民自救，支持守城等。后来，刘含初等又参与中共党组织使用学联名义举办的暑期学校（在西安城隍庙后街省立第一中学，今西安市第二十五中学），由刘含初、王授金、雷晋笙、赵葆华讲授社会科学概论、共产主义初步等课程。保至善参加了这些活动，与进步学生一起聚会声讨军阀统治，组织小分队上街进行革命宣传，他在这些活动中经受了锻炼，为日后参加工人运动、农民运动做了准备。

1927年2月，保至善与李应良参加了西安中山学院筹备工作，二人还担任了事务委员会委员一职。

## 二、四君子临危受命　返家乡发动工农运动

1925年10月，国民军刘郁芬部进入甘肃，该部共产党员宣侠父、钱崝泉与甘肃

---

① 董汉河.追荐唯有眼中血：保至善[M]//中共兰州市委党史资料征集研究委员会办公室.兰州革命英烈传略.甘新出001字总106号（93）113号（内部发行），1993：69-71.

② 董汉河.第一次国共合作时期的甘肃工农运动领导人保至善[M]//中共平凉地委党史办公室.中共平凉党史资料之一·党在平凉地区的早期活动.中共平凉地委党史办公室，1988：60-63.

籍共产党员张一悟接上关系，在兰州建立了中共甘肃特支。据甘肃特支的中共党员窦香菊回忆：

> 1925年，党中央派宣侠父、钱崝泉、邱纪明等同志随冯玉祥国民军刘郁芬师来到兰州。从此，中国共产党在甘肃开始了有组织的活动。经过一段时间的工作后，同年年底成立了中共甘肃特别支部。这是甘肃省最早的共产党组织。张一悟（甘肃地区早期共产党人）任书记，钱崝泉、宣侠父任委员。党员有邱纪明、寿耀南等。当时，正值国共合作时期，党组织处于秘密状态。所以，特支在宣传共产主义的同时也宣传孙中山的新三民主义。在帮助国民党建党的同时，也积极发展共产党的组织。特支成立后的首要任务就是开展各方面的联系工作，联系的主要对象是中等以上学校的进步学生、教员和各方面的进步人士。如：冯玉洁、谈仲瑜、韩玉贞、王淑农、王文华、王文陶、秦仪贞、王仪侃、李予、杨和鑫等。……1927年4月，由张一悟、冯玉洁介绍，我光荣地加入中国共产党。这与张一悟、宣侠父、钱崝泉、邱纪明等同志的帮助是分不开的。他们是我的启蒙老师，是我参加革命的引路人。①

1926年初冬，宣侠父随军入陕，致使1927年初国民党甘肃省党部内部左派和右派之间的斗争愈演愈烈。2月14日，共产党员钱崝泉、张一悟等会同国民党省党部的左派人士在兰州山字石皖江会馆召开全市国民党党员大会，公开揭露国民党在甘肃的右派田昆山一伙抵制孙中山的三大政策、破坏国共合作的种种罪行，并重新选举，以致形成了共产党员和国民党左派占绝对优势的临时省党部。之后，因诬告，钱崝泉等人被捕并被押解至西安，致使国共双方在甘肃的工作均遭受挫折。

为加强党在甘肃的工作，壮大革命力量，在西安中山学院新成立的中共陕甘区委建议派共产党员王孝锡、胡廷珍、马凌山、保至善四人以"西北政治委员会特派甘肃省党部党务委员"的身份，到甘肃整顿党务，得到冯玉祥的采纳。保至善等四人于1927年2月下旬从西安出发，取道陕西永寿县赴兰州。他们乘坐马车，经过20多天的艰难跋涉，于1927年3月初抵达兰州。这是陕甘区委成立后向甘肃派遣的第一批共产党员。4月，他们首先恢复重建了中共兰州特别支部。

---

① 窦香菊. 一段难忘的经历［M］//中共甘肃省委党史研究室，甘肃省党史纪念馆，杨元忠. 甘肃党史资料选编·第1辑（甘肃党组织的创建及其活动）. 兰州：甘肃文化出版社，2015：153-157.

据窦香菊回忆：①

1927年3月，党又派胡廷珍、马凌山、王孝锡、保至善四位特派员来兰州，在国民党甘肃省党部工作。胡廷珍是组织部部长、马凌山是宣传部部长，王孝锡是青年部部长，保至善是农工部部长，雷伟哉是工作人员，陈宗涛是妇女部部长（陈宗涛的爱人贾宗周是刘郁芬部下的政治处主任，驻防东校场），我和冯玉洁是妇女部干事。由于情况有变，在兰的共产党员又重建了特支，胡廷珍为书记，马凌山负责宣传，王孝锡负责组织工作。那个时期，经常参加学习和会面的党员有：张一悟、邱纪明、土仪侃、李予、王有章、谈仲瑜、马凌山、黄绍南、王孝锡、焦亚南、秦仪贞、陈宗涛、贾宗周、石豪、冯玉洁、韩芝惠、保至善、胡廷珍和我约二十人。钱靖泉、张亚衡、丁益三、詹蛮子、杨和鑫等六同志只和大家见过面，没一块学习过。不久，钱靖泉、杨和鑫等同志就离开了兰州。

??????

1927年6月间，马凌山、王孝锡、胡廷珍、保至善四同志被调离兰州。他们走时，召开党员会议进行了布置，要求我们要冷静些，严防国民党右派搞突然袭击，一般情况下，党内暂停开会，若有特殊情况临时分别通知。这时，贾宗周也被调离兰州。冯玉洁就接任了省党部的妇女部部长，我仍然是干事。我们还准备成立妇女联合会，后因形势日趋紧张，省党部的各个办事机构都换上了一批新人，我和冯玉洁在省党部妇女部的职务被撤销了。又过了三个多月，甘肃省教育厅下令，停止了我和冯玉洁在女师的职务，我只好闲居在家。有一天，我密会了张一悟同志。他向我说了当前的形势，说蒋介石在南方各省正在屠杀共产党员等，他们几个人也要迅速离开兰州。我问他到哪里去，他说先到西安再说，气氛这样紧张，我们再不要见面联系，时间拖长些，看以后形势怎么变。当时，形势确实紧张，随时都有被捕的可能。这样，党被迫停止了一切活动。1928年3月，我和冯玉洁考入兰州中山大学国文专修科上学。在西关什子萃英门对面找了两间房子，我和妹妹一起住在那里。大约在旧历二月中旬一天晚饭后，来了三个人，一个穿军衣，两个是便衣，手里提着灯笼，其中一个我还认识叫张臣清。他们问："你是窦香

---

① 窦香菊. 一段难忘的经历[M]//中共甘肃省委党史研究室, 甘肃省党史纪念馆, 杨元忠. 甘肃党史资料选编·第1辑（甘肃党组织的创建及其活动）. 兰州：甘肃文化出版社, 2015: 153-157.

菊吗?"我说:"是。"他们说:"我们处长叫你有话问。"我当时还没弄清是怎么回事,他们说:"不要怕,说几句话就来,两个人都去。"我和妹妹只得锁了门跟他们走,来到了一个院子,进去后,几个穿军衣的将我们姐妹俩分开,一人一个房子,这时我才知道是(被)逮捕了。……

在军法处关押审讯期间,每个人都遭到敌人的严刑拷打。女同志是打手掌,男同志是"揭背花",将衣服脱去,用皮鞭抽打脊背,直打得皮开肉绽,鲜血直淌,打昏了用凉水喷醒再打,有时整整折磨一夜,真是惨不忍睹。这样的监狱生活,同志们过了八个多月。后经我父亲窦奋武和被捕同志们的家长四处奔波,请了兰州的六个地方绅士刘尔炘、慕少堂、杨思、邓隆、水梓、张维等出面,我们才被释放出狱。释放后,我又恢复了中山大学的学籍。中共甘肃特支时期,党的工作虽很短暂,却给甘肃特别是兰州地区的人民留下了深刻的印象。党有那样大的号召力,有那样多的人民群众拥护,愿意跟着共产党走,这为今后党在甘肃开展工作打下了基础。

窦香菊同志经历了宣侠父时期的中共甘肃特别支部,也经历了保至善等四人时期的中共兰州特别支部,通过她的回忆,我们深切感触到大革命时代党的工作的艰险和伟大。以保至善为代表的共产党人用生命和鲜血履行他们的初心和使命,才换来了今天的幸福和安康。

同时,在国民军驻甘肃总司令刘郁芬的支持下,他们四人还改组了国民党甘肃省党部,保至善任农工部部长。

1927年4月,保至善等人深入学校、工厂、农村,关心青年学生成长、工农疾苦,与青年学生、工人、农民交朋友,宣传革命的道理。据当时在兰州女师求学的沈滋兰回忆①:

这时候,钱崝泉、保至善、宣侠父、马凌山、王孝锡等人在兰州活动很得力。女师(兰州女子师范学校)曾举行过学习座谈会,保至善在女师刚进大门第二院的一个坐南向北的旧式房屋改成的教室里,给一些女教员(十人左右)讲解民主与科学等问题。他讲到德莫克拉西时,冯翠英曾要他解释

---

① 沈滋兰. 兰州的青年社(1959-09-01)[M]//中共甘肃省委党史研究室,甘肃省党史纪念馆,杨元忠. 甘肃党史资料选编·第1辑(甘肃党组织的创建及其活动). 兰州:甘肃文化出版社,2015:158-159.

这个名词。当时参加这些活动的有冯翠英、韩玉贞、谈静珊、王慧琦等。他们在五泉山下邸家庄王慧琦的娘家里组织出刊过几种小册子。其中一种叫《妇女之声》,登些短小的宣传妇女解放新思想的文章。

他们通过工会、农民协会,将工人、农民组织起来,为党在甘肃城市和农村的工农运动奠定了坚实的基础。甘肃省督办公署印刷局全体工人成立了印刷工会,这是中共党组织在兰州建立的第一个工人组织。接着,电灯电话系统、担水工人、理发、邮政、电报、机械、纺织等行业,都相继建立工会组织,包括省电灯电话系统、北门担水工人和理发业等行业8个工会。保至善直接负责的省邮电工会,开展了无理欺压工人的反抗斗争。

1927年甘肃大旱,七里河一带尤为严重,农民更是处在水深火热之中。保至善来到七里河地区,采取"以工代赈"的方式,帮助农民战胜灾荒。在抗灾斗争中,保至善对农民进行破除天命思想的宣传,传播科学知识和进步思想,教育广大农民要改变受压迫、受剥削的状况,必须组织起来,依靠自己的力量保护自己的利益,同土豪劣绅做斗争。"当时,七里河土主庙前居住着一位农民叫苗杰,思想进步。他略通医术,能为群众治病,在群众中享有一定威望,保至善就经常给他讲革命道理,启

图6-2 1927年6月初,电灯、电话工会全体合影
(1990年从董汉河处征集,八路军兰州办事处收藏)

图 6-3 1927 年 6 月 10 日,保至善等出席皋兰七里河区农民协会成立大会

发他利用有利条件把农民串联组织起来。经过他们深入、广泛地宣传,耐心细致地做工作,农民群众逐渐明白了组织起来的重要性,纷纷要求建立自己的革命团体。"[1]通过教育,七里河的农民群众逐渐明白了组织起来的重要性,纷纷要求建立自己的革命团体——农民协会。1927 年 6 月 10 日,皋兰七里河区农民协会成立大会在土主庙前召开,来自七里河、柳家营等村庄的贫苦农民 60 余人参加大会,村上的 20 余名少年儿童也举着"工农兵学商联合起来,取消不平等条约""工农商学兵团结起来,打倒压迫我们的资本家"的标语牌参加大会。保至善主持农民协会成立大会,胡廷珍、王孝锡分别讲话。会后,与会代表一起合影,并高呼"打倒帝国主义!打倒土豪劣绅!打倒贪官污吏!"等口号。这些活动使广大农民群众充分认识到团结起来的力量,增强了反剥削、反压迫、战胜封建统治者的信心,将兰州地区的农民运动推向高潮。

---

[1] 中共兰州七里河区委党史资料征集办公室. 七里河农会成立前后 [M]//中共甘肃省委党史研究室,甘肃省党史纪念馆,杨元忠. 甘肃党史资料选编·第 1 辑(甘肃党组织的创建及其活动). 兰州:甘肃文化出版社,2015:95-97.

## 三、英雄去只为清风伴神州　暗举哀唯有肝肠眼中血

1927年4月12日,国民党发动"四一二"反革命政变。1927年6月,冯玉祥、汪精卫、孙科等召集郑州会议。6月19日,他们又与蒋介石在徐州会晤。7月15日,汪精卫背叛革命,拿起屠刀,冯玉祥也电令驻甘肃国民革命军总司令刘郁芬成立"清党委员会",形势迅速恶化。冯玉祥下令各地共产党员到郑州集合,拟由刘伯坚牵头,将他们用车送至河南武胜关关外,即所谓"礼送出境"。据被"礼送出境"的方仲明回忆,"国民党徐州会议后,冯玉祥立即命令把做政治工作的共产党员解除职务,押往开封某中学。7月中旬的一天夜里,我们被叫了起来,穿好军装,背起行囊,送上两辆闷罐子火车西行,我们也不知道干什么。天黑时,车到郑州,卫兵仍然守着我们。天快黑的时候,从北面开来一列车,挂上我们这辆车又往南开,出河南出湖北境,在靠近武汉的一个站,车不走了,把我们甩下"①。而且,刘伯坚、安子文、宣侠父、邓小平、刘贯一等同志均为被"清党"的对象。当然,这是后话,远在兰州的保至善等对此可是一无所知。

在"清党"行动中,保至善、马凌山、胡廷珍、王孝锡于6月22日被冯玉祥电调郑州"开会"。在他们离开时,兰州的同志与他们合影留念,这也成为反映国民党反动派破坏第一次国共合作和大肆"清党"时期的一张珍贵的照片。据当时参与欢送的中共党员冯玉洁回忆:"'四一二'反革命政变之后,形势开始逐渐恶化。6月间,胡廷珍、马凌山、王孝锡、保至善等奉命前往郑州,我们在五泉山嘛呢寺为他们开了欢送会并留有合影。……有一天早上刚上第二节课,军法处来人叫我去一趟,不等上完课,就把我连推带搡地带到了军法处。当天晚上,军法处处长刘泾泮亲自审问,叫我承认是共产党,其根据是我参加了青年社,并索要1927年我们在五泉嘛呢寺欢送胡廷珍等同志的照片。我说我不知道,他就给我加酷刑,打手掌,夹手指。……八个多月之后,大约是在1928年11月份的一天早上,军法处把我们带去,说我们几个是被保释出狱,以后要随叫随到。原来我们被捕的几位的亲属求助于慕少

---

① 王维胜. 胡廷珍传奇[M]. 兰州:甘肃人民出版社,2011:157.

堂、杨思、张维、水梓等社会名流，在他们的担保下我们才获释。"①

保至善等人在途经洛阳时，得知所谓的"开会"实际上是敌人的反革命圈套，是要将共产党员集中起来受训。此时，王孝锡和胡廷珍继续前往武汉寻找党组织，保至善等人则返回西安，向陕西省委汇报情况。保至善折返西安后，暂避在西安中山学院学生高淑珍的家中。一天，保至善到学校找高淑珍出来，没走几步即被捕，后被押往郑州。

在狱中，保至善坚贞不屈，敌人未从他口中得到任何消息。1928年，保至善被敌人杀害于郑州，时年26岁。

1928年7月11日，保至善的同学、战友王孝锡和胡廷珍在返回兰州的途中，从报纸上得知保至善已经在郑州牺牲的消息，他们在自己的故乡甘肃宁县小户石家山神庙的墙壁上写下了《吊战友》一诗：

> 一缕清风半轮月，
> 深山幽处暗举哀。
> 回忆往事肠欲断，
> 追荐唯有眼中血。

1983年5月，保至善被中华人民共和国民政部追认为革命烈士。

2013年10月，崇信县保至善烈士纪念馆开工建设，2015年9月建成。该纪念馆位于龙泉寺文化旅游园，全部建筑为仿明清建筑风格，分主馆和办公用房两部分，主馆两层，在其主馆正面树有保至善烈士塑像。其故居也得到了保护。房屋建于清代末年，为坐南向北四合院，有土木结构房屋12间，占地面积400平方米。前院有东、南、西房，南房为上房，木梁青瓦，苍老古朴；后院有上房、大暗间，后自然损毁。保至善在此度过少年时光。

（姚　远　伍小东）

---

① 冯玉洁. 在大革命的岁月里（马国华整理）[M] //中共甘肃省委党史研究室，甘肃省党史纪念馆，杨元忠. 甘肃党史资料选编·第1辑（甘肃党组织的创建及其活动）. 兰州：甘肃文化出版社，2015：150-152.

# 第七讲

## 严刑拷打：
## 任鼎昌宁死不屈主义真

---

任鼎昌（1899—1929），字宜之，甘肃宁县太昌人。1924年考入刚刚恢复办学的国立西北大学。1926年，在西安围城斗争中加入中国共产党。1928年4月17日，在平凉被捕。1929年10月某日，在狱中被严刑拷打，遍体鳞伤，由于伤口溃烂，发生严重感染而病逝于狱中，时年30岁。

---

慷慨歌太平，从容作楚囚。

暴刀逞一快，何惜少年头。

这是任鼎昌在甘肃斗争期间的亲密战友王孝锡于被捕前留下的一首诗。如果说王孝锡是甘肃早期革命工作的先驱者和领导人，那么任鼎昌就是他的左膀右臂和得力干将。他们二人同为甘肃宁县人，利用医生和教师身份的掩护在家乡开展了一系列卓有成效的革命斗争，在甘肃地区较早地宣传马列主义，播撒革命火种，并合力推动和创建了甘肃省第一个革命青年组织——青年社，以及甘肃省第一个农村党组织——中共邠宁支部，为陕甘两省早期的革命工作作出了重要贡献。

## 一、北大西大求学路　最终走上革命路

任鼎昌（1899—1929），字宜之，甘肃省宁县太昌镇人。他自幼读书刻苦努力，

图 7-1　任鼎昌（1899—1929）

成绩优异，待人诚实，再加上一手好字，深得老师的好评和同学们的羡慕。1917年，任鼎昌以优异的成绩从太昌镇两等小学毕业，后考入甘肃省立第二中学（以下简称"省立二中"）读书。1919年爆发的五四运动在全国范围内掀起了反帝反封建的革命斗争高潮。消息传来，任鼎昌感到十分振奋，想方设法从各类报纸上获取这方面的消息和评论，从中获得了许多新思想和新观点，自身的思想觉悟也不断提升，逐渐树立了救国救民和改造社会的人生理想。1921年6月，任鼎昌从省立二中毕业后进入一所中学任教。但是，现实的黑暗和教学方式的落后使得任鼎昌倍感压抑和苦闷。在从教两年后，1923年的某一天，长期的压抑和无所适从迫使任鼎昌放下了手中的教鞭，辞去了教职。为了寻求救国救民的真理，他考入北京大学深造，去追寻自己心中的梦想。在柏石撰写的《忠贞浩气贯陇东——任鼎昌烈士》中记载："1923年中学毕业后，他慕名投考北京大学读书，在北京学生运动的直接影响下，进一步受到了新文化运动的启迪，思想逐渐进入新的境界。"[①]20世纪20年代初的北京因为五四运动的革命浪潮而成为全国青年接受新思潮和追求革命真理的圣地。在北京大学求

---

① 柏石. 忠贞浩气贯陇东：任鼎昌烈士［A］//中共平凉市委党史办公室. 光辉的一页：新民主主义革命时期平凉市党史资料汇编. 甘肃平凉地区印刷厂印刷（内部资料），1991：74-78.

学期间，任鼎昌阅读了大量的进步书籍和《向导》《中国青年》等革新刊物，逐渐接触和了解马克思主义相关著作和学说，并开始参加各类进步活动。

1924年1月，在位于西安的国立西北大学恢复办学后，为了节省费用和时间，任鼎昌随即转学于该校就读。当年暑假期间，任鼎昌就在此听取了鲁迅等十余位著名学者的演讲。他与校内进步师生积极接触，受到思想上的启迪，积极投入反帝反封建的斗争。同时，他还经常与同校老乡王之经、王晓时、王孝锡等人一起组织活动，为他们的革命友谊和后期的革命斗争工作奠定了基础。1925年5月，任鼎昌积极投入反对直系军阀陕西督军吴新田的"驱吴运动"中，充分利用和发挥他在北京大学时期所积累的学生运动经验，组织和指导国立西北大学的学生开展斗争，表现出强大的组织力和号召力。

不久，"五卅"惨案发生的消息传到西安，在国立西北大学引发了学生的强烈抗议。任鼎昌带领同学们走出校门，游行示威，一路散发传单和发表演说，揭露惨案背后的真相，以实际行动声援上海的反抗斗争。暑假放假后，他再次响应党的号召，在徒步回家的途中宣传革命活动，扩大革命影响。回到家乡后，他利用走亲访友、乡邻相聚等机会，向大家介绍国内外大事，宣传新思想、新观念，引导大家改变陈旧陋俗，动员男人剪发、女人放脚，劝导人们戒食大烟，读书识字，在启迪新思想方面作出自己的努力和贡献。

在党的直接教育和培养下，任鼎昌更加深入地学习了马列主义著作，通过对马列主义理论的学习和社会科学的钻研，他的阶级觉悟有了新的提高。他清楚地认识到，在当下的中国，任何改良主义的思想，诸如"实业救国""教育救国"都是行不通的，只有通过武装斗争，彻底推翻压在中国人民头上的帝国主义、封建主义和官僚资本主义三座大山，中国才有出路。1925年12月，任鼎昌参加了西安地区组织的"非基运动"①，积累了丰富的斗争经验。设在陕西高陵县的通远坊教堂是陕西甚至西北各地教会活动的最大据点，教堂内设有电台、藏有武器。教会传教士与当地封

---

① 非基运动的全称为非基督教运动，是1922年在中国爆发的一场蔓延全国、规模较大的反基督教事件。在彼时，帝国主义把基督教作为一种侵略手段，到处侵占据点，许多披着宗教外衣的"传教士"也深入中国内地，以旅行、参观、游览、调查方言风俗等为名，到处侦察地形、测绘地图、搜集情报，为帝国主义的武力侵略做准备。这种情况激起了国人的愤怒，引发了这场大规模的反对基督教和教会教育的爱国运动。

建官僚势力相互勾结，沆瀣一气，成了欺压和掠夺陕西人民的反对堡垒。在"五卅"惨案之后，反对帝国主义的情绪在陕西地区空前地高涨起来，进步人士和普通民众对于帝国主义打着考察游历的名义进行文化掠夺和侵略的行径深恶痛绝。教会学校的学生和教民纷纷退学和退教。此时，一个酝酿已久的反对基督教的政治运动即将到来。1925年12月，党组织选择将12月25日（圣诞节）前后作为非基运动周，集中打击基督教的嚣张气焰。为此，在党组织和全省学联的直接领导下，他们召开会议成立了西安非基督教大同盟，制定了同盟章程和宣言，选出执行委员五人和候补委员二人，具体负责和领导即将到来的非基运动周活动。有来自陕西省学联、西安学联、青年生活社和商农工会等十余个团体的150余人参加了会议。吴化之作为全国学联特派员，在大会上作题为"非基督教与帝国主义"的激情演讲，深刻揭露了帝国主义假借传教活动进行侵略和掠夺的本质，更加夯实了非基运动周开展的舆论基调。[①]这次非基运动教育了广大群众，使他们认识到所谓的"济世救人"的基督教本质上是帝国主义在中国进行文化侵略的掩护伞，而国内的反动军阀却成为帝国主义残害中国人民的刽子手，因而，要打倒帝国主义，必须同时打倒帝国主义的文化侵略及其代言人。此后，反基督教运动在党的领导下一直延续到1927年以后。

在党组织的帮助和教育下，经过自身不懈的理论学习和实践探索，任鼎昌逐渐成长为一名敢作敢为的青年革命主义者，领导和组织开展了一系列的革命活动。1926年4月至11月，直系军阀刘镇华率领八个师的军事力量将西安城团团围住，杨虎城率领将士死守城门，坚持抵御军阀的入侵。在这场长达八个月的守城战役中，任鼎昌带领同学们向广大市民和士兵积极宣传战斗形势和方略，鼓励大家要相互帮助，克服一切困难，我们终将取得最后的胜利。这些工作对于稳定城内秩序和安定民心起到非常重要的作用。经过此次锻炼与考验，任鼎昌被批准加入了中国共产党。1926年冬天，国民军进驻西安。1927年1月18日，国民军联军总司令部发布"收束西北大学，筹建中山学院"的命令，改组国立西北大学为西安中山学院，任鼎昌转入西安中山学院继续学习。西安中山学院是大革命时期中共陕甘区委为适应革命形势发展对干部的需要，利用国民军联军西北临时政治委员会的名义创办的，是在原国立

---

① 中共陕西省委党校党史教研室，陕西省社会科学院党史研究室. 新民主主义革命时期陕西大事记述1919—1949［M］. 西安：陕西人民出版社，1980：97.

西北大学的基础上改建的一所培养革命干部的学校，实质上是由我党负责的一所干部培训学校。1927年3月，共产党员刘含初任筹备委员会主席并相继担任院长。同年3月10日，西安中山学院正式开始招生。学校设有农民运动班、妇女运动班、组党班、军事政治班、地方行政人员暑期训练班等。苏联顾问乌斯曼诺夫、塞夫林，共产党人刘伯坚等都在校上课。邓小平在担任西安中山军事学校政治部主任期间，也为西安中山学院的师生作过报告。因此，任鼎昌在此受到良好的革命理想教育。

1927年5月，杨虎城率领部队配合国民革命军参加北伐，任鼎昌在该部队政治部副部长、中共陕甘区委宣传部部长魏野畴的推荐下，随军在商丘、徐州、皖北前线等地开展宣传慰问活动，在部队官兵中散发共产主义、三民主义和揭露不平等条约的宣传材料，帮助士兵明确革命理想，坚定革命意志，得到了魏野畴等人的肯定。1927年6月10日，国民革命军第二集团军总司令冯玉祥与汪精卫在郑州举行会议主张"宁汉合作"。6月20日，冯玉祥再次与蒋介石在徐州举行会议形成"冯蒋联盟"，并通过"反共反苏决议"。6月23日，冯玉祥通过发表《告国民书》实行"分共政策"，要求加入国民党的共产党员即日起脱离国民党各级组织、各军政治部以及国民军部队。随后，冯玉祥下令解散陕西、甘肃和国民革命军里面的共产党组织，将这些共产党员"礼送"他地，加快了公开反共的步伐。在此背景下，在杨虎城将军的保护下，任鼎昌等一批共产党员安全离开皖北，返回西安。但是，7月15日当天，汪精卫在武汉发动反革命政变，公开背叛孙中山的国共合作政策和反帝反封建纲领，将最初的"礼送"党员升级为"武力清党"行动，对共产党员和革命群众实施大逮捕和大屠杀。至此，实施四年的第一次国共合作彻底破裂，由于国民党的背信弃义而导致国民大革命宣告失败。显然，在这种情形下，西安也无法持久待下去，不得已，任鼎昌再次带着党组织的指示，返回自己的家乡甘肃宁县太昌镇，与王孝锡、王晓时、王之经和胡廷珍等同志一起建立和发展党组织，开始了党的地下革命工作。

## 二、组建党支部创建青年社　陇东革命现曙光

在上级党组织的领导下，任鼎昌与王孝锡等人一起研究和制定了宁县地区党组织的行动方针和工作计划。会议决定胡廷珍返回家乡河州，任鼎昌与王孝锡等人留

在宁县，分别在两地建立新的党组织，领导和开展革命斗争。随后任鼎昌与王孝锡、王晓时和王之经等人成立了甘肃省第一个农村党组织——中共邠宁支部，由王孝锡担任书记、任鼎昌任宣传委员、王晓时任组织委员、王之经任青年委员。中共邠宁支部成立的地点在东岭村王晓时家，时间是在1927年初冬的一个晚上。在给上级党组织的汇报中，支部书记王孝锡曾对支部的成立经过做了非常详细的记录。此后，任鼎昌与王孝锡等人一起在敌人的白色恐怖下坚持革命斗争，他们宣传新思想和新观念，由此拉开了中国共产党领导陇东革命斗争的序幕。

邠宁支部成立后，为了进一步吸收革命力量，他们又逐步建立了宁县、泾河川、长武3个支部，进而成立了中共太昌临时区委员会，共有党员30余人，隶属中共陕西省委。关于太昌临时区委的筹建及人员的具体情况，王孝锡在给中共陕西省委的汇报信中做了详细的介绍，他说："自我回来，立即召集旧支执委王××成立临时区委会，在此作暂时指导。在各支整理有序时，再行选举正式区委。在此过渡期间，太昌区委我们三人。苟××、王××及我暂编为第一支，做太昌附近工作，并指导中学。中学有于××、王××，派王××跨党作团总书记。泾河川为第二支，大学十二人，分作四个小组，同志分住在五村，中学同志三人，系大学同志介绍者，尚未编入组织。第三支在长武，共十人分三组，泾河南、骑马沟有同志四人，暂属长支。距第一支约十里，距第二支约二里，但因隔河，预备列入第二支，不知可否？"①邠宁支部在王孝锡和任鼎昌等人的带领和组织下，在学校和有集会的地方发表演说，号召群众积极参加到反帝反封建的革命斗争中来，并建议王瑞珊、邵三纲等农民武装联合起来开展抗粮抗捐的斗争。②

1928年5月，太昌临时区委还参与组织发动了旬邑起义。旬邑起义前，王孝锡两次派王晓时去旬邑送信，搞联络，接受任务。起义中，王孝锡亲自去百子沟煤矿发动工人起义，王晓时参加了农民武装攻打旬邑县城的战斗。起义失败后，王孝锡和王晓时再次回到宁县。旬邑起义是大革命失败后中共陕西省委领导的，在陕西乃至全国具有重要影响力的一场农民起义。旬邑起义、清涧起义和渭华起义一道作为陕西三大农民起义，在寂寥的渭北高原点燃了革命的熊熊烈火，成为陕西革命历史

---

① 曲涛. 庆阳特色文化研究：红色文化卷［M］. 兰州：甘肃文化出版社，2014：47.
②《宁县志》编委会. 宁县志［M］. 兰州：甘肃人民出版社，1988：409.

图 7-2　中国共产党邠宁支部的四位党员在讨论革命工作

上不可磨灭的一页。之后,随着书记王孝锡被捕和被杀害,邠宁支部和太昌临时区委及其下属党组织都被迫解散,各项工作也陷入了停顿之中。虽然邠宁支部的存在和发展时间比较短暂,但其影响较为深远。它是甘肃地区最早建立的农村党组织,①也是中国共产党在甘肃陇东地区的早期革命活动,进而打破了这一地区长期以来比较沉寂的局面,将革命的一缕曙光照耀到这片大地上,向广大人民群众宣传了革命思想,传播了革命真理,为以后革命运动的兴起和发展做了准备。

在创建和发展党支部的同时,任鼎昌与王孝锡一起在宁县太昌镇恢复成立了1925年暑假期间建立起来的进步青年组织——青年社。青年社是甘肃省最早成立的青年革命团体,是共青团的外围组织,主要是把一些思想进步的青年学生团结起来进行革命活动,并为发展共青团员创造条件。社员以太昌小学青年教师和平凉省立第七师范的学生为主,并吸收周边县区进步青年,之后形成了包括任鼎昌、王晓时、苟一轩、于心甫、于纳言、王九元、于景琪、赵灵洲、赵秉仁等在内30余人的发展规模。青年社由社长总负责,另外设有组织干事、宣传干事和文艺干事等具体负责相

---

① 马西林,王钊林. 陇东革命斗争史[M]. 兰州:甘肃人民出版社,2009:12.

图 7-3 宁县青年社、中共邠宁支部及太昌临时区委旧址（外景）

关事宜。青年社以读书会的形式作为掩护，利用太昌地区固定的集会组织进步青年学习《马克思浅说》《共产党宣言》等马列主义著作，利用农村赶集日上街演说，宣讲政治经济学和社会发展史等革命理论。活动范围以太昌、和胜为中心，向周边的肖金、董志、西峰镇等地辐射，以此方式发展和培养了一批革命的后备力量。青年社以宣传和学习马列主义学说、组织工农革命军和工农群众斗争、武装暴动夺取革命政权为政治任务，王孝锡教唱《国际歌》《打倒列强》等革命歌曲，这一时期读书会和青年社的活动相当活跃，一批陇东青年通过这种形式得到了培养和锻炼。①

在他们的革命活动中，最引人注目的就是领导和组织群众开展的"逐杨驱索"斗争，即驱逐反动校长杨繁昌和伪县长索呈祥的斗争。这一斗争的胜利，在当地老百姓中产生了很大的轰动和影响，激发了普通民众的反抗意识和革命斗志，一时间震动了周围的各个县镇。杨繁昌是时任太昌小学校长，其在校期间贪污学费，顽固守旧，思想腐朽。党支部提出"打倒烂脏校长杨繁昌"的口号，发动全校师生揭露其贪污腐化的丑恶行径，杨繁昌被迫下台，由青年社社员起灵洲接任了校长职务。而另一人物索呈祥在担任太昌县代理知事时，贪赃枉法，随意出"手谕"，擢粮派款，

---

① 王钊林. 光耀千秋：陇东民主革命纪略［M］. 北京：新华出版社，2003：8.

图 7-4　中共邠宁支部及太昌临时区委旧址（内景）

欺压百姓。党支部和青年社组织民众奋起反抗，通过多种途径揭露索呈祥的罪恶行径，省政府在民众的压力下不得不撤销索的行政职务并勒令赔款 1000 块银圆作为教育经费。这两场活动以群众斗争和农民暴动的形式打击了国民党反动派的嚣张气焰，使得穷乡僻壤的劳苦大众看到了自身求解放的道路，为后来建立革命武装夺取政权做了有益的尝试。同时，在这场斗争中培养了一批青年力量，在陇东民众的心中播下了革命的火种，也为陇东革命政权的建立创造了条件。

## 三、办剧社办报社　小平誉为播火人

1927 年 11 月，在宁县革命斗争受到镇压和迫害之际，中共邠宁支部委派任鼎昌前往甘肃平凉以省立第七师范教师的身份继续从事革命活动。任鼎昌到达平凉后，与平凉特支书记吴天长取得联系，一起研究商议了平凉特支继续开展活动的计划，并决议在吴天长（安徽省庐江县人，在渭华起义中牺牲，年仅 24 岁）离开平凉后由任鼎昌接任特支书记，负责在平凉郊区继续发动和组织开展农民运动。任鼎昌暂时居住在平凉商场东面宁县老乡赵海子家的醋坊，在柳湖村参加平凉党组织的活动。但是，当任鼎昌去师范学校报到时，被校长姚长林告知要等到来年春季学校开学时才能赴任。由于国民党地方当局追查比较紧，因此任鼎昌一时无正当身份掩护难以立足，经特支研究同意，任鼎昌暂回宁县开展工作，等待春季开学后再到平凉。

平凉特支全称为中共平凉特别支部，是在中共陕甘区委领导下成立的一个党支部。1926年暑期，冯玉祥所属的国民军先头部队赶跑了陇东军阀张兆钾进驻平凉，随后提出"打倒军阀"的口号，到处宣传反帝反封建和孙中山的新三民主义。之后，国民军总司令部也到了平凉，随军而来的还有担任军队政治人员的共产党员吴天长、冀明信（河北张家口人）等人。这一时期，他们以国民党党员身份到平凉中学担任政治教员讲党义课，每星期讲课一次，主要向学生讲授新三民主义和社会发展史等内容，教学生唱打倒列强、除军阀、努力国民革命等歌曲。此外，他们还利用孙中山逝世、五四运动和黄花岗"三二九"等纪念节日，组织学生上街宣传和演讲，革命工作开展得轰轰烈烈。

国共合作破裂后，吴天长等人在中共党组织的安排下成立中共平凉特别支部，吴天长任书记，冀明信兼共青团书记，党员有姜炳生（陕西渭南人）和刘子秀（又名刘培华，1927年在兰州被捕），以及从北京回来的李克生（静宁县人）等（任鼎昌后加入并担任支部书记），共青团员有韩庄和贺鸿箴两人。吴天长是平凉地区革命工作的总负责人，平凉的党团革命活动都是在他的领导下组织开展。吴天长原本计划从中法大学毕业后去法国留学，后来经李大钊介绍入党后留在了国内，开始从事革命工作，后被派到冯玉祥的国民军做政治工作。他是个非常谦虚博学的人，平时言语十分谨慎，不但一般青年很崇拜他，就连一些老先生也很敬佩他，所以大家都不知道他是共产党员，也都愿意跟他接近。吴天长等人利用师范学校兼课教师的身份，在平凉师范和柳湖村东北的歇马殿秘密开展活动。1927年春，邓小平（当时化名为邓希贤）从苏联中山大学学成归国，被派往西安的冯玉祥西北联军总司令部工作。他乘坐运送苏联支援冯玉祥枪支弹药的汽车路过平凉时，特地在此休息了三天，约见了平凉特支的各位党员，与他们彻夜长谈、共同商讨平凉地区的革命工作。临行前，邓小平亲切地赞扬他们是革命的播火人，嘱咐他们要注意隐蔽，继续壮大组织，迎接大革命胜利的到来。①

---

① 甘成福. 平凉史话［M］. 兰州：甘肃文化出版社，2006：83.

1927年7月，中共中央决定撤销中共陕甘区委，成立中共陕西省委，李子洲任省委书记，并于9月26日召开陕西省委扩大会议，决定开展以武装革命为主要形式的革命工作。会议还决定派遣特派员指导各地党的工作，并将中共平凉特支改为陕西省委直属平凉支部。1927年11月，中共陕西省委制定的《三月组织工作计划大纲》写道："在甘肃现只有平凉组织尚未消灭，但与省委已无信息来往……现规定甘肃以平凉、宁县、兰州三处作中心，于11月内派一积极同志，先整顿平凉工作，然后由平凉赴宁县，即负宁县工作责任……在12月内再派得力同志1人，先考察平凉工作，由平凉赴兰州，整顿兰州工作。至明年1月31日前，尽可能地改平凉、兰州为县委，以备于第六次大会时将甘肃划归中央直接领导，成立正式省委。"①但由于国民党反动派对共产党的残酷镇压，这一计划始终未能实现。不久之后，由于形势日趋险恶，国民党实施的清党行动愈演愈烈，中共平凉特支的活动也被迫陷于停顿之中。

1928年2月5日，平凉省立第七师范春季学期开学后，任鼎昌再次来到平凉。此时，中共陕西省委已将平凉特支改建为省委直属平凉支部，由任鼎昌接替吴天长担任支部书记，以师范教师的身份为掩护从事地下革命工作。在课堂上，他利用自编教材讲授社会学的同时，向学生极力宣传社会发展简史和唯物史观，得到了学校师生的尊敬和认可。在教学的同时，任鼎昌与当地的地下党员和共青团员积极联络，力图尽快恢复平凉地区的地下党组织。

在中共平凉特支和省委直属平凉支部的发展过程中，有两件事值得一提：一是在国共合作期间成立新文化剧社，当时部队官兵和学校学生共同参加一些革命新剧的演出，话剧既有提前按剧本排好的，也有一些自编的临时创作作品，以普通民众喜闻乐见的方式宣传革命，收到了很好的效果。二是创办了《新陇民报》，由吴天长任社长，冀明信任主编，后来从西安调来了姜炳生和贺鸿箴两人分别担任编辑和记者。这是中国共产党人在甘肃地区最早创办的革命报纸。②办刊宗旨在于"打倒列强、铲除军阀、求得国民革命成功"。因而，在刊登内容上主要着重以下三个方面：一是

---

① 中共甘肃省委党史研究室，甘肃省党史纪念馆，杨元忠. 甘肃党史资料选编·第1辑（甘肃党组织的创建及其活动）[M]. 兰州：甘肃文化出版社，2015：165.

② 中共甘肃省委党史研究室. 中国共产党甘肃历史知识简明读本（一）[M]. 兰州：甘肃文化出版社，2011：20.

图 7-5　中共平凉特支联络点旧址——柳湖村歇马殿

配合国内重大事件和北伐战争的推进而发表一些评论性文章；二是积极宣传反帝反封建革命战争和"联俄、联共、扶助农工"的"三大政策"；三是发表国际国内和一些地方新闻，包括平凉地区国民军联军、学生和工人开展的反帝反封建活动，以及宣传爱国思想和唤起民众的游行示威活动等。稿件来源以中学和师范学校的师生为主，报纸最开始采取油印的方式，后来改为石印四开两版。

1928年4月，宁县的老乡和校友王孝锡了解到清党委员会与当地军政当局要搜捕任鼎昌的消息后，立即写了一份密信，"你的病要吃走药……送来走药一服，灯笼竹竿引之"，交由任鼎昌的侄子任国伦连夜送往平凉通知他立刻转移。①但是情报还是有些迟滞，4月17日，冯玉祥部师长、陇东镇守使陈毓耀奉国民党甘肃省政府主席刘郁芬的命令在平凉师范校内将任鼎昌逮捕。同时，平凉师范被捕的还有该校教员、共产党员程道渊（又名程景明，甘肃合水人，朝阳大学法律系毕业），该校事务员、共产党员车乘东（字敬之，甘肃平凉人），以及省立二中的学生、共青团员韩庄（又名韩志一）。据王孝锡的弟弟王干诚回忆："任鼎昌被捕是在下午休息时，学校的

---

① 王干诚. 回忆任鼎昌烈士［M］//中共甘肃省委党史研究室，甘肃省党史纪念馆，杨元忠. 甘肃党史资料选编·第1辑（甘肃党组织的创建及其活动）. 兰州：甘肃文化出版社，2015：169-170.

人都走了，只有任鼎昌一人，陇东镇守使陈毓耀带着护兵到学校来了，任鼎昌陪陈在学校各处转了一下，陈走后，陈的两个护兵进来把任鼎昌叫走了。"车乘东是随后在校外被捕，而程道渊则是在逮捕当日翻墙逃跑后在合水县自首被捕。

1928年4月19日，任鼎昌和韩庄二人被押往兰州。起初，他们被一连步兵押在一辆轿车上离开平凉。到达静宁县后，又换了一连步兵被押到定西。随后国民党又安排一连的骑兵将他们押到了兰州，到兰州时已经是5月1日。在任鼎昌被囚车关押离开平凉时，平凉一些进步师生闻讯赶到西兰公路等候送行。押解的轿车刚到西门时就被师生拦住，并将筹集到的50多块银圆送给任鼎昌，以备其在狱中使用。任鼎昌怕连累大家而谢绝了大家的好意，挥手含泪告别送行群众。后来，送行师生又委托兰州一中校长王立轩通过关系将这几十块银圆分几次送到了狱中任鼎昌的手中，以备他养伤之用。之后，任鼎昌等人到达兰州，被戴上脚镣关在了刘郁芬的军法处监狱。当天晚上，军法处的人员就对他们进行审问："和吴天长是什么关系？""吴天长是不是共产党员？"要他们作证举报。在逮捕这些共产党员之后，陇东镇守使陈毓耀为了进一步打击革命，压制革命的火苗，又相继在平凉地区以共产党嫌疑分子的名义逮捕了国民党左派、教育界进步人士胡思文、刘心安、潘怀中、朱靖安（又名朱生灿）等十人，将他们集中关押在平凉监狱，这一举动激起了广大人民及地方民主人士的强烈反对。郑睿、李瀚、吴锡龄等一批地方著名人士通过说情送礼等方式进行了疏通活动，使这十人在关押一个月后获保释放。

平凉地区的革命工作在任鼎昌被捕后再次陷入停顿之中。中共平凉特别支部、中共陕西省委平凉直属支部虽然存在时间短暂，但他们在这一地区组织开展的革命活动促进了平凉人民的觉醒，特别是早期的共产党员保至善、王孝锡、任鼎昌等仁人志士的英勇献身，更是为中国共产党领导平凉人民进行革命斗争揭开了序幕，为后续陕甘革命根据地的创建奠定了思想和政治基础，也成为平凉人民革命斗争史上的光荣一页。正如中共平凉市委党史研究室原主任朱德良所说："轰轰烈烈的大革命失败了，中共陕甘区委中共平凉特别支部和中共陕西省委平凉支部也先后遭到破坏。但许多革命先烈以自己生命为代价，点起了平凉革命斗争的星星之火。"[①]当然，从更

---

[①] 平凉地区最早的党组织——中共平凉特别支部：革命有组织 民众有力量[N]. 甘肃日报，2021-03-23（3）.

长远的眼光来看，中共平凉特支和直属平凉支部的失败与中国大革命的失败有直接的原因。从客观上讲，反革命力量远远超过了革命力量。从主观上讲，共产党还处于幼年时期，思想认识方面还不够成熟，特别是在发动和领导农民群众、采用武装革命夺取领导权的过程和手段上缺乏足够的认识，最终导致革命力量未能在平凉地区扎根发展，但却为以后党在平凉的组织发展和革命斗争提供了经验借鉴。

## 四、揭背花压杠子　压不弯共产党人的钢铁脊梁

在狱中，面对敌人的严刑拷问，任鼎昌宁死不屈，不仅没有出卖同志，也没有暴露自己的身份，守住了党的机密。1928年11月，王孝锡也不幸被捕入狱。为了将陇东地区的共产党员一网打尽，敌人让任鼎昌与王孝锡当堂对质，妄图通过二人的相互指认得到当地共产党员的全部信息。但是，任鼎昌在经受了揭背花、压杠子、老虎凳等严厉酷刑之后仍然闭口不谈，坚定地保护了同志和战友。

长期的酷刑折磨使得任鼎昌遍体鳞伤，双腿已经不能站立行走，但他仍然对革命前途充满希望，坚信"风吹乌云散之后光明定会到来"[①]。1929年10月，由于腿部伤口的溃烂和感染，任鼎昌在痛苦之中走完了他短暂而壮烈的一生，时年30岁。任鼎昌同志不幸牺牲的消息传到平凉后，平凉师范的进步师生为他举行了追悼会。英雄虽然永远地离开了人民，但他们用自己的身躯和鲜血所拓下的红色印记永远留在了甘肃陇东的大地上，他们用鲜血所铸就的红色精神已经融入民族血脉，成为甘肃人民奋力奔向美好生活的"精神内核"。1938年，任鼎昌的遗骨从兰州迁回故乡宁县安葬。中华人民共和国成立后，中央人民政府追认任鼎昌为革命烈士。[②]1987年，家乡人民为了缅怀他的献身精神和不朽功绩，拨专款修建了任鼎昌烈士陵园，在墓碑上刻下了"英烈忠魂"四个大字以示纪念，后任鼎昌烈士陵园被列为市级文物保护单位。

---

[①] 中共甘肃省委党史研究室，甘肃省党史纪念馆，杨元忠. 甘肃党史资料选编·第1辑（甘肃党组织的创建及其活动）[M]. 兰州：甘肃文化出版社，2015：201.

[②] 中华人民共和国民政部. 中华著名烈士·第五卷[M]. 北京：中央文献出版社，2000：49.

任鼎昌的一生是短暂的，但却是革命的一生、战斗的一生，他与王孝锡等革命先烈一起在甘肃地区撒下了最早的革命火种，为后来西北地区革命事业的发展奠定了坚实的基础。

（伍小东）

# 第八讲

## 红军军长：
## 陈浅伦武装工农转战陕南

陈浅伦（1906—1933），原名陈典伦，又写作陈浅沦、陈潜伦，最后改名为陈潜，字徽五。1906年生于陕西省西乡县。1925年考入汉中省立第五师范学校。1927年4月，入西安中山学院农民运动班。1928年9月，先后入上海持志大学、上海劳动大学学习，同年冬在上海劳动大学加入中国共产党。1931年，任共青团西安市委书记兼宣传部部长。1931年11月，任中共陕南特委书记。1933年1月6日，中共陕南特委开始组建中国工农红军第二十九军，2月13日宣布正式成立。陈浅伦任军长，李艮任政委。1933年4月6日，陈浅伦与李艮同时惨遭杀害，前者年仅27岁，后者年仅25岁。

关于陈浅伦同志的研究资料，目前能找到的大多写于20世纪80年代，影响较大、较权威的主要有：陕西人民出版社于1983年11月出版的《中共党史人物传》（第十一卷）中的《陈浅伦》[1]，1984年6月由四川省社会科学院出版的《川陕革命根据地英烈传》一书中薛凤飞撰写的《陈浅伦传》[2]，以及陕西省《革命英烈》双月刊于1984年第4期刊登的《巴山劲松——记陈浅伦烈士》[3]。此外，西北大学梁星

---

[1] 中共党史人物研究会. 中共党史人物传·第十一卷［M］. 西安：陕西人民出版社，1983：271-280.

[2] 川陕革命根据地历史研究会. 川陕革命根据地英烈传［M］. 成都：四川省社会科学院出版社，1984：136-145.

[3] 薛凤飞. 巴山劲松：记陈浅伦烈士［J］. 革命英烈，1984（4）：3.

图 8-1　陈浅伦（1906—1933）

亮于 1981 年在《西北大学学报（哲学社会科学版）》上发表了《陈潜传略》①；张兆文在《汉中师范学院学报（哲学社会科学版）》刊登了《关于陈浅伦传记的几点补正》②，对陈浅伦"何时进入汉中哪所学校读书""何时从西安中山学院返回西乡县以何种名义进行革命活动"进行修正说明。对陈浅伦同志的生平经历做简要整理，目的是再次感受一个共产党人的英勇气魄，对于新时代青年来说，更是一次很好的党史学习教育。

## 一、入汉中师范入中山学院　如饥似渴学马列

1906 年 7 月 12 日，陈浅伦出生于陕西省西乡县。陈浅伦的父亲陈敦行是一位文武双全的多面手，曾是当地一个民兵组织的头目，精通古典文学和历史，同时也兼职农医。原本陈浅伦过着富裕的生活，但是好景不长，由于军阀与地主之间的斗争不断，他的家庭受到牵连，美好的生活没有持续多久，家境就逐渐衰落。家庭发生变故后，父母将全部希望寄托在儿子身上，希望儿子浅伦日后能出人头地。

---

① 梁星亮. 陈潜传略［J］. 西北大学学报（哲学社会科学版），1981（3）：59-62.
② 张兆文. 关于陈浅伦传记的几点补正［J］. 汉中师范学院学报（哲学社会科学版），1988（4）：68-69.

1911年，陈浅伦进入一所私立学校学习。他从小聪明，成绩一直名列前茅，且爱好广泛，既擅长写字，又擅长画画，求他写画的人络绎不绝。但是他只为穷苦农民作画，对于地主豪绅，他总是拒之门外。在他心里，农民百姓实诚、善良，他喜欢也愿意将自己的字画送给老百姓。除此之外，他刚正不阿，富有正义感，他的父亲经常让他外出收租、讨账，但他总是编一些理由拒绝不去。当陈浅伦的母亲病倒，求救各种治疗方法失败后，他为了接济穷人，便借机对父亲说："我母亲的病是因为我们家缺乏阴德，众神给我们带来了灾难。只有给穷人一些粮食，才能消除灾害，避免灾害。"他的父亲这才把一些米粮分给穷人。

1921年，他考入了城固县天明寺高等小学。在校期间，他坚持读书写作，不仅熟读"四书五经"，还广泛阅读其他进步书籍。那一时期，五四运动的影响还在持续，陈浅伦深受革命思想的启发，一颗革命种子在他少年的心中生根发芽。在一篇《实业救中国》的文章中，他猛烈地抨击旧社会的腐朽制度，写下了自己的报国之志，"今天下之人，务虚而不实，当提倡实业……以御外敌"。为了实现自己的鸿鹄之志，陈浅伦发奋读书，于1924年考入省立汉中第五师范学校。而当时的现实情况比较复杂，汉中被军阀占据，百姓被压迫，人民的生活苦不堪言。陈浅伦看到此景，愤恨不已，心中的怒火被燃起，决心要投身革命运动。于是，陈浅伦和同学们如饥似渴地阅读进步刊物，开始接触和学习马列主义，以及思考如何用马克思主义解决中国问题。

1927年4月，陈浅伦考入西安中山学院农民运动班学习。这是一所专门培养革命干部的学校，由刘含初等共产党人主持。那一年，陕南的农民运动逐渐兴起并走向高潮，为了谋求农民的解放出路，陈浅伦听了学校各类讲座报告，接触了马克思列宁主义、经济学、进化史等相关课程。他将学到的理论知识与当时的实际问题相联系，对中国革命和农民问题形成了自己的认识和见解，认为坚定走俄国十月革命的道路是行得通的。陈浅伦强烈的爱国心进一步加强，于是，他写了一首《明耻救国歌》表达自己的救国抱负：

> 堂堂七尺男儿汉，
> 但期战死勿生还。
> 全国民众皆唤起，
> 拼命救国不惮烦。

……

平等自由并独立，

努力奋斗勇往直前。

1927年6月，院长刘含初被撤换后，学院将学生送到各个地区参与革命运动。陈浅伦回到了自己的家乡，深入农村宣传革命，他用朴实简单的、百姓能够听得懂的语言和实例揭露帝国主义侵略中国的暴行，在农民中传播进步的民主革命思想，唤醒百姓的爱国意识，鼓励农民认清现实，团结一致，积极投身反帝反封建的革命斗争。然而，他的言行举止引起了当地豪绅的猜疑不安，豪绅联名诬告陈浅伦"目的不纯，聚众闹事，必须加以严惩，防止后患"。由于在农村找不到立足之地，陈浅伦被迫离开家乡，前往上海持志大学，后又转读上海劳动大学学习。在上海劳动大学，陈浅伦更加坚定了自己的革命信心，于1928年冬加入中国共产党。

## 二、在沪被捕在汉被捕　革命意志愈挫愈奋

1929年至1930年间，陈浅伦从大学毕业后，在上海参与党的宣传工作，组织上海的青年学生进行示威游行活动。这期间，陈浅伦的活动轨迹被泄露，他与许多同志因"共产党嫌疑"的罪名被捕入狱，这是他第一次因革命活动被捕。在狱中，敌人想尽办法、用尽各种酷刑，逼迫他说出党组织的信息。但是他坚贞不屈，严守党的秘密，未透露半点信息给敌人。敌人找不到继续关押他的证据，迫于外界压力，只好将他释放。一年多的铁窗生活，对陈浅伦来说，是一次彻底的蜕变，他经受住了考验，表现出了共产党人所具备的誓死不屈的精神。

1931年6月，陈浅伦回到西安工作，他身兼多职，既任《西北文化日报》"浪涛"的主编，还担任西安乐育中学的教师，为青少年学生讲学，以此掩护真正的革命活动。在上级领导的指示下，他举办"讲习训练班"，宣讲革命斗争及政治形式，在他的努力下，为党培养了不少先进干部。[①]同年11月，陈浅伦同志回到汉中任中共陕南特委书记。他在多所学校兼职，目的就是为了深入学生群体进行革命宣传。他

---

① 中共党史人物研究会.中共党史人物传·第十一卷[M].西安：陕西人民出版社，1983：273.

常常教导学生多读好书，多读先进刊物，主动了解社会状况，引导学生积极参与讨论时政问题，启发他们的革命觉悟。此外，陈浅伦同志还组织师生创办刊物，如《前驱》《孤灯》《春蕾》等。《前驱》是中共陕南特委的第一个机关刊物，曾被当局查封，后又改名《追求》继续出版。陈浅伦亲自为这些刊物撰稿，宣传革命理论。他认为进步刊物的作用不可忽视，可以通过进步刊物唤起民智，所以他在刊物《孤灯》中写道："孤灯，孤灯，如日东升……准备武器，向敌人进攻！"[1]在陈浅伦的大力宣传下，群众和学生受到鼓舞，就连陈浅伦的妻子唐素珍也参与了进来。唐素珍任特委机关联络员，经常乔装打扮，走街串巷，观察敌情，为组织传送消息。

1932年初，国民党汉中当局扣押了第二女子师范学校负责出版刊物的老师和学生，为反抗当局的行为，在中共陕南特委的领导下，陈浅伦带领千余师生进行游行示威。学生的游行震惊了反动当局，他们被迫放了被捕师生。同年5月，中共陕南特委又发动了著名的"红五月运动"，陈浅伦是本次活动的组织者，他带领中小学生在街头游行示威，宣传抗日救亡运动，揭露蒋介石的黑暗阴谋。声势浩大的学生运动招致反动当局的镇压，陈浅伦和部分师生再次被捕入狱。

两次入狱并没有打击陈浅伦的革命信心，反而更加激发了他的斗志，他鼓励狱中的同学在最恶劣的环境下也要充满斗志，与敌人斗到底，并且不要放弃学习，鼓励同学们通过写日记舒缓内心的情感。此外，陈浅伦还教他们写诗写文章。在狱中，他写下了《给妈妈的十二封信》和《狱中诗》，揭露反动派的恶行，并鼓励狱中青年英勇斗争，坚持到底。最后，在同学们的激烈反抗和各方营救下，敌人于三个月后释放了陈浅伦和其他被捕人员。

## 三、创建根据地组建游击队　红二十九军威震陕南

1932年8月前后，为加强武装斗争和革命根据地的建设，中共陕西省委决定在陕南成立红二十九军，筹建工作由刚刚出狱的陈浅伦负责。由于他在汉中、南郑一带已经暴露，无法展开活动，因此他和同志们决定前往西乡县骆家坝一带创建根据

---

[1] 薛凤飞. 川陕革命根据地英烈传［M］. 成都：四川省社会科学院出版社，1984：140.

地。随后，陈浅伦与开展农村工作经验丰富的刘传璧取得联系，一同前往西乡县张家坝、骆家坝等一带开展农民工作。在掌握当地农民实际情况后，陈浅伦与刘传璧向群众宣传先进革命思想，希望老百姓能够主动加入革命组织。为了扩大革命力量，陈浅伦还深入当地的"神团"组织中进行宣传组织活动，做他们的思想工作，将张正万的"神团"的武装人员收纳到党的革命组织之中。经过一系列的宣传动员，一支革命队伍逐步建立起来。1932年9月，中共陕南特委决定在鸡公田进行武装起义，由陈浅伦担任领导。但由于缺乏作战经验，起义失败，刘传璧等同志被围劫，遭敌杀害，陈浅伦脱险回到汉中。

1932年12月，陈浅伦又收到陕南特委的指示，让其从家乡汉中前往西乡，与徐向前带领的红四方面军会面，商讨重新建军问题。在徐向前和红四方面军的支持和帮助下，他们建立起了一支近千人的游击队。经过不断的整顿、改编，这支游击队的人员规模日益壮大，而后命名为川陕边区游击队，陈浅伦是游击队的总指挥。这支队伍的创建和壮大，意味着陕南地区的革命斗争进入了一个新阶段，面临着新形势与新任务。为了进一步加强游击队的领导核心，陕西省委又增派李艮、孟芳洲等人加入游击队，随即，红四方面军也派来40余人充实部队，进一步增强了游击队的武装力量和政治影响。

1933年1月6日，中共陕南特委作出建立红二十九军的决议。为了贯彻决议精神，陈浅伦不顾个人安危，在马儿崖一带多次深入伪民兵组织开展活动，利用与军阀之间的矛盾扩大人民武装力量；同时抓紧一切时机从多方面对游击队进行整顿，提升队伍的纪律性和组织性。此时，中共陕西省委也派李艮等一批干部抵达西乡县，加强领导工作。2月13日，根据战斗的需要和党的指示，陈浅伦、李艮在西乡县私渡河主持召开军政大会，将游击队的八个中队扩编为中国工农红军第二十九军。陈浅伦任军长，李艮任政治委员兼肃反委员会主任。

红二十九军的成立，为陕南人民和革命斗争带来了希望，但由于影响过大，引起了国民党反动派的极大恐慌。为了打压红二十九军的力量，敌人发动多次进攻。陈浅伦和同志们总结历次斗争经验，团结一致斗争反抗，以劣势装备战胜了敌人，给敌人造成不少的损失。通过长期斗争，红军队伍迅速扩大。

## 四、被出卖再被捕　英雄血洒马儿崖

当地土匪张正万的"神团"看上去是一支不错的武装力量，但实际上是明团暗匪的武装，他们并不是一心想加入红军干革命，而是为了投机钻营。所以，在陈浅伦收张正万及团伙加入游击队时，张正万表现得很积极，也因此得到了陈浅伦的信任。但是时间久了，张正万的贪心就暴露了，他认为自己为军队付出了很多，不仅成功地帮助陈浅伦脱险，而且自己的队伍人多，可以说是红军的主力部队，但他没有得到多少好处，相反，他们受到红军各种纪律的约束。贪婪在心中积聚，张正万眼看到霸权的梦想幻灭，与陈浅伦逐渐产生矛盾，激起了他的叛逆心。1933年3月，国民党反动军队向马儿崖根据地发动进攻，趁机用重金收买了张正万。张正万与敌人联合，召集心腹同伙商议叛变，血洗马儿崖。4月1日，趁红二十九军主要干部在马儿崖开会之机，张正万与敌五十一旅同时发动突然袭击。陈浅伦率军部警卫人员应战，突围至西乡县磨子坪，躲藏于一农家。由于叛徒告密，于5日拂晓与李良同

图 8-2　陈浅伦雕像

时被捕。

1933年4月6日，叛徒出卖陈浅伦和李艮，致使他们在磨子坪被敌人抓捕。在刑场上，他们大义凛然，英勇不屈，愤怒斥责叛徒，揭露其丑恶的一面，高喊："共产党人是杀不尽的，红军是杀不完的，总有一天，革命会胜利！"牺牲时，陈浅伦年仅27岁，李艮25岁。

1933年5月，中共陕西省委在各县活动分子会议上哀悼陈浅伦、李艮、程德章、孟芳洲等人。1982年，汉中市南郑县人民政府追认英勇就义的红二十九军英雄们为革命烈士。1985年，陈浅伦故居被列为县级重点文物保护单位。2017年12月，其又被确定为市级文物保护单位。每年清明节、烈士纪念日等，总会有群众自发前往缅怀、悼念。①

陈浅伦以其鲜血和生命塑造了共产党人为民族解放献身的伟大形象，不仅是红军精神的体现，也是"西大精神"的升华。他是陕西人民的骄傲，他的精神、他的英雄事迹将激励一代代人奋勇前进。

（刘景华　陈中奇）

---

① 张瑞芬. 红二十九军军长陈浅伦［J］. 陕西画报，2019（1）：38-39.

# 第九讲

## 革命爱情楷模：
## 携子自投监狱的杨虎城夫人谢葆真

谢葆真（1913—1947），1927年2月入西安中山学院妇女运动班学习，并加入中国共产主义青年团。①同年毕业后，被编入国民革命军第二集团军总司令部政治部前线工作团并加入中国共产党。1927年10月，由吴岱峰介绍并经党组织批准与杨虎城结婚。1938年，携幼子杨拯中为营救杨虎城入狱。1947年2月8日，谢葆真在杨家山中美合作所狱中遇害，年仅34岁。

谢葆真的一生充满了革命热情和家国情怀，她以弱女子的身躯担负着国仇家恨，最终以身报国，年仅34岁。谢葆真自少女时即追求真理，参加革命，始终坚强勇敢，义无反顾。她先后投身于大革命运动和抗日救亡运动的时代洪流，为人民的解放和民族的独立竭力奋斗。与杨虎城将军结婚后，谢葆真全力支持和协助杨虎城将军进行顽强的革命斗争，并在西安事变过程中起到了重要作用；赴欧考察归国后，当得知杨虎城将军被蒋介石扣押，谢葆真毅然携子自投监狱，与国民党顽固派展开了顽强勇敢的斗争，誓与杨虎城将军共患难。谢葆真与杨虎城将军真挚而深沉的爱情，经过了战火的淬炼，经过了鲜血的洗礼，至今感人肺腑。

目前，有关谢葆真烈士的研究尚很不足，主要集中于一些口述史或追忆性资料，

---

① 1922年5月始称中国社会主义青年团；1925年1月改称中国共产主义青年团；1949年4月改称中国新民主主义青年团；1959年5月改称中国共产主义青年团。

图 9-1　谢葆真女士

公布的有关档案史料比较欠缺。20 世纪末，杨虎城和谢葆真之女杨拯英、杨拯美先后发表《杨虎城夫人谢葆真之死》①和《纪念母亲谢葆真》《杨虎城夫人谢葆真被害记》②等，对谢葆真的生平事迹作了简要追述；中国人民政治协商会议陕西省委员会文史资料委员会经过走访和调查，编写了《谢葆真生平事略》③，对谢葆真的主要生平事迹作了概要介绍。21 世纪初，杨拯美和杨拯英又出版了《怀念母亲谢葆真》（内有南汉宸《皖北革命回忆》、傅学文《忆西安事变，悼英杰谢葆真》、郝郁文《我对谢葆真的回忆》、张秀真《我给谢葆真绣枕套》等回忆性文章），对谢葆真的生平事迹做了诸多细节补充。叶永烈发表有《杨虎城与红颜知己谢葆真》等④。同时，在有关杨虎城将军的相关研究中，对谢葆真的事迹亦有所涉及。另外，谢葆真的事迹还

---

① 杨拯英. 杨虎城夫人谢葆真之死 [J]. 女子世界，1985（5）：10-15.

② 杨拯美. 纪念母亲谢葆真 [M]//张协和，董华. 杨虎城将军与西安事变补遗. 北京：档案出版社，1992：162-171.

③ 中国人民政治协商会议陕西省委员会文史资料委员会. 陕西文史资料·第 24 辑：陕西民国人物（二）[M]. 西安：陕西人民出版社，1991：256-275.

④ 叶永烈. 杨虎城与红颜知己谢葆真 [J]. 名人传记，2007（3）：32.

被载入中华人民共和国民政部编《中华著名烈士》①、陕西省地方志编纂委员会编《陕西省志·人物志》②、《西安市志·第七卷·社会·人物》③、《蒲城县军事志》④等；谢葆真与杨虎城的爱情故事还被编入《中外名人情侣辞典》⑤等。对于谢葆真的生平事迹及其革命生涯、与杨虎城将军的深沉爱情和最后的牺牲，我们主要参考如上资料并结合其他有关资料加以叙述。

## 一、出校门入军中　一对革命夫妻为共同理想而结合

谢葆真（1913—1947），原名宝珍，陕西省西安市人，杨虎城将军的夫人。她出生于一个普通的知识分子家庭，她的父亲曾从事过教育工作，后因家庭贫困，做过商店的管账先生。

谢葆真的父母思想较为开放，1923年将谢葆真送入西安女子模范小学（今书院门小学）读书。1925年，谢葆真父亲病故。因家庭经济困难，谢葆真一度被迫辍学，但仍刻苦自学，自小即养成坚强的性格。

谢葆真的青少年时期正值大革命时期，她深受时代思想浸染，思想趋向进步，革命热情日益高涨，逐渐投身到革命浪潮之中。1926年春，在吴佩孚等的支持下，军阀刘镇华率领号称10万的大军进攻西安，久攻不下，后转而围困西安，西安之难持续近1年。当时，西安军民在杨虎城、李虎臣的领导下，进行了旷日持久、艰苦卓绝的守城之战，时称"二虎守长安"。此时，谢葆真与同伴们组织和参加歌咏队、演出队等，积极慰问和鼓励守城军民，并动员西安群众展开募捐，支援将士守城抗敌。在大革命的熔炉中，谢葆真选择加入中国共产主义青年团。

1927年2月，中国共产党与国民党合作，在西安创办西安中山学院（由原有的

---

① 中华人民共和国民政部. 中华著名烈士［M］. 北京：中央文献出版社，2003：320.
② 陕西省地方志编纂委员会. 陕西省志·第79卷：人物志［M］. 西安：陕西人民出版社，1998：697.
③ 西安市地方志编纂委员会. 西安市志·第七卷·社会·人物［M］. 西安：西安出版社，1999：484.
④ 蒲城县军事志编纂委员会. 蒲城县军事志［M］. 西安：三秦出版社，2008：319.
⑤ 应扬. 中外名人情侣辞典［M］. 长春：北方妇女儿童出版社，1988：301.

国立西北大学改办而来），以"养成指导农民运动，办理党务及军队中政治工作人才"①为办学宗旨。谢葆真因思想进步和表现优异，被推荐进入西安中山学院妇女运动班学习，她的革命理论素养和革命热情得到进一步提高。

不久，谢葆真说服家人，报名参加了部队。当时在西安招收女兵的部队是冯玉祥率领的国民革命军第二集团军②。谢葆真参军后，被编入集团军的"前线工作团"，直辖于集团军总政治部。当时"前线工作团"的团长是著名的共产党人宣侠父③。随后，第二集团军受命开赴河南，谢葆真随部队参与了与直鲁联军的作战。在"前线工作团"中，谢葆真的年龄虽然比较小，但她在工作上表现非常突出，艰辛的军旅生活和严酷的战争环境使她得到进一步成长。在宣侠父等的培养和帮助下，谢葆真在"前线工作团"加入了中国共产党。④

1927年初，杨虎城任国民革命军第二集团军第10军⑤军长，后兼任东路军前敌总指挥，迎战直鲁联军。对于孙中山"联俄、联共、扶助农工"的"三大政策"，杨虎城十分支持和坚决拥护，因而他在部队中招揽了许多共产党员，其中第10军的政治处处长即是共产党员魏野畴。

1927年"四一二"反革命政变后，杨虎城拒不执行蒋介石和国民党的"清党"命令，继续与共产党展开密切合作。不仅如此，第10军政治处还吸收了一批进步青年，以进一步加强部队的政治工作。在魏野畴选拔的骨干分子中，有谢葆真等几位女战士。于是，第10军政治处的宣传科成为谢葆真新的工作部门。后谢葆真被任命为政治处下属的宣传队队长，全身心地投入部队的政治宣传工作中，她还介绍一些进步青年加入党组织。

1927年秋冬之际，杨虎城率领的部队驻扎安徽太和县城，为配合革命工作顺利开展，当时太和县在党组织的领导下成立了妇女联合会，谢葆真被推选为主任委员。在与国民党和顽固派的斗争中，谢葆真表现得十分勇敢，她积极动员妇女加入联合

---

① 李永森，姚远. 西北大学校史稿（1902—1949）[M]. 西安：西北大学出版社，2002：121.
② 杨拯美，杨拯英. 怀念母亲谢葆真[M]. 北京：中国青年出版社，2002：6.
③ 宣侠父当时还担任第二集团军前敌指挥部政治处处长。
④ 中国人民政治协商会议陕西省委员会文史资料委员会. 陕西文史资料·第24辑：陕西民国人物（二）[M]. 西安：陕西人民出版社，1991：259. 杨拯美，杨拯英. 怀念母亲谢葆真[M]. 北京：中国青年出版社，2002：18.
⑤ 原国民军联军第10路军。

会，组织妇女反对封建礼教，宣传男女平等和婚姻自由，并举办妇女识字班，帮助妇女学习文化知识，提高思想政治觉悟，号召妇女联合起来，积极参加革命斗争，推动了妇女的思想解放和政治进步，培养了一批妇女革命骨干（如当时参加妇女联合会的周庭芝、张淑真、刘桂贞、李华亭、陈淑真等后成为太和"四一九"暴动的骨干力量），使当时的妇女成为革命活动中引人注目的一支生力军。

谢葆真在杨虎城将军所率部队的政治工作中表现出色，成绩显著，在部队中渐负名声，"杨将军（杨虎城）对天资聪颖、果断能干的谢葆真逐渐钟情。他在与魏野畴、南汉宸的多次谈话中，提出让谢葆真协助他读书学习，言谈话语间表露出对谢（谢葆真）的喜爱，有请求批准与之结婚的意向。让一个共产党员与国民党的一个军长结为夫妻，这在当时并非小事。经请示河南省委后，由军特委研究决定，为了扶杨（杨虎城将军）革命，批准谢葆真同志与杨虎城将军结婚"①。当时，"父亲（杨虎城将军）知道母亲（谢葆真）的政治身份，他深知要和母亲结婚，一定要得到共产党组织的同意"②。而谢葆真早就对杨虎城将军的为人品格和政治取向有所了解并产生仰慕。在战火纷飞的革命年代，谢葆真和杨虎城将军的彼此认可和相互倾慕，让二人在军旅生活中萌生了爱情。

1928年春节前夕，谢葆真与杨虎城将军在军部驻扎地举行了结婚仪式。"宴席上有个同志问：杨将军为什么能爱上小谢？父亲（杨虎城将军）坦率地回答：我知道她思想进步，结了婚可以直接帮助我。母亲（谢葆真）说：我不要你海誓山盟，只要你革命就行了。父亲高兴地举杯说：好，为了革命到底，白头偕老。"③"简短的几句话，显示着正是共同的革命理想，使他们走在了一起，结合在一起。"④

结婚后，谢葆真并未脱离革命工作，仍然继续奋斗在革命道路上。结婚的第二天早晨，当谢葆真得知太和县有个童养媳因公婆虐待而投河时，她亲自带领妇女联合会的同志前去协调处理。谢葆真还帮助杨虎城将军与党组织进一步加强了联系，并

---

① 吴敬人，王彦峰，徐超山. 我党在杨虎城军驻皖北期间的革命活动 [M] //中共阜阳县委党史办公室. 皖北阜阳四九起义. 合肥：安徽人民出版社，1986：29.

② 杨拯美，杨拯英. 怀念母亲谢葆真 [M]. 北京：中国青年出版社，2002：17.

③ 吴敬人，王彦峰，徐超山. 我党在杨虎城军驻皖北期间的革命活动 [M] //中共阜阳县委党史办公室. 皖北阜阳四九起义. 合肥：安徽人民出版社，1986：29. 杨拯美，杨拯英. 怀念母亲谢葆真 [M]. 北京：中国青年出版社，2002：17.

④ 杨拯美，杨拯英. 怀念母亲谢葆真 [M]. 北京：中国青年出版社，2002：17.

图 9-2　杨虎城将军与谢葆真女士

利用杨虎城将军夫人的身份，为党组织的活动提供了许多方便，当时党组织的很多活动就是在杨虎城与谢葆真的家里进行的。此时，南京国民政府曾派韩振声到皖北督促杨虎城将军"清党"，遭到杨虎城将军的拒绝。为了应对局势，杨虎城将军决定随韩振声赴南京面见蒋介石陈述情由。经党组织慎重研究，决定让谢葆真随杨虎城将军一同前往。杨虎城将军也因此与自己所率领的部队分开了一段时间，1928年4月下旬赴日本休养，谢葆真随同。1928年11月，谢葆真随杨虎城将军回国，先抵达上海、南京等地，经各方接触和协调，杨虎城将军与谢葆真得以重新返回原来的部队（当时部队驻扎在山东临沂）。

1930年4月，杨虎城将军被任命为十七路军总指挥，部队受命回陕驻防。1930年10月，杨虎城将军率部回到西安，又被任命为陕西省主席。1931年，杨虎城将军又兼任西安绥靖公署主任。此时，谢葆真成为陕西各界关注的主席（主任）夫人。刚开始，她曾对官场中错综微妙的关系和频繁的社交活动感到压力，但谢葆真经受住了这种考验和磨炼，她不仅能够细心地关心和体贴杨虎城将军在工作中的难处和苦闷，在思想和生活上给杨虎城将军诸多安慰和帮助，对杨虎城将军的工作给予积极的协助和支持，而且能够利用自己的特殊身份，联络、团结和支持进步力量，宣传革命思想，扩大革命思想的力量和影响。

## 二、一同出国考察　危难之中现真情

杨虎城将军回陕主政期间，爆发了"九一八"事变（1931年9月18日），国内局势随之发生了重大变化，中华民族的生存危机日渐严重。杨虎城将军对蒋介石和南京国民政府的不抵抗政策感到不满，主张应当停止内战，团结抗敌，多次向蒋介石表达自己的抗战意愿。但是，蒋介石坚持"攘外必先安内"的政策，杨虎城将军的抗战主张与蒋介石的策略发生差异，蒋介石对杨虎城将军的不信任逐渐加剧，于是派邵力子接替了杨虎城陕西省主席的职务。在此期间，张学良将军率领的东北军受命进入陕西。一时间，陕西境内聚集了共产党的陕北红军、杨虎城将军所率领的国民革命军、张学良将军所率领的东北军以及南京国民政府派驻的顽固守旧势力等各方面力量，陕西的政治和军事局面变得异常复杂。

"同共产党合作，团结东北军和一切反对内战的人共同抗日是杨虎城将军坚定的政治立场。在错综复杂的派系势力和人际关系中，谢葆真以其特殊的身份，为实现杨虎城将军的正确主张，做了大量工作。"①经过坚持不懈的努力，团结抗日的政治氛围在古都西安日渐积聚。

为了巩固和推动抗日力量的团结与联合，在陕的邵力子的夫人傅学文、张学良将军的夫人于凤至及赵一荻小姐，成为谢葆真频繁接触和联络的对象，谢葆真或邀请她们到自己家里做客，或邀请她们品尝陕西的风味小吃，或出入张学良公馆和邵力子官邸，或陪同她们游览古都西安的自然风景与文化圣地，一起谈论家事和国家的命运前途。谢葆真还对她们关心的事业和现实的需求予以大力支持和帮助，如慷慨地为傅学文在西安举办的助产士学校提供经费支持，帮助于凤至和赵一荻为流落异乡的东北军创办子弟学校东望小学等。四位女士对妇女的解放、教育和发展问题都十分热心，在她们的共同努力下，培华女子职业学校得以顺利筹办。谢葆真与傅

---

① 中国人民政治协商会议陕西省委员会文史资料委员会.陕西文史资料·第24辑：陕西民国人物（二）[M].西安：陕西人民出版社，1991：261.杨拯美，杨拯英.怀念母亲谢葆真[M].北京：中国青年出版社，2002：24.

学文、于凤至及赵一荻保持着良好的关系，赢得了东北军和邵力子的认可和尊重，杨虎城将军与张学良将军、邵力子先生亦彼此默契、相互合作。

1935 年，华北事变爆发，中华民族的生存危机进一步加深，全国的抗日浪潮进一步发展。此时的谢葆真积极投入抗日救亡活动中，她利用自己的身份和影响，努力团结社会各界的抗日力量。1936 年，"西北各界妇女救国联合委员会"在西安成立，谢葆真担任该会的会长，她深入妇女群众当中，召开妇女界座谈会，举办妇女学习训练班，到省立女子中学等学校讲演等等，为妇女的解放事业四处奔走，为提高妇女的政治觉悟和抗日救亡意识做了大量工作。谢葆真还经常随同杨虎城将军参加各种政治活动和社交活动，不断宣传抗日，团结抗日力量。谢葆真还积极协助杨虎城将军做好十七路军的工作，关心将士的日常生活，协助他们解决各种困难，与将士家属一起谈论国家民族的命运，帮助他们认清日本帝国主义的侵略罪行和中华民族抗日救亡的危急局势，发动和组织他们参加抗日活动。如 1936 年 11 月，绥远军民在红格尔图击败日军，振奋了中国人团结抗日的精神，谢葆真在中共西北特别支部的指导下，组织十七路军眷属募捐分团，走上街头宣传抗日、开展募捐，以支持前线将士英勇抗日，从 11 月 29 日到 12 月 1 日短短几天内，就募集捐款达 8000 元①。

对于停止内战、一致对外，杨虎城将军和张学良将军形成了一致的看法，但这引起了蒋介石的很大不满，于是蒋介石于 1936 年 12 月初亲临西安（驻西安临潼的华清池），严令杨虎城将军和张学良将军进剿陕北红军，一场震惊中外的重大事件——西安事变即将爆发。1936 年 12 月 11 日下午，杨虎城将军和张学良将军准备设宴招待随蒋介石一同来陕的军政要员及其随行人员，"在宴会开始前，蒋介石突然邀请张、杨赴临潼晚餐，新城大楼的宴会，只得由邵力子先生主持，而傅学文和谢葆真也都成了实际的主人。……就在这表面欢乐的同时，西安事变的准备行动已在紧锣密鼓地进行"②。12 月 12 日凌晨，在西安临潼的华清池，震惊中外的西安事变爆发了！

---

① 1935 年 11 月 4 日，国民政府规定中央、中国、交通、农民四家银行发行纸币"法币"（法定货币），禁止银元流通。1948 年 8 月"法币"停止使用。

② 中国人民政治协商会议陕西省委员会文史资料委员会. 陕西文史资料·第 24 辑：陕西民国人物（二）[M]. 西安：陕西人民出版社，1991：263. 杨拯美，杨拯英. 怀念母亲谢葆真 [M]. 北京：中国青年出版社，2002：27.

西安事变爆发后，杨虎城将军和张学良将军向全国发出通电，提出了"救国八项主张"："（一）改组南京政府，容纳各党各派，共同负责救国。（二）停止一切内战。（三）立即释放上海被捕之爱国领袖。（四）释放全国一切政治犯。（五）开放民众爱国运动。（六）保障人民集会结社一切之政治自由。（七）切实遵守总理遗嘱。（八）立即召开救国会议。"并强调："以上八项，为我等及西北军民之爱国主张，望诸公俯顺舆情，开诚采纳，为国家开将来之一线生机，涤以往误国之愆尤。大义当前，不容反顾。只求于救亡主张贯彻，有济于国家。为功为罪，一听国人之处置。临电不胜待命之至！"①

此时的谢葆真，与杨虎城将军一同度过了动荡不安的日日夜夜，她坚决支持杨虎城将军和张学良将军的爱国之举和抗日立场，并为此做了诸多努力和大量工作。12月14日，谢葆真在东望小学主持召开西安各界妇女救国会后援筹备会议，与会者包括东北军和西北军将领的家属以及社会上的知名人士等。与会者表示，拥护杨虎城将军和张学良将军停止内战、一致对外的爱国主张，拥护杨虎城将军和张学良将军发动西安事变的爱国行动。谢葆真根据会议决定领衔主持后援会筹备工作。15日，《解放日报》刊发了题为"杨主任夫人等发起推进妇女救国工作"的报道，引发社会关注。16日，谢葆真在民众教育馆出席了"西安妇女救国后援会"的成立大会，并发表了慷慨激昂的演说，300多人参加了成立大会。在谢葆真的组织下，为配合推动西安事变的和平解决和团结抗日形势的发展，后援会积极开展了各项工作，如组织宣传队深入社会各界宣传和平解决西安事变的爱国主张，组织慰问队到前线部队慰问抗战将士和宣传西安事变的重要意义等。

同时，谢葆真还到"陕西援绥战地服务团"指导工作，鼓励和支持服务团，组织群众宣传抗日救亡，宣传张、杨的"救国八项主张"，团结抗战力量；出席在西安革命公园举行的西安人力车夫救国会成立大会，向他们宣传人人平等、抗日救国等思想主张，与会的近3000名人力车夫拥护张、杨的"救国八项主张"，高呼团结抗日口号，随后在西安市举行了抗日救国的游行示威活动；深入东北军和西北军及其眷属中，做好安抚和宣传工作，联络和团结东北军和西北军支持和平解决西安事变。

---

① 中国人民政治协商会议全国委员会文史和学习委员会. 西安事变历史资料汇编1·电文上[M]. 北京：中央文献出版社，2017：178-179.

1937年初，谢葆真还与杨虎城将军之子杨拯民亲赴北平，接触和联络进步人士，为协助杨虎城将军取得各方面支持奔走呼号。

1936年12月底，西安事变得到和平解决，蒋介石安全返回南京。不料，蒋介石背信弃义，于1937年4月对杨虎城将军予以"革职留任"处分，强迫杨虎城将军辞去西安绥靖公署主任和十七路军总指挥的职务，随后又以南京国民政府军事委员会的名义，命杨虎城将军为"欧美考察军事专员"出国"考察"。于是，谢葆真随同杨虎城将军出国。在国外"考察"过程中，杨虎城将军和谢葆真时刻忧虑民族命运，关心国内抗战形势，并利用在国外的机会向华侨、华人和外国友人宣传中国的抗战，争取海外各界对中国抗战的支持。

1937年7月，卢沟桥事变爆发，中华民族的生存危机更加深重，中国开始了全面抗战时期。虽然被多次拒绝，但杨虎城将军依然坚持向蒋介石和南京国民政府要求回国抗战，有着同样心情的谢葆真全力支持杨虎城将军的决定。在几经要求下，1937年10月，满怀抗战热情的杨虎城将军与谢葆真终于可以踏上回国的路途。11月27日，谢葆真随同杨虎城将军抵达香港，不料蒋介石已经安排好监视杨虎城将军的特务，杨虎城夫妇却不知险境即将到来。

## 三、自投监狱　只为患难与共同生共死

谢葆真随杨虎城归国后的第二天，蒋介石来电要求杨虎城将军到南昌相见，并派了戴笠（国民党特务头子）前来"迎接"杨虎城将军。杨虎城将军安排谢葆真先行回西安，谢葆真和各方人士对杨虎城将军的安全及其回国后的处境十分担忧。

回到西安后的谢葆真，焦急地等待着杨虎城将军的消息。后通过各种渠道得知，杨虎城将军被蒋介石扣押了。谢葆真感到异常的痛心和气愤，她"既痛心父亲（杨虎城将军）抗日救国的壮志未能实现，又担心父亲一人坐牢，身边无人照顾，精神和身体上都将遭受很大的痛苦"[1]。于是，不顾个人安危的谢葆真，毅然做出一个决

---

[1] 杨拯美. 纪念母亲谢葆真[M]//张协和，董华. 杨虎城将军与西安事变补遗. 北京：档案出版社，1992：163. 杨拯英. 杨虎城夫人谢葆真之死[J]. 女子世界，1985（5）：10-15.

定：前去援救和陪伴杨虎城将军，"愿与父亲（杨虎城将军）共甘苦，共患难，生死相依"①。

谢葆真的亲友们都知道，谢葆真此去凶多吉少，因此竭力劝阻谢葆真，但谢葆真意志坚决。临行前，谢葆真把自己的一些积蓄捐给了抗日活动，将自己的子女托付给了母亲和杨虎城将军的副官，拜别了杨虎城将军的母亲。十七路军的将士们为谢葆真举行了送别会。这一别，竟成了谢葆真与亲友、战友的永别！

1937年12月初，为了给壮志未酬而身陷囹圄的杨虎城将军以更好的精神慰藉，谢葆真携年少的杨拯中踏上了前往南昌的征程，随行者还有杨虎城将军的副官阎继明、张醒民等。途经武汉时，谢葆真专门拜访了邵力子先生及其夫人傅学文，邵力子夫妇亦竭力劝阻谢葆真，但谢葆真不为所动，毅然前行。谢葆真一行抵达南昌时，杨虎城将军已被囚禁于梅岭，谢葆真等人并未得知实情，也未能见到杨虎城将军，但却被戴笠扣留关押起来。直到半年以后，谢葆真被送至湖南益阳的桃花坪，才得以与杨虎城相见，但却是被一起关押囚禁。从此，谢葆真携子与杨虎城将军一起开始了漫长而艰苦的监禁生活，并与国民党顽固势力展开了顽强勇敢的斗争，直至最后惨遭杀害。

因武汉会战失败，1938年冬，谢葆真和杨拯中随同杨虎城将军被押往贵州息烽县玄天洞的秘密监狱。对杨虎城将军和谢葆真等的监禁防卫，国民党做了十分严密的安排，戴笠亲自设置了内、中和外三层警卫，内卫由军统的便衣特务队负责，中卫由宪兵队负责，外卫由特二团的部队负责。他们严禁谢葆真、杨虎城将军与外界联系，书信亦不能寄出，能够看到的报刊书籍等都需经过特务机构的严密审查。玄天洞阴暗潮湿，在艰苦的条件下，谢葆真、杨虎城、杨拯中等相互安慰、扶持，谢葆真和杨虎城将军还教杨拯中读书写字、练习画画，但因营养不良，杨拯中身体十分虚弱，头发开始发白，谢葆真和杨虎城将军十分揪心。同时，他们还担心和挂念着狱外的家人，谢葆真曾给母亲写信，但始终都没有收到回信，后来才得知特务机构不允许他们与外界联系，谢葆真感到十分气愤。

国民党特务机构知道谢葆真是共产党员，所以对她的"看护"更加严格。1939年下半年，经杨虎城将军要求，并在其出资的情况下，特务机构为杨虎城将军一家盖了新洞牢房。但却以谢葆真影响杨虎城将军休息为由，将谢葆真与杨虎城将军及

---

① 杨拯美，杨拯英. 怀念母亲谢葆真［M］. 北京：中国青年出版社，2002：38.

杨拯中隔离监禁（谢葆真继续住在老洞，杨虎城将军与杨拯中搬到新洞）。后经不断抗议，特务机构才又将他们一家人关押在一起。在监禁中的各种压迫和折磨下，谢葆真的身心受到极大摧残，健康状况逐渐欠佳。但是，面对特务机构的威胁和压迫，谢葆真不仅毫不畏惧，而且奋勇反抗，经常痛骂他们，质问他们"抗日有什么罪""为什么要圈禁我们"，并写血书以示抗议。①

1941年春天，谢葆真生了个女儿叫杨拯贵。因囚禁生活艰苦，加上所受的压迫，谢葆真没有奶水哺育杨拯贵，在谢葆真和杨虎城将军的坚决要求下，国民党特务机构才同意由他们自己出钱雇请一位奶妈。奶妈叫吴晴珍，出身贫寒的农村，对杨虎城将军和谢葆真十分敬重，对他们的遭遇十分同情。谢葆真和杨虎城将军一家几口与吴晴珍相处得十分融洽，并经常给吴晴珍一些生活上的接济。吴晴珍只有一身衣服无法换洗，经常在晚上偷偷洗后又穿在身上，谢葆真发现后，就将自己穿的旗袍送给了她。吴晴珍对此倍加珍惜，平时都舍不得穿。1983年，在杨虎城将军90周年诞辰之际，吴晴珍将谢葆真送给她的旗袍又完好地送给了谢葆真与杨虎城将军之女杨拯英。此件旗袍现收藏在西安事变纪念馆。②

图9-3　谢葆真在狱中穿过（后送给吴晴珍）的旗袍

---

① 杨拯英. 杨虎城夫人谢葆真之死 [J]. 女子世界，1985（5）：10-15.
② 邓普迎. 谢葆真在狱中穿过的旗袍 [M]//中国博物馆协会纪念馆专业委员会. 中国纪念馆珍贵文物故事. 北京：中共党史出版社，2018：373-374.

1945年，得知抗战取得胜利后，谢葆真与杨虎城将军万分激动。在随后的国共谈判中，释放张学良将军和杨虎城将军是共产党向国民党提出的一项重要内容，但蒋介石依然将他们继续监禁下去。1946年10月，谢葆真与杨虎城将军等人被送到重庆中美合作所的杨家山关押，谢葆真与杨虎城将军被分开囚禁。重庆中美合作所更加森严恐怖，谢葆真失去了一切自由。面对国民党的压迫，谢葆真决心以绝食相抗，"绝食的第四天，她（谢葆真）向吴晴珍讨要火柴粉，想服毒自杀。谁知好心的吴晴珍不忍心看着夫人（谢葆真）死去，却找来一包葡萄糖让她喝了"①。谢葆真知道被骗了后继续绝食，特务们就硬给她灌喝葡萄糖水，奋力反抗的谢葆真嘴里流出了鲜血。后来，国民党特务机构以给谢葆真看病为由，将其送进陪都医院（中美合作所的内部医院）。

在医院里，谢葆真继续绝食抗争。国民党特务没有办法，就骗谢葆真说一个与她同乡姓吴的大夫即将调走，想邀请她一起吃个便餐。席间谢葆真只让吴大夫吃，自己仍不动筷。她发现吴大夫手上戴着金戒指，于是要求吴大夫可否将金戒指送给她以作留念。吴大夫将金戒指送给了谢葆真。随后，谢葆真将金戒指吞了下去。吴晴珍发现后报告给了医院，但医院并未及时抢救，侥幸的是这枚戒指体量小，没有夺走谢葆真的生命，直至谢葆真去世火化时这枚金戒指"还留在她的骨灰中"。②

1947年2月8日，几位医生进入谢葆真的病室，"他们以治病为名，先把病床抬到屋子中间，然后蛮横地把谢葆真捆绑在床上，床旁铁架上挂着一瓶'药水'，连着药水瓶皮管的针刺进了谢葆真的小腿，随着'药液'缓缓输入，她痛苦地挣扎着、呻吟着、呼喊着，渐渐地，她的眼球鼓出来了，脸色变得青紫了。当'医生'们收净物品，走出房门时，谢葆真已经停止了呼吸。这位年仅34岁的女共产党员就这样被杀害了"。③

闻讯赶来的杨虎城将军悲愤不已，面对与自己患难与共的伴侣的遗体放声痛哭。杨虎城将军要求火化谢葆真的遗体，并将谢葆真的骨灰装进木盒，一直随身携带。谢葆真被害后，国民党特务机构将杨虎城将军及其幼子杨拯中、幼女杨拯贵，还有杨

---

① 杨拯英. 杨虎城夫人谢葆真之死[J]. 女子世界，1985（5）：10-15.
② 杨拯美，杨拯英. 怀念母亲谢葆真[M]. 北京：中国青年出版社，2002：50.
③ 杨拯英. 杨虎城夫人谢葆真之死[J]. 女子世界，1985（5）：10-15.

虎城将军的秘书宋绮云夫妇等人，送往贵州贵阳黔灵山麒麟洞关押。1949年8月，即将败退台湾的蒋介石指令毛人凤（国民党特务头子）杀害杨虎城将军。毛人凤随后将杨虎城将军等人骗至重庆。9月6日，杨虎城将军及其爱子杨拯中（年仅20岁）、幼女杨拯贵（年仅8岁），以及秘书宋绮云与徐林侠夫妇及其儿子宋振中（"小萝卜头"，年仅8岁）等，在重庆松林坡的戴公祠惨遭国民党特务杀害。

1949年12月，重庆解放后，杨虎城将军的遗体被发现于戴公祠，谢葆真的骨灰盒就在杨虎城将军的身旁，见证了谢葆真与杨虎城将军彼此真挚而深沉的爱情。1950年1月15日，杨虎城将军暨遇难烈士追悼会在重庆举行，刘伯承、邓小平等中共西南局主要负责人亲往祭奠。1月30日，彭德怀等率领西北军民在西安车站举行了迎灵公祭。2月7日，谢葆真与杨虎城将军以及随同遇难的烈士安葬于西安南郊少陵原杜甫祠西侧，叶剑英为陵园题词。

为了激励西北大学学生缅怀先烈、勤奋学习，杨虎城将军和谢葆真的孙女杨延武女士捐款30万元在西北大学设立"杨虎城奖学金"。西北大学每年清明节都会组织师生代表赴杨虎城将军陵园，追思和缅怀杨虎城将军与夫人谢葆真烈士等。

"历史翻到了新的一页。人们时时记着酿造今日甜蜜生活的烈士们。他们将以自己的行动，告慰长眠九泉的忠魂。"①

（曹振明）

---

① 杨拯英. 杨虎城夫人谢葆真之死［J］. 女子世界，1985（5）：10-15.

# 第十讲

## 坚贞不屈：
## 联大书记刘骏达只愿天下耕者有其田

> 刘骏达（1910—1949），四川省遂宁县人。1938年，加入中国共产党。1938年秋，由辅仁大学历史学系转入西北联大文理学院历史系学习。1939年，任中共陕南学校工作委员会负责人兼西北联大党支部书记。1940年从汉中撤离后，考入成都金陵大学中国文化研究所做助理研究员。1945年，任教于成都石室中学。1949年4月20日夜，与妻子马力可（1939年加入中国共产党，1940年毕业于国立西北大学历史系）同时被捕，妻子因小产保释狱外就医，而他自己于12月7日在成都十二桥英勇就义，时年39岁。

在位于四川省成都市青羊区青羊正街的文化公园内有一座十二桥烈士墓陵园，在这里安息着成都解放前夕牺牲的36位烈士，他们的名字和革命事迹被镌刻在红色的花岗岩石碑上流芳百世。他们分别是：杨伯恺、谷时逊、余天觉、陈天钰、于渊、王伯高、廖竞韩、吴惠安、王干青、刘骏达、田宗美、张维丰、晏子良、杜可、方智炯、张坦、许寿真、龙世正、黎一上、徐茂森、毛英才、彭代梯、王建昌、徐海东、黄子万、刘仲宣、曹立中、高昆山、王侠夫、云龙、杨辅宸、严正、曾鸣飞、张大成、姜乾良、周从化。这些烈士中既有共产党员和进步人士，也有青年学生。年龄最小的龙世正只有19岁，年龄最长的周从化53岁。每一位烈士的事迹都可歌可泣，每一位烈士的革命情怀都感人至深。其中的一位中学教师，为了成都的顺利解放，在1949年4月2日参加成都市中学教师"反饥饿，争温饱"的罢教斗争中被捕，他被囚禁于成都市将军衙门特委会看守所，开始长达8个多月的囚禁生活。他多次遭

## 第十讲 坚贞不屈：联大书记刘骏达只愿天下耕者有其田

图 10-1　刘骏达（1910—1949）

受审讯，被打得皮开肉绽，长期被绑在烈日下水米不沾，但他仍然坚强不屈。1949年12月7日，他与32名志士一起，被国民党特务分子用棉花塞了嘴，白布条蒙住眼，麻绳反缚双手押上了囚车，在成都十二桥倒在了敌人的枪口之下，英勇就义，年仅39岁。他就是1938年间的中共西北联大支部负责人刘骏达①。

诚可谓：

狐鼠纵横歌式微，封豕长侵国脉摧。
荆棘铜驼陵社稷，白山黑水鸧鹅飞。
潜研史册惊倭祸，匡时不忍河山破。
燕市救亡尽书生，解放先锋旗勿堕。
…………
抗日胜利弃光明，排除异己背人心。
又从锦水去乡国，千里迢迢西北行。
西北曾将头角露，团结新人率如故。
斗争行列拔菁英，革命坚贞磐石固。
意趣相投向大同，并肩陷阵气豪雄。

---

① 1950年1月7日，成都解放后两个月，中国人民解放军成都市军事管制委员会备棺厚殓刘骏达等烈士，将它们安葬于青羊宫烈士陵园。

波浪掀天腾海燕，目无全敌向刀丛。

遗志今已胫而走，身陷囹圄犹战斗。

十二桥边血映花，烈士精神垂不朽。①

这是"一二·九"运动时中共北平辅仁大学支部书记刘骏达的入党介绍人刘国瑞《悼刘骏达》诗的节选，诗中概括地表达了刘骏达英勇壮烈的一生。其中，"西北曾将头角露，团结新人率如故；斗争行列拔菁英，革命坚贞磐石固"，写的就是他在西北联大发展和壮大党组织的重要贡献。②

## 一、反对敬鬼信神和封建礼制的青年人生

刘骏达（1910—1949），原名刘祖华，又名刘骏，1910年出生于四川省遂宁县仁里乡罗家桥的农民家庭，自幼便开始了放牛割草的农村生活。直至9岁时，刘骏达才开始在遂宁和德阳的亲友家中跟随私塾先生启蒙学习。16岁时，他考入位于成都的大成中学就读。从家乡的小县城进入西南重镇成都，在接受知识、开阔眼界的同时，他的思想观念也随之改变。比如，对于家人在传统节日期间对佛龛神像的跪拜，他拒绝参加，并对家人讲道："这些泥塑木雕的偶像，纸写的神牌，只好哄弄无知的小孩，人世间哪有仙佛鬼神？"③此外，他还对各类封建礼仪制度反感至极，他甚至由于反对所在学校在孔子诞辰、春秋祭奠等时到大成殿跪拜孔子的事情而选择转校到另一所瀛寰中学。在反对这些封建礼仪和鬼神迷信之外，刘骏达对于日常生活中的一些恃强凌弱的行径也会坚决制止，表现出强烈的反抗斗争意识。在看到村里有权有势的张家在稻田里肆意放养鸭子，而导致其他人家正在扬花抽穗的禾苗受损时，气急败坏之下他不得已用火枪驱散鸭群，并将捉到的鸭子一刀一个地返回给张家，并警告道，"一粥一饭，当思来之不易。农民辛勤劳动换来的果实，岂能让他人任意放

---

① 刘国瑞. 悼刘骏达同志［M］//鞠盛. 全国诗社诗友作品选萃·第十集. 北京：民族出版社，1996：348.

② 鞠盛. 全国诗社诗友作品选萃·第1集［M］. 沈阳：辽宁大学出版社，1990：342

③ 夏杨. 革命烈士刘骏达［A］//中国人民政治协商会议四川省什邡县委员会文史资料工作委员会. 什邡文史资料·第4辑. 内部资料，1988：90-98.

畜禽白白地践踏掉！没说是鸡鸭，天下的坏事我也要管他"①。也正是因为这种不循常规、敢于反抗的性格，他被亲友冠以"老乱"（有造反精神的人）的称号。青年时期萌发和树立的这种反抗意识，以及敢于向黑恶势力奋起斗争的精神，为刘骏达以后的革命工作奠定了重要的基础。1934 年，刘骏达跟随经商的父亲举家迁居到了四川德阳的什邡县城并在此继续读完了中学。此时的中国正处于封建势力和帝国主义相互勾结、压迫奴役中国人民的艰难处境下，在新知识和新思想冲击下的青年学子对当时中国发生的各种卖国求荣、官绅勾结的种种丑恶行径愤慨至极，在追求真理、改造社会的道路上积极探索和迈进。而不断发生在北平地区的学生救国救亡运动使北平成为青年学子向往的圣地，他们也希望在这些活动中来舒展和实现自己的人生目标，刘骏达就是其中的一位。幸运的是，他如愿以偿。1935 年，刘骏达考入北平的辅仁大学历史系读书，在当年冬天就参加了"一二·九"学生爱国运动，在颈部负伤的情况下仍然坚持斗争，由此迈出了革命生涯最重要的第一步。

## 二、求学辅仁时的救亡图存活动

刘骏达在 1935 年秋入辅仁大学历史系之后，接触到的任课老师大多都是当时史学界的著名学者和专家，特别是看到学校校长就是著名史学家陈垣时，更加坚定了他毕生致力中国历史和文化研究与整理的信念。但是，随着日本侵略战争由东北向华北地区的扩散，日本侵略者竟然策划所谓的华北五省"防共自治运动"，妄图建立自己的傀儡政府。此时，"华北之大，已经安放不下一张平静的书桌了"。随着抗日救国的热潮不断地在全国高涨，身处校园之中的刘骏达脑海中时常浮现出"天下兴亡，匹夫有责"八个大字，随时准备为民族独立献身。1935 年的 12 月 9 日，当北平的清华大学、燕京大学和东北大学等高校的游行示威队伍经过辅仁大学的时候，早就等候在校门口的刘骏达振臂高呼"打倒日本帝国主义""驱逐日寇，还我河山"，随之带领辅仁大学的学生加入了游行队伍。虽然在游行过程中颈部受伤，但他依然跟

---

① 夏杨. 革命烈士刘骏达［A］//中国人民政治协商会议四川省德阳市市中区委员会文史资料委员会. 德阳市文史资料选辑·第 8 辑. 内部资料，1989：193-202.

随队伍继续前行，展现了强烈的抗日救国的决心和斗志。但是，在一些相关资料的"一二·九"运动的活动名单中却未能将他记录在内，辅仁大学校史对此专门做了说明①。

"一二·九"运动遭到反动派军警的武力镇压，进一步激发了人民群众的愤怒之情。第二天，北平学联组织全市学生进行总罢课，同时伺机举行一场更大规模、更具声势的示威游行活动。国民党当局计划于12月16日成立冀察政务委员会的消息，便成为游行示威的导火索，北平学联决定在当日举行示威游行活动。游行当天，北平地区的学生和市民共计1万余人再次走上街头，高举学校校旗和"反对华北特殊化"等横幅直奔冀察政务委员会预定成立地点——东郊民巷口的外交大楼。当游行队伍走到前门时，被大批警察和保安队员拦截。此时，刘骏达被推为代表与反对军警进行交涉和说理斗争，要求打开城门让游行队伍通行。经过反复交涉直至午夜，游行队伍才被允许分批由前门和宣武门进入城内，最终迫使国民党当局延迟冀察政务委员会的成立日期。经过这次斗争，刘骏达的革命精神愈加振奋，抗日意志更加坚定。

在这次游行活动取得阶段性胜利之后，为了进一步扩大胜利成果和发动更多的抗议活动，平津等地学生南下扩大宣传范围，随后杭州、广州、武汉、天津、南京、上海等地相继举行游行示威活动，宣传抗日救国。1936年2月，因革命宣传工作的需要，在平津学生南下宣传团的基础上成立了中国共产党的外围青年学生组织——"中华民族解放先锋队"②（以下简称"民先队"），它是中国共产党领导创立的青年抗日救亡团体。成立之初，刘骏达就加入了该组织。之后，在民先队的组织和领导下，他协助地下党组织了6月13日北平各大中学生的罢课斗争，举行了"抗日救亡示威大游行"等活动。1936年的暑假，刘骏达参加了共产党组织的以培养抗日活动骨干力量为目的的夏令营活动，在此期间，他如饥似渴地学习马列主义相关理论知识，提高了思想觉悟和政治斗争水平。1937年的暑假，刘骏达再次利用假期时间参

---

① 北京辅仁大学校友会. 北京辅仁大学校史1925—1952 [M]. 北京：中国社会出版社，2005：526.

② 民族解放先锋队是1936年2月在平津学生南下扩大宣传团的基础上创立的。民先队员原籍隶属各省市的都有，他们与家乡爱国同学联系，发展队员，在所在地区成立当地民先组织。

加了红二十九军专为大学二年级学生举办的为期 3 个月的军训。训练过程中，刘骏达与民先队员和地下党员密切配合，利用一切时机积极宣传抗日救国活动，并伺机开展训练队伍中的国民党士兵和学生的策反工作，发展革命力量。

1937 年"七七"事变爆发之后，日本大举进犯华北地区，当地的学生和人民群众被迫向外流亡。此时，刘骏达搭乘火车穿过一路封锁来到了山东烟台，参加了当地的"平津学生流亡同学会"工作。随后他进入济南抗日宣传动员会训练班学习理论知识，结业之后赴山东滨县担任滨县宣传动员委员会副主任，在滨县及其附近地区组织开展了一些抗日宣传活动。不久山东被日军侵占，刘骏达与组织失去了联系，操着四川方言的他在当地难以立足，有随时暴露身份的危险，不得已刘骏达只能再次化装潜行，经长途跋涉之后于 1938 年 2 月回到了家乡四川的万县。这种被迫流亡、报国无门的无奈在他写给家人的信件中跃然纸上，他写道，"……欲上不能，欲下不可……回顾自身，依然故我……看日寇铁骑，践我中华……思我回天无术，愧为中华儿女！……"①在这种思想的煎熬中，刘骏达艰难地度过了几个月。1938 年夏，经过千辛万苦之后，刘骏达终于在四川大学找到了中共地下党员，同时也是他在辅仁大学就读时的同学刘国瑞。他感慨道："我经过滨县的工作和斗争以及一年来的颠沛流离，已经深刻体会到，没有党的领导，个人纵有天大的雄心壮志，也是寸步难行，一事无成的。"②因而，他强烈申请加入中国共产党。经刘国瑞介绍和中共川康特委批准，刘骏达于 1938 年 7 月光荣地加入了中国共产党。

有了明确的党员身份之后，刘骏达对自己的思想和工作提出了更加严格的要求，也在当地党组织的领导下有计划地开展革命工作。这一年的秋天，在川康特委秘书长张文澄的安排下，刘骏达前往什邡中学任教，作为身份掩护。同时，他想方设法说服自己的父亲刘启文和家人衡淑芳，把自己家庭创办的"刘一记杂货铺"作为党的活动接头地点。在这个杂货铺的掩护下，刘骏达经常以宴请辅仁大学同学的名义，邀请各方人士来此聚会，为刘国瑞开展党的工作提供了极大的方便。1938 年秋季，

---

① 夏杨. 革命烈士刘俊达［A］//中国人民政治协商会议四川省德阳市市中区委员会文史资料委员会. 德阳市文史资料选辑·第 8 辑. 内部资料，1989：90-98.

② 夏杨. 革命烈士刘俊达［A］//中国人民政治协商会议四川省什邡县委员会文史资料工作委员会. 什邡文史资料·第 4 辑. 内部资料，1988：90-98.

经过党组织的允许和指示，刘骏达前往陕西城固的国立西北联合大学（以下简称"西北联大"）继续完成学业。

## 三、担任西北联大支部书记推动党的学校工作

1938年秋季开学后，刘骏达进入西北联大历史学系继续完成学业。时任系主任为著名学者李季谷教授，教授中有陆懋德、谢兆熊、许重远、胡鸣威、许寿裳等人。在校期间，他与进步教师和著名学者许寿裳教授来往较多。《许寿裳日记》（1940年8月19日，星期一）有："午有警报"，"晚七时风雨，刘骏达、刘仿畴来"。1940年12月6日（星期五）在重庆，又有"刘骏达来"①。可见在校期间两人一直有联系（孟子奇、李昌伦等进步学生也常到许家）。因而，在学校解聘许寿裳等12名进步教授事件中，刘骏达组织学生进行抗议，发动学生去听许寿裳先生的课，与国民党和三青团的学生针锋相对，粉碎了学校当局的阴谋。他在校期间还收获了甜蜜的爱情，与同班同学马力可②成为亲密战友。后来，刘骏达在与马力可的结婚合照上写道："力可与我结婚了，今后我们要互相敬爱，互相勉励，为我们理想奋斗，为前途努力。凡有利于人群之事，不计待遇之厚薄，位置之高下，皆乐为之，这样方不辜负我们结合的意义。"③

在学习之外，刘骏达将更多的精力投入了中共西北联大地下党的活动。由于他对同学总是热情关照和帮助，因此被大家亲切地称为"刘大哥"，在他身边团结了一大批进步的青年学子。他按照"耐心说服落后，争取中间，壮大进步势力"的方针，组织学生开展下乡宣传，领导"联大剧团"与国民党的"新生剧团"做斗争，引发

---

① 黄英哲，等. 许寿裳日记1940—1948［M］. 福州：福建教育出版社，2008：578.

② 马力可（1914—1988），曾用名马洛林，河南杞县人。1939年7月加入中国共产党。1941年毕业于国立西北大学历史学系。被捕时任四川省女师训导主任。中华人民共和国成立后，历任成都市人民委员会副秘书长、成都市教育局副局长、全国政协委员、第七届全国人大代表、成都市政协第八届副主席、民进中央委员兼四川省副主任委员、民进成都市主任委员等。

③ 阮晋柏，李世英. 坚贞不屈的学者教师刘骏达烈士［M］//成都市政协文史学习委员会. 成都文史资料选编·解放战争卷（上）：黎明前夜. 成都：四川出版集团，四川人民出版社，2007：672-682.

图 10-2　刘骏达在与马力可结婚照背面的题词

了声讨汪精卫卖国投敌的《快邮代电》，对于西北联大的抗日救亡活动起到重要的推动作用。1939 年 3 月，中共西北联大支部书记刘长崧、支委郑登材、党员李昌伦被捕，刘骏达临危受命为中共陕南学校工作委员会负责人，并兼任中共西北联大支部书记，领导西北联大的党员同志沉着镇静地应付险恶局面。同时，他还负责领导洋县国立七中、城固南乐中学、文治中学、简易师范学校党组织的活动。

在刘骏达担任西北联大支部书记之后，他改变了过去以"中华民族解放先锋队"为名义开展活动的做法，而采取了更加隐蔽和合法的学生社团形式（当时有青年习作会、日本问题研究会、展望社、自励社、自修社、译丛社、文艺学习社等），传播马列主义，宣传中国共产党的政治主张，将一大批同学团结在了党的周围或推荐他们加入了中国共产党。比较突出的有陆玉菊（里林，曾任广西壮族自治区人民政府副主席）、陈志立（陈越平，曾任广东省委常委、宣传部部长）、王绍祖（毛岚，曾任陕西省委副秘书长兼省广播电台台长）、胡治珩（吴峰樵，曾任冶金部钢铁研究院副院长）、江效楚（江剑秋，曾任湖北省教育局副局长）等均是在此期间发展入党的。

作为西北联大党支部负责人，刘骏达利用一切社团活动和斗争活动来发现和培养积极分子，而且在发展党员的过程中十分注重程序问题和党员革命意识的培养。他要求吸收的新的党员必须要在郊外举行入党宣誓，党员在预备期间要进行革命气节教育，党小组或单线联系的党员同志要尽可能地参加组织生活和个人谈话。此外，为了帮助党员了解和熟悉党的理论知识，他还与其他支委讨论编写了《国际主义与民族主义》《共产主义与三民主义》《共产党与国民党》等革命理论宣传册，作为党员的日常学习材料。总体而言，西北联大党支部的组织建设和教育工作在刘骏达的主持下发展得有声有色，他在介绍学生奔赴前线和前往延安等方面也作出了突出的成绩，也因此引起了国民党当局和教育部的注意。即便如此，在教育部部长陈立夫等人亲自前往西北联大镇压学潮的过程中，他仍然保护了党组织的正常运作。1940年夏，陕西驻军祝绍周加紧了对共产党组织的破坏，形势十分险恶，中共地下党汉中工委确定个别较有影响的党员可在毕业前离开西北联大，以避开敌人的抓捕，党组织关系暂时不动，到达新地点后再联系相关事宜。在这种背景下，刘骏达离开了西北联大，回到家乡四川。

## 四、辗转各校争取革命取得最后胜利

刘骏达到达成都时正值第二次国共合作破裂之际，在一片白色恐怖之下，学校的共产党员和党所领导的抗日革命活动都不得已转入隐蔽斗争，共产党员只能以个人的身份组织和参加抗日救亡民主革命运动。此时，党中央要求各地共产党组织实施"隐蔽精干，积蓄力量，长期埋伏，以待时机"的作战方针，要求党员"各自为战"，采取"勤业、勤学、勤交友"的独立作战方式开展革命工作，借此打开新的工作局面。在家养精蓄锐、深居简出一年半之后，刘骏达为了寻找立身之处，先是受聘于四川省立艺术专科学校任教，后来应聘到西迁成都的金陵大学"中国文化研究所"从事助理研究员的工作，在原西北联大教授丁山，以及清华教授陈寅恪、钱穆等人的指导下从事史学研究工作。在此工作期间，他潜心研究了许多历史学家的名著，可以把王国维的《观堂集林》部分章节背诵如流，并撰写了《蜀文化考》《长沙出土文物考证》等著作，在史学研究方面取得一些成果。凭借扎实的史学功底和研究成果，刘骏达又相继通过了研究所的研究员考试，获得了所内领导和同事的一致认可。在学术研究之外，刘骏达还积极联络所内同事和在蓉的同学朋友组织了"联谊会"和"转转会"等群众性组织，利用开展活动的机会广交朋友，为后期开展革命工作奠定了必要的基础。

1945年抗日战争取得胜利之后，金陵大学复员南京，刘骏达转往成都石室中学任教，同时还兼任四川大学师范学院和先修班的讲师。石室中学的前身是1902年由锦江书院发展而来的成都府中学堂，因其校址在汉景帝末蜀郡守文翁所建的"文翁石室"而得名；2000余年来，一直作为各个朝代郡州府一级的"官学"办学所在地，具有悠久的办学传统和良好的文化氛围。学校具有光荣的革命传统，辛亥革命前后的郭沫若、李劼人、周太玄、魏时珍、王光所及新民主主义革命时期的李一氓、贺麟、苟清泉等先后在此就读。身处这样一个充满革命血统的学校，刘骏达为自己不能开展革命工作而感到彷徨和无助。随着蒋介石发起的反共反人民内战的持续，刘骏达对国民党的统治彻底失望，此时的他渴望立即回归组织，在党的领导下推翻蒋家王朝。与此同时，随着革命工作的需要，党中央也逐渐开始联络各地党员同志，为争取最后的革命胜利积聚力量。此时，中共成都市委负责领导中学革命活动的赵文锦通过地下党员胡理和联系上了刘骏达，从而刘骏达恢复了与党组织的正常联系。久久沉寂的刘骏达如鱼得水，以全新的思想和理念投入新的革命之中。

随着解放战争的不断推进，处于国统区的西南大后方——成都，全社会濒临崩溃，通货膨胀恶性增长，物价直线上升，市场粮食供应十分紧张。面对此种情形，教职工的薪资没有增加反而打八折后发给，致使大部分教师食不果腹、衣不遮体，情形十分惨烈。国民政府面对人们的要求视若无睹、漠不关心，进而导致了一场反饥饿的大罢课游行活动。1948年秋，刘骏达联合成都地区其他中学的党员同志，通过之前创办的"转转会"和"联谊会"等组织联络和团结了更多的进步师生，成立了"教职员联谊会"和"校长联谊会"两个组织，并以此向省政府和省教育厅提出两项要求，即每月提前发足薪金和每人配发食米一石的最低生活要求。国民政府口头答应但实际不落实的行为引发了人民群众极大的愤慨，这也成为第一次罢课示威游行活动的直接导火索。10月25日起，省立各学校全体教师罢教，并以"教职员联谊会"的名义召开了记者招待会。会上,刘骏达对外宣布:"枵腹从公,实为不可能之事,因要吃饭,才有精神,今天连饭都没有吃的,对于本会会员所负责任,实难尽到……爰经本会代表决议,从今日(25日)起,全体一致请假,另谋生计。"①政府迫于压力不得不同意按月提前发放薪金,并补发了9、10两个月的欠薪,同时向教师拨付大米。"反饥饿、争温饱"的罢教示威活动取得了阶段性的胜利。

1949年春,人民解放战争形势良好,人民武装已经逼近长江北岸。此时,为了配合革命战争的正面战场,成都地下党组织计划再度掀起一场大规模的敌后斗争运动,以此加速国民党反动政府的灭亡进程。如果第一次的斗争被动成分较多的话,那么这一次斗争则是共产党人的一次主动出击,是对国民党腐朽统治的一次痛击。按照党的安排,刘骏达作为石室中学的教师代表加入"教职员联谊会",积极加入这次活动中来。他奔走于成都各学校之间,并作为"成都市中小学教师争温饱请愿团"的首席代表,向省政府和教育厅发出请愿书,向全社会公开发布"告社会人士书",宣布从3月28日起全市各省立学校教师全体罢教。与此同时,为了进一步扩大游行活动的规模,刘骏达组织和发动曾担任过班主任的石室中学的进步学生,利用"石室中学学生自治会"(以下简称"自治会")这一学生组织发起了一场全校性的尊师运动。随后,"自治会"学生走出学校,与地下党外围组织的同学一起将活动扩大成了"成都市学生尊师会"(以下简称"尊师会"),与教师组织的罢教活动交相呼应,掀起了成都地区的一场教育领域的革命斗争。为了帮助和指导学生自治会顺利开展活动,刘骏达经常与学生运动中的进步分子和组织者互通消息,帮助他们分析斗争的发展形势和下一步的计划,在革命思想、斗争策略和斗争方法等方面给予了一定的指导。"尊师会"在刘骏达等进步教师的指导下,组织开展了请愿示威、街头宣传和公开募捐等活动,并向"教职员联谊会"公开献旗和献金,"尊师会"和"教职员联谊会"相互配合,对以王陵基为首的国民党反动派给予沉重的打击。4月17日,在地下党的领导下,全市"尊师会"成员齐聚少城公园召开了一场万名青年学生参加的尊师大会,参与者群情激愤,发表演说和表演节目,"桃花香,李花香,尊

---

① 阮晋柏,李世英. 坚贞不屈的学者教师刘骏达烈士[M]//成都市政协文史学习委员会. 成都文史资料选编·解放战争卷(上):黎明前夜. 成都:四川出版集团,四川人民出版社,2007:672-682.

师大会闹嚷嚷，不是为了要闹事，为了先生饿断肠……"这样的歌声和呼喊声响彻广场，引得路人也是义愤填膺，参与其中。

"教职员联谊会"和"尊师会"的相互配合和齐步推进，急得国民党成为热锅上的蚂蚁，进而恼羞成怒，安排特务组织开始对游行示威的师生进行疯狂的抓捕。关于刘骏达的被捕经过，根据当时在"四川省党部调查统计室"①工作的郑万禄回忆说："刘骏达是为孟齐民密报，为张元佑和沙明等人所捕。"②孟齐民在当时担任成都第一女子师范学校的教务主任，但其真实身份是国民党中统直属特务机关"四川省党部调查统计室"中专门负责调查各大专院校地下共产党、民主党派和革命师生的职业情报特务。在1948年下半年，刘骏达发起和领导的成都市中小学教师加薪请愿活动中，孟齐民以成都女师教务主任的名义加入请愿团中，借机打探该团的发起者和领导人，以及参加请愿活动其他人员的身份等情况。在了解情况之后，孟齐民认定刘骏达就是此次活动的发起人，并将他收集到的刘骏达鼓动大家团结一致、反对国民党发动内战、要求民主自由和改善中小学教师生活待遇等方面的讲话，写成一份秘密情报交到四川省调查统计室情报科，并特别注明："刘骏达的言行极为激烈，可能是共党分子"③。看到这个情报之后，为进一步核实刘骏达的身份问题，他们再次将情报函转至省特委会进行复查处理。经过复查之后，他们确定了刘骏达的党员身份。1949年4月19日，借国民党在成都搞大逮捕活动的机会，四川省党部调查室派张元佑和沙明等特务分子在石室中学的宿舍逮捕刘骏达夫妇二人，将他们交到了省特委会的关押室。

---

① 1937年，蒋介石为了糅合复兴社特务处和国民党中组部调查处两个特务组织的内在矛盾，成立了"军事委员会调查统计局"，陈立夫任局长。原国民党中央组织部调查处编为第一处，徐恩曾为处长；原中华复兴社特务处编为第二处，戴笠为处长。1938年，蒋介石把军事委员会调查统计局的第一处扩编为国民党中央党部调查统计局，简称中统局，原第一处处长徐恩曾升任局长；把军事委员会调查统计局第二处扩编为军事委员会调查统计局，简称军统局，由军事委员会委员长侍从室主任贺耀祖兼任局长，原该局第二处处长戴笠升为副局长，实际上由戴笠负责。此处的"四川省党部调查统计室"为中统局在四川的一个下设机构。

② 郑万禄. 侦捕刘骏达先生之经过［M］//中国人民政治协商会议四川省成都市委员会文史资料研究委员会. 成都文史资料选辑（第14辑）十二桥惨案专辑. 成都市政协文史资料委员会，1986：134.

③ 中国人民政治协商会议江苏委员会，文史资料研究委员会. 江苏文史资料选辑·第23辑：中统内幕［M］. 南京：江苏古籍出版社，1987：269.

## 五、血洒成都十二桥　革命精神永垂不朽

刘骏达夫妇二人被捕后不久，时任四川省女师训导主任的刘骏达夫人马力可在狱中小产，因此得以保释就医而出狱。刘骏达在狱中依然表现得坚贞不屈、视死如归。面对敌人的严刑审问，他始终以"三不原则"应对狡猾的特务，即不承认自己的党员身份、与其他人员不相干、不知道他人的任何消息，敌人未能从他的口中得到任何消息。看到这种威逼利诱的手段起不到作用，特务们企图用更加残忍的心理摧残来获取秘密，他们一整天不给刘骏达吃饭喝水，有时还把他放在太阳底下暴晒，但他强忍着饥饿和干渴，从不向敌人低头服输，最后敌人还是一无所获，只能作罢。

在长达 7 个半月的监狱生活中，刘骏达不仅自己未暴露任何党的信息，还经常给被捕的革命同志和青年学子讲述革命道理和战斗前途，鼓励他们要树立坚定的革命信仰，相信革命在不久的将来一定会取得最终的胜利。在他的宣传和鼓舞下，被捕的同志都做到了守口如瓶，与敌人在狱中展开了各类斗争。在牺牲的前几天，刘骏达感觉到事态不好，他放心不下自己的革命战友和妻子马力可同志，就托人给马力可送了一本《多桑蒙古史》，并用火柴头在书边写下了"忠贞、谨慎"的遗言，[①]这既是表达他对共产主义事业的忠诚，也是给保释出狱的妻子的嘱托和希冀。

1949 年 10 月 1 日，中华人民共和国宣告成立。但是，大势已去的蒋介石集团仍然不甘心失败，妄想以西南为基地、四川为据点进行最后的负隅顽抗。这一年的冬天，丧心病狂的国民党在穷途末路之际，开始了撤离前的疯狂屠杀。在 9 月至 11 月间，国民党对重庆渣滓洞和白公馆等处关押的革命志士进行了惨无人道的大屠杀，包括杨虎城在内的死难者有 331 人。在 12 月 27 日成都解放前，军统特务又接到上级命令，将成都地区的各级特务组织关押的共产党员、革命青年和其他爱国人士全部处死，进而制造了震惊全国的"十二桥大惨案"。[②]12 月 4 日，特务们将关押在玉带桥稽查处看守所的"川西解放组"成员刘仲宜、云龙和彭代悌 3 人杀害于抚琴台王

---

[①] 德阳市地方志编纂委员会. 德阳市志（下）[M]. 成都：四川人民出版社，2003：1930.

[②] 四川省教育科学研究所. 可爱的四川·教师教学用书（七年级上）[M]. 成都：四川人民出版社，2009：97-98.

**图 10-3** 十二桥烈士殉难地纪念碑

建墓的甬道里。12月7日午夜12时至次日早上8时，2辆刑车和16名行刑队的刽子手在十二桥西南200米处的一个防空壕里杀害了32位革命烈士。这些烈士被带出监狱后就被敌人用棉花塞住了嘴巴，用白布条蒙住了双眼，用麻绳反缚双手押上囚车。整个杀害过程极其残忍，每次行刑由挎刀携枪的四名刽子手夹持两名革命志士下车，后顺着一条田间小路前行到一块菜地旁边，刽子手先用刺刀戳刺，然后再用手枪射击，随后将尸体抛进旁边的防空壕中，浅浅掩埋之后就离开。就这样来来回回跑了8趟，将32位革命志士全部杀害在了十二桥附近。

成都解放两个月后，有知情人士向政府报告了烈士们的被害情况和遗体下落。1950年1月，成都市军管会分三次在十二桥和王建墓甬道挖出了35位烈士的遗体。1月19日，川西临时军政委员会召开了成都市各界人民公祭殉难烈士大会。1月20日，35位烈士连同在重庆白公馆牺牲的周从化烈士一同被安葬在青羊宫烈士陵园，全市各界人士代表参加了隆重的公葬典礼。在这36名烈士中，有中国共产党党员14人，还有中国国民党革命委员会委员4人、中国民主同盟盟员5人、党的外围组织成员7人，以及其他革命志士6人。成都解放的前夜，穷途末路、疯狂至极的国民党将这些革命先辈永远留在了这个天府之国，让他们永远在这里驻望着他们为之奋斗的美丽蓉城，也让生活在这里的世世代代的后来人知道美好生活来之不易。1961

年，十二桥死难烈士墓被列为省级文物保护单位，同时政府建立了庄严雄伟的"十二桥死难烈士墓"碑，对他们做永久的怀念。

学究九丘，石室云霞舒壮志。

桥名十二，锦江芳水唱先生。①

这既是人们对刘骏达的赞誉与怀念，也是对刘骏达短暂人生的回顾与总结。自25岁进入辅仁大学求学起，他就开始了自己的革命人生，即使入狱后面对凶残的敌人也是以死相对，给狱中难友们留下了"刘骏达同志非常坚强"的印象。②他虽然为革命牺牲了，但他永远活在人们的心里。

（伍小东）

---

① 中共成都市委党史研究室. 蓉城英烈［M］. 成都：成都时代出版社，2007：128-129.
② 遂宁市志编纂委员会. 遂宁市志·下［M］. 北京：方志出版社，2006：2052-2053.

# 第十一讲

## 策反被囚：
## 西大教授傅鹤峰为汉中解放献身

> 傅鹤峰（1895—1949），1912年考入西安三秦公学，1916年毕业于1915年由西安三秦公学与西北大学附属中学合并而成的陕西省立第三中学。1939年起相继任国立西北联合大学讲师、副教授兼课外活动组主任、知识青年志愿从军委员会委员兼宣传股股长等。1949年10月2日，受中共西北局委托，回汉中做陕西省主席董钊的策反工作时被捕。1949年12月2日被押往成都，22日在成都西门外金牛坝被活埋，时年54岁。中央人民政府给傅鹤峰烈士的家属颁发了以毛泽东主席名义签发的光荣纪念证。其女儿傅亦民为汉中第一位女共产党员。

关于傅鹤峰的研究资料主要来源有三。其一，来源于陕西省、汉中市和城固县这三个地方对其事迹进行的宣传和纪念。其二，来源于其好友张养吾、田克恭和学生黄勉初在其殉难周年纪念所写的文章。张养吾在其殉难44周年纪念时写了《傅鹤峰先生为革命牺牲的精神永存——纪念傅鹤峰先生殉难44周年》[1]，田克恭在其殉难40周年纪念时写了《一片赤诚为人民——纪念傅鹤峰烈士牺牲四十周年》[2]，黄勉初在其殉难36周年纪念时写了《怀念傅鹤峰老师——革命烈士傅鹤峰殉难三十六

---

[1] 张养吾. 张养吾民族工作文集[M]. 北京：民族出版社，1995：261.
[2] 张斧，欧阳文彬. 秦巴忠魂[M]. 武汉：中共武汉市印刷厂，1994：21-24.

图 11-1　傅鹤峰（1895—1949）

周年纪念》①。其三，来源于《秦巴忠魂》②中收录的关于其家人傅亦民、傅赓珍、李德渊、张斧（傅赓善）所写的回忆录，以及傅赓时在《金秋》杂志发表的文章《纪念我的父亲傅鹤峰烈士》③。其中，在《秦巴忠魂》一书中，傅亦民写了《纪念我的父亲》，傅赓珍写了《忆叔父傅鹤峰》，李德渊写了《忆四舅傅鹤峰》，张斧（傅赓善）写了《难忘的一九四九，深切怀念革命烈士傅鹤峰》。其事迹先后载入《师范群英光耀中华》④《城固县志》⑤《中共陕西历史人物传》⑥《中华著名英烈》⑦《汉中地区志·卷三十三》⑧《陕西近现代名人录》⑨《衔命东来：话说西北联大》⑩。其简介列

---

① 汉中市委员会文史资料研究委员会. 汉中市文史资料（第四辑）[M]. 汉中：汉中市文史资料研究委员会，1986：65-71.

② 张斧，欧阳文彬. 秦巴忠魂 [M]. 武汉：中共武汉市印刷厂，1994：1-116.

③ 傅赓时. 纪念我的父亲傅鹤峰烈士 [J]. 金秋，2020（3）：52-54.

④ 王福成，庾国斌，孟宪柱. 师范群英光耀中华 [M]. 西安：陕西人民教育出版社，1994：33-40.

⑤ 城固县地方志编纂委员会. 城固县志 [M]. 北京：中国大百科全书出版社，1994：803.

⑥ 中共陕西省委党史研究室. 中共陕西历史人物传（第四卷）[M]. 西安：陕西人民出版社，2001：400-413.

⑦ 中华人民共和国民政部. 中华著名烈士·第二十七卷 [M]. 北京：中央文献出版社，2003：715.

⑧ 汉中市地方志编纂委员会. 汉中地区志（第四册）[M]. 西安：三秦出版社，2005：2013.

⑨ 梁星亮，李敬谦，陕西省中共党史研究会. 陕西近现代名人录（第五集）[M]. 西安：西北大学出版社，2006：385.

⑩ 姚远. 衔命东来：话说西北联大 [M]. 西安：西北大学出版社，2017：432-434.

入《陕西人物词典》《汉中名人录》《城固县名人大全》。

## 一、少年受教　初立报国之志

傅鹤峰，名瀛，字鹤峰，1895年10月27日出生于陕西省城固县原公镇，在家中排行老四。傅鹤峰的父亲傅次舟是一位私塾先生，在他的少年时代，父亲常对他讲述戊戌变法失败、八国联军侵略、清政府签订条约、割地赔款等历史事件，以此教育他进学堂后努力读书、报效祖国，并且为人处世要"践履笃实"，他铭记在心。长兄傅严常向傅鹤峰说："我系清末秀才，曾任职官府，深感仕途腐败，后弃官致力桑梓教育事业。弟聪颖过人，宜于学术上有所成就，对祖国有远大抱负。"①父亲的庭训、兄长的教诲，都给幼年的傅鹤峰以极大的影响，使他初步萌发了报国雪耻之志。

1902年春，7岁的傅鹤峰进入本村刘家祠堂读私塾。由于他天资聪颖、学习刻苦，加之家教有素，因此他不但能背诵所学课文，而且能吟诗作词，深得老师好评。

1906年，傅鹤峰考入城固县立高等小学堂（今考院中心小学）。当时学制为四年。他在学校读书用功，品学兼优。

1912年春，16岁的傅鹤峰考入西安三秦公学（西北大学前身）。这一年辛亥革命爆发，学校暂停办学，因此傅鹤峰辍学旋里，在家自学。1913年春，他返校就读。1915年，该校与西北大学附属中学合并为陕西省立第三中学，1916年他毕业于陕西省立第三中学。

## 二、北京读书　投身五四运动

1916年秋，傅鹤峰考入北京高等师范学校（今北京师范大学）。他天资聪颖，思想活跃，除了保持优良的学习成绩外，还担任学生会职务，积极参与社会活动。

五四运动前后，他是北京高等师范学校学生会负责人之一，直接参加了这次反

---

① 中共陕西省委党史研究室. 中共陕西历史人物传（第四卷）[M]. 西安：陕西人民出版社，2001：400-413.

帝反封建的爱国运动。五四前夕，当北京各大学获悉腐败的北洋政府正准备在巴黎和会上签字的消息后，他和北京高等师范学校的同学们积极参加了各大专院校学生在一起召开的会议。5月4日这天，他与其他师生一起，踊跃参加了在天安门前举行的游行示威集会，并在街头演讲、张贴标语、散发传单。为了唤醒民众继续开展斗争，他与同乡卢华亭等人发起组织陕南旅京同乡会，成立励进社，创办《励进》①刊物，揭露了陕西督军和汉中军阀吴新田的罪行。②

## 三、回陕任教　创办师范教育

### （一）创办汉中省立第五师范学校（后改名为汉中师范）

1920年夏，25岁的傅鹤峰从学校毕业。他经过五四运动的洗礼，立志革新社会，走教育救国之路。大学毕业后，傅鹤峰东渡日本。在日本期间，他深受启发，深感祖国教育十分落后，要立志振兴。回国后，他践行初心，献身教育事业，在1921年到1924年间，傅鹤峰先后任教于安徽省立贵池师范、陕西省立第三中学、汉中道立单级师范。

1924年，傅鹤峰受陕西省教育厅的委派，回汉中创办省立第五师范学校（后改名为汉中师范）。是年春，傅鹤峰担任该校校长。20世纪20年代的汉中，由于交通封闭的自然状态和长期以来封建势力的盘踞，经济、文化十分落后，教育事业缺少经费、缺少师资，更谈不上什么发展和提高。乡村里尚有不少私塾，汉中城内仅有两所高小和三所初小，中学则有12县合办的联合中学、南郑县立中学和职业中学三所学校。傅鹤峰就是在这种情况下筹办了著名的省立第五师范学校，这是他从事师范教育的起点。

---

①《励进》刊物于1919年夏由汉中旅京学生励进会创办，旨在团结救国，反帝反封建，促进新文化，改进汉中地方弊政。由北师大学生傅鹤峰（城固人）创办，北京农大学生阎柏松（西乡人）任编辑。该刊发行于全国大专院校和汉中十二县学校。1920年后，因汉中旅京学生相继毕业离京而停刊。

② 中共陕西省委党史研究室. 中共陕西历史人物传（第四卷）[M]. 西安：陕西人民出版社，2001：402.

傅鹤峰为筹办这所学校呕心沥血，历尽艰辛。1943年7月，他在该校《大事记》序言中略述了这一学校创始的梗概："一九二四年，陕西教育厅为推广师范教育起见，决定设省立第五师范于汉中。是年七月，委任傅鹤峰为筹备员。傅鹤峰八月十一日就职，随即组织筹备处于南郑（今汉中），聘请职员，勘择校址。九月呈请汉中道署，划拨南郑西门外汉中道立苗圃北段四十亩（2.77公顷），及道立单级师范学校全部为校址。次年一月，教育厅委任傅鹤峰为该校校长。二月二十日，聘请教师职工，招收新生，并选定南郑西门内罗祖庙为附属小学校址，附小亦同时开办。三月二十四日新生上课。四月四日举行本校成立典礼。宣布校训五条，曰健康、秩序、真确、宏毅、互助，当时员生每人植树一棵，以留纪念。"①

为扩建校舍，傅鹤峰主持在1925年5月开工建筑一座大楼，6月19日举行奠基仪式。但8月初旬由于淫雨成灾，致使该校原有40余间平房全部塌陷，正施工的大楼工程被冲毁，各种校具多被损坏。这年秋开学时，傅鹤峰带领教职员工克服困难，让老师分散住宿，将学生分在附小上课，又租附小西邻民房为附小校址，终于按时开学。他后来在回忆总结这一情景时写道："艰难困苦，莫此为甚，然卒能按期开学，不稍迟延，实教职员共同奋斗之力也！"同时，他又呈请教育厅拨发经费，重建校舍。在修建大楼中，因经费不足，以致停工。傅鹤峰心急如焚，把家里十多亩地卖掉，得来的钱全部资助建校。在该校创建中，他经受挫折而百折不挠，并竭尽自己心力和财力使该校建成。创建伊始，傅鹤峰从京津沪等地和省城聘请进步人士任教，提倡民主与科学，成为汉中地区最早广泛传播新文化、新思想的中等专业学府。

在校期间，傅鹤峰不仅担任着繁重的教学和行政事务，而且充当汉中旅沪学生出版的革命刊物——《汉钟》②在汉中代派处的义务代派者，为传播新文化、宣传新

---

① 傅鹤峰. 陕西省立汉中师范学校大事记·国民党政权案卷14号［A］. 汉中：汉中市档案馆，1943-07.

②《汉钟》主要向旅居上海、北京、西安、杭州、南通等地的汉中籍学生及汉中教育界发行。1924年9月刘秉钧担任该杂志主编后，其革命色彩逐渐变浓，先后发表刘秉钧及何挺颖的文章，鼓吹革命，介绍苏俄对华政策。1925年，《汉钟》杂志的编辑和部分撰稿人投入"五卅"运动中，随后出刊转载瞿秋白的文章，报道"五卅"惨案真相，鼓动在沪陕籍学生投身革命，一批汉中籍旅沪学生在斗争中成长为共产党党员。该杂志从1923年10月10日在沪创刊的第一期起到1925年2月10日出版的第九期，其封面上在"代表处"栏里的"汉中"项均载"单级师范学校傅鹤峰先生"。该刊缺第十期，在1925年12月10日出版的十一期封面的"代派处"栏里，载为"汉中：陕西省立第五师范学校傅鹤峰先生"。

图 11-2　1925 年 7 月 6 日，陕西省立第五师范暨附属小学全体教职员学员在新建楼基合影（前排右起第五人为校长傅鹤峰先生）

思想、革新社会、改造汉中竭尽全力。

1925 年"五卅"惨案爆发后，傅鹤峰召开全校师生大会，在会上痛斥日本帝国主义的丑恶罪行，组织师生游行示威，在汉中最先掀起了反帝爱国运动。其学生黄勉初回忆说道："当时正值国共合作之际，傅老师以其国民党南郑县党部委员的身份，无论哪次纪念大会他都亲自参加登台演说，向青年和广大群众进行爱国主义教育。"[①]

### （二）重建汉中省立第二女子师范学校

1927 年，傅鹤峰担任陕西省督学。1929 年 10 月，省立第二女子师范学校校长辞职，傅鹤峰接任该校校长。该校由黄锡九于 1928 年秋创建，既无固定校址，又无设备。他接任校长后，日夜操劳，各方奔走，在各界人士支持下，迅速在汉中管子街（今青年路）将原昭忠祠改建为初具规模的校舍，并购置了一些简单的教学设备，解决了一系列具体困难，使省立第二女子师范学校逐步得到发展。

---

[①] 汉中市委员会文史资料研究委员会. 汉中市文史资料（第四辑）[M]. 汉中：汉中市文史资料研究委员会，1986：66.

## 四、就职南京　上书挽救乡梓

1931年秋,傅鹤峰担任南京国民政府于右任领导的监察院秘书处总务主任。当时陕南连遭大旱,民不聊生,傅鹤峰和陕南同乡得到消息后,为拯民于水火之中,他联合南京的陕南同乡168人,于12月24日呈文陕西省政府主席杨虎城《陕南旅京同乡为请求免除苛捐杂税及切实剿匪救灾并撤销政治专员第一次报告书》及缮具《说帖》。

此报告书历述了陕南的不幸,天灾人祸相逼而来,自军阀刘存厚、吴新田以迄于今,无不视陕南人民为鱼肉,横征暴敛,竭泽而渔,苛捐杂税有加靡已,益以凶旱连年,资匪遍地,陕南人民茹苦忍痛,听其宰割,水深火热,民不堪命等悲惨情景。并在《说帖》上提出了减除苛捐杂税和救灾等三大项十多条拯民的具体意见。接着旅京同乡又开会讨论决定,从168名陕南同乡中推定刘次枫、胡超吾、高翰湘、刘子勤、傅鹤峰、熊文涛、龙博珊等16人为代表,赴邓府巷陕西省政府驻京办事处面呈杨虎城主席,未遇,后由陕西省财政厅厅长李志刚代杨虎城按所呈《说帖》逐项做了具体答复。陕南16名同乡代表在向陕南父老兄弟的第二次报告中说:"答复情形如果能逐条办到,陕西人民痛苦可稍减。"杨虎城于1932年1月2日亦函告代表:"旋陕后定即遂加严查究办。"①

傅鹤峰虽供职于中枢,但仍关心桑梓,反映了其救民于水火的强烈社会责任感和体认家乡人民苦痛的殷殷之情。

## 五、抗战爆发　投笔从戎

抗日战争爆发后,傅鹤峰毅然辞去职务,返回西安,被省抗敌后援会聘为民众

---

① 中共陕西省委党史研究室. 中共陕西历史人物传(第四卷)[M]. 西安:陕西人民出版社,2001:400-413.

图 11-3 傅鹤峰先生全家福（1938 年冬于西安）
左起：长女傅亦民、长子傅赓任、夫人傅刘氏、次女傅赓霞、幼女傅赓时（怀抱）、傅鹤峰、次子傅赓和

动员督导员，到汉中各县宣传动员民众抗日。①

1939 年春，傅鹤峰在董钊军部担任秘书。据与傅鹤峰同为秘书的石仲伟回忆："他生前那热情爽朗的谈吐、坚持真理的正气和为革命不怕牺牲的精神，经常萦回在我的脑际。我和傅鹤峰在董部同当秘书，一起工作，关系融洽。工作之余，也常在一起谈论时事，商谈抗战救国之策。……有时他在董钊面前，畅谈国事，赞扬共产党、八路军抗战救国的壮举，说是只有国共合作，一致对外，才能战胜日本侵略者。"②

## 六、辞职董钊军部　重返教育育桃李

1940 年秋，傅鹤峰离开董钊的十六军军部③，重返汉中。当年他创办的省立第五

---

① 傅鹤峰. 中华英烈网（2014-01-20）[2022-03-19].
② 张斧，欧阳文彬. 秦巴忠魂 [M]. 武汉：中共武汉市印刷厂，1994：26.
③ 中共陕西省委党史研究室. 中共陕西历史人物传（第四卷）[M]. 西安：陕西人民出版社，2001：400-413.

师范学校已于1934年10月奉令改名为陕西省汉中师范学校。原校址校舍因扩充汉中飞机场被占用，加之抗日战争处于危急阶段，汉中迭遭敌机空袭，故学校于1939年4月奉令疏散，自汉中远迁褒城之打钟寺，附小亦随迁褒城之西郑营。傅鹤峰回校继任校长后，面临重重困难。他在后来亲自写的该校《大事记》序言中说："此校址，异常零散，共分八处，且该地僻壤穷乡，交通阻塞，柴米不易，物质条件奇艰，影响教师服务兴趣和学生日常生活，另图他迁。"为办好这个学校，他几经奔波，日夜操劳，与有关方面协商，终于勘定了"南郑十八里铺之南福安寺、杨氏宗祠、五祖庙张氏宗祠及川主庙为新校址"。1941年7月暑假，该校从褒城迁移十八里铺。此处虽废祠旧寺，因陋就简，但自然环境优美，交通方便。傅鹤峰当时形容说："迁移修理工作始告完成，人杰地灵，已兆复兴之象，巴山苍苍，汉水泱泱，本校前途将山高而水长矣！""西北大学教授邹豹君生前来参观，谓之为不减于剑桥风光，殆过誉耶？"①

1941年秋，他给汉师附小介绍的一位青年教师、地下共产党员唐树人，上课时突然被捕。与此同时，汉中女师教导主任陈新波亦因共产党嫌疑被捕。这二人被捕后，傅鹤峰均利用自己的社会地位挺身出面营救，使他们脱险。

1943年春，王陆一在西安任国民党晋陕监察使时，傅鹤峰一度被聘为使署兼职秘书。

1944年11月，傅鹤峰任当时南迁城固的国立西北大学副教授兼课外活动组主任、知识青年志愿从军委员会委员、宣传股股长。同年，被省教育厅调到西安，同郝耀东、刘海峰等教育界学者一起筹备陕西省立师范专科学校。该校当年秋招生开学，傅鹤峰任教授兼训导长。1946年10月13日曾出席国立西北大学教务长张贴惠追悼会并宣读祭文。1947年开始出现在国立西北大学前任教员名单内。

1948年春，傅鹤峰又回到汉中，兼任陕西省立师专陕南分校教导主任。在这期间，他参加了汉中举办的五四青年节纪念大会，并在会上作了生动的专题报告，使当时的青年学生受到了"五四"精神的革命传统教育。②中华人民共和国成立后曾任陕西省中苏友好协会会长的田克恭回忆道："40年代，傅鹤峰到西北大学、陕西师专

---

① 傅鹤峰. 陕西省立汉中师范学校大事记·国民党政权案卷14号［A］. 汉中：汉中市档案馆，1943-07.
② 汉中市委员会文史资料研究委员会. 汉中市文史资料（第四辑）［M］. 汉中：汉中市文史资料研究委员会，1986：67.

任教，担任过师专教务长，在教育园地培育得桃李满陕西，这些学生在中华人民共和国成立后成为我省教育界的骨干力量。"①

1948年秋，傅鹤峰又回到西安任陕西省立兴国中学校长。1949年3月29日，傅鹤峰在兴国中学纪念青年节时曾说：②

>春天是青年的象征，
>青年是民族的新生。
>青年们，应当勇敢前进！
>如春花争放，
>如旭日东升。
>在这国家危难的时代，
>为社会文化而奋斗，
>为民族生存而牺牲。

从20世纪20年代初到40年代末，傅鹤峰一直从事教育事业。"据傅先生的学生宁强人李炳盛同志说，傅先生在主持汉中师范工作期间，除了以重金聘请省内外优秀教师任教以确保教学质量外，最大的特点是破除封建的等级观念，对学生很爱护，对教师很看重。他任何时候都是平易近人看不出一点校长架子。即使有时对学生要求很严格，然而内心仍是爱生如子。特别是对教职员工，他更讲究民主友爱、平等相待。比如，每当他外出办事或请假回家时，离校前总要对他邻近的或工作关系密切的同事打招呼，说明自己离校原因、回校时间，请大家共同关心学校事情。按时回校以后，他又要一一地向他打过招呼的人问好，并说明外出办事或回家的情况，并问学校是否发生过什么事情。由于他既善于用人又善于待人，因此大家都感到亲如一家人。"③几十年来，傅鹤峰先生为人师表，治学严谨，辛勤耕耘于教苑，人才培养累累硕果。他认真负责，作风正派，一片赤诚为人民，这一切堪为后辈的楷模。④

---

① 张斧，欧阳文彬. 秦巴忠魂［M］. 武汉：中共武汉市印刷厂，1994：21-22.
② 张斧，欧阳文彬. 秦巴忠魂［M］. 武汉：中共武汉市印刷厂，1994：67.
③ 王福成，庚国斌，孟宪柱. 师范群英光耀中华［M］. 西安：陕西人民教育出版社，1994：37.
④ 中共陕西省委党史研究室. 中共陕西历史人物传（第四卷）［M］. 西安：陕西人民出版社，2001：400-413.

## 七、策反董钊失败　为民族解放捐躯

1949年5月，在西安解放前夕，时任陕西省政府主席的董钊与胡宗南军事集团一起逃到了汉中。为了早日解放陕南、解放汉中，在党需要选派政治上可靠、熟悉汉中情况而又有一定条件进行活动的人士到汉中开展特别工作之时，傅鹤峰欣然挺身而出，他向党组织表示："作为汉中人，在汉中的亲朋好友也较多，早年在省立三中的董钊，是驻扎汉中的国民党将领兼陕西省政府主席，是可利用的条件，希望得到党的具体指示，回汉中做相关工作，使家乡早日获得解放。"[①]党感受到了他的救国热忱，考虑到他与董钊的关系以及对于当地情况的熟悉等一些有利优势，同意傅鹤峰前往汉中策反董钊，为解放汉中、解放大西南贡献力量。

傅鹤峰当时已年过半百，但为了早日解放汉中，他毅然赴汉。在行进至宝鸡途中，他给他的长女傅亦民写信说："……宝鸡河涨大水，到汉中去的大路不能通过，打算改走山路……如一天能到凤县，去汉中则不难矣！"可见他赴汉的急切心情。

1949年10月2日，傅鹤峰抵达汉中，当时的汉中笼罩在一片白色恐怖之中。傅鹤峰的到来引起了特务们的注意，他冒着生命危险与董钊相见，向其转达了共产党的政策和领导人的意图，劝董钊不要南撤，伺机率部起义。然而，第二天董钊就被胡宗南调离汉中，策反董钊计划失败，傅鹤峰随即转移至好友熊文涛家中。

朋友得知他来了汉中，纷纷前去看望他，他把自己在西安解放后的所见所闻讲述给大家，让大家不要被反动派的各种谣言蒙蔽。在这三天的时间里，他向亲朋好友积极宣传共产党的政策，对解放汉中起了积极作用。

但是，出入好友家中的人群里混进了监视傅鹤峰的特工人员。10月5日夜，傅鹤峰被特务带走。面对敌人的刑讯逼供，他严守机密，坚不吐实。党在得知他被捕的消息后十分重视，立刻组织人员去四川营救，但敌人却先下了毒手。11月20日，敌人将傅鹤峰等70多人蒙上双眼、戴上镣铐、串上绳索，押解至四川绵阳，关押在城隍庙大殿里。12月2日，敌人又将傅鹤峰、毛泽润等五人押往成都，并于12月22

---

① 傅赓时. 纪念我的父亲傅鹤峰烈士[J]. 金秋，2020（3）：52-54.

日夜将傅鹤峰等5人活埋于成都西门外金牛坝,傅鹤峰时年54岁。

1950年3月27日,西北军政委员会民政部给时任陕西省政府副主席、中共陕南区党委第一书记张邦英的函中写道:"傅鹤峰先生当时因了解我党政策,决心立功自效,经我们同意并派赴汉中策反董钊,因事不慎,被胡匪逮捕,解往成都杀害。按傅为立功而牺牲,应予适当照顾。除电成都军管会帮助买棺木运回城固外,本部发给去成都之家人路费三十万元。"

1955年6月,杀害傅鹤峰的仪孟信等在西安被人民政府处决。1958年7月15日,中央人民政府给傅鹤峰烈士的家属颁发了以毛泽东名义签发的光荣纪念证,上面写着:"傅鹤峰同志在革命斗争中光荣牺牲,丰功伟绩,永垂不朽"①。傅鹤峰先生一生严谨治学,致力教育事业,是我辈之楷模!

图11-4 傅鹤峰革命烈士证明书

曾在陕西省立第五师范学校就读的傅鹤峰先生的学生黄勉初在傅鹤峰殉难36周年纪念时,写了七绝三首以寄托对恩师的哀思:②

---

① 傅赓时. 纪念我的父亲傅鹤峰烈士[J]. 金秋,2020(3):54.
② 汉中市委员会文史资料研究委员会. 汉中市文史资料(第四辑)[M]. 汉中:汉中市文史资料研究委员会,1986:69-70.

一

浩然正气育英才，汉上春催桃李开。
但愿家乡早解放，敢将热血洒尘埃。

二

成仁取义凌云志，明月清风表壮怀。
壮志未酬千古恨，滔滔江水从天来。

三

蜀道崎岖曾着鞭，蓉城之外痛当年。
爱民忠君垂千古，亮节高风万代传。

曾在陕西省立第五师范学校就读的傅鹤峰先生的学生陈树荣在听说张斧（傅赓善）拟编集纪念傅鹤峰烈士百年诞辰后，立即主动寄来感言六首。他从未写过诗，却是有感而发：①

一

先贤傅鹤峰，少壮立志雄。
秦岭虽险阻，求学上北京。

二

京师大学府，寒窗苦读成。
桑梓情义深，毅然回汉中。

三

多年掌杏坛，桃李满门庭。
师资蔚成林，普及教育风。

四

印烙留我心，目炯双眉浓。
风度有威望，令人颇崇敬。

五

才华不外露，做事精益精。
仗义敢执言，只为公理明。

---

① 张斧，欧阳文彬. 秦巴忠魂［M］. 武汉：中共武汉市印刷厂，1994：29-30.

六

汉中一拜别，杳无鱼雁声。

时潮大澎湃，殉道垂丹青。

1993 年 6 月写于美国加州柏克利

好友田克恭在纪念傅鹤峰先生 100 周年诞辰时写了一首诗以缅怀傅老：①

缅怀傅老

——纪念鹤峰先生一百周年诞辰

田克恭

终生辛劳育桃李，追求真理志不移，

烈士暮年葆青春，师表风范留万世。

献身洒血为桑梓，秦巴嗟叹汉水泣，

视死如归为人民，气贯长虹垂青史。

写于 1993 年 10 月 26 日（时年八十有五）

（沈玉霞　陈中奇）

---

① 张斧，欧阳文彬. 秦巴忠魂［M］. 武汉：中共武汉市印刷厂，1994：20.

# 第十二讲

## 戈壁荒漠：
## 杨拯陆以青春热血淬炼西大精神

> 杨拯陆（1936—1958），著名爱国将领杨虎城将军的女儿，母亲谢葆真。1949年加入中国共产主义青年团，1954年加入中国共产党，毕业于西北大学地质系，大学毕业后自愿到新疆工作。1958年9月25日，在新疆中蒙边界的三塘湖盆地率队进行石油地质勘探时，遇寒流袭击，壮烈牺牲，年仅22岁。1959年，她的骨灰葬入西安烈士陵园。

在1982年中国地质学会成立60周年纪念大会上，杨拯陆烈士生前普查勘探及其牺牲之地三塘湖盆地的含油地质构造，被正式命名为"拯陆背斜"。这是我国第一个以人名命名的地质构造。杨拯陆烈士是著名爱国将领杨虎城将军和谢葆真烈士的女儿，1949年加入中国共产主义青年团，1954年加入中国共产党，毕业于西北大学地质系石油地质专业。大学毕业后，她主动要求到新疆工作，工作中她不怕困难，勇挑重担，业绩突出。1958年9月25日，杨拯陆在新疆中蒙边界的三塘湖盆地率队进行石油地质勘探时，不幸遭到寒流袭击，壮烈牺牲，年仅22岁。而她怀里新绘的地质勘探图却依然清晰完好，依然保留着"可靠的颜色"。杨拯陆将自己的青春热血洒在了"祖国最需要的地方"，"西大精神"在将门之女以身报国的顽强斗志和牺牲精神中得到了淬炼和升华。

目前，有关杨拯陆烈士的研究不足，主要集中于一些口述史料，公布的有关档

图 12-1　杨拯陆（1936—1958）

案史料比较欠缺。1990 年，新疆石油管理局党委编辑出版了《怀念杨拯陆》①②一书，书中收录了追忆和纪念杨拯陆烈士的一些文章，对杨拯陆烈士的生平事迹和报国情怀做了追述和记录。近几十年来，杨拯陆烈士的感人事迹常被其生前亲友、同事和社会各界所追忆和报道，形成了一些回忆性和纪实性的介绍文章。杨拯陆烈士的事迹还被载入中华人民共和国民政部编《中华著名烈士》③、陕西省地方志编纂委员会编《陕西省志·人物志》④、新疆百科全书编纂委员会编《新疆百科全书》⑤等重要文献。20 世纪 90 年代，杨拯陆烈士的事迹还被编成电影《召唤》和舞剧《大漠的女儿》。《大漠的女儿》曾数次进京演出，受到中央领导同志的高度评价，引起社会广泛反响，并获第八届"文华奖"的"文化新剧目奖"和第七届全国精神文明建设"五个一工程"奖等。对于杨拯陆烈士的生平事迹和报国情怀，我们主要参考如上资料并结合其他有关资料写成。

---

① 新疆石油管理局党委宣传部. 怀念杨拯陆[M]. 乌鲁木齐：新疆人民出版社，1990.

② 新疆克拉玛依市党委宣传部，新疆油田分公司党委宣传部. 怀念杨拯陆[M]. 乌鲁木齐：新疆人民出版社，2008.

③ 中华人民共和国民政部. 中华著名烈士[M]. 北京：中央文献出版社，2003：398.

④ 陕西省地方志编纂委员会. 陕西省志（第 79 卷）：人物志[M]. 西安：陕西人民出版社，1998：647.

⑤ 新疆百科全书编纂委员会. 新疆百科全书[M]. 北京：中国大百科全书出版社，2002：800.

## 一、将门之女　生逢乱世

1936年3月12日，在古城西安，国民革命军十七路军总指挥、西安绥靖公署主任杨虎城将军的夫人谢葆真产下一女，她就是杨拯陆。杨拯陆出生时，中华民族正日益遭受日本帝国主义铁蹄的践踏，民族的生存危机逐渐加深。在战火纷飞的年代，杨拯陆一出生即过上了动荡不安、颠沛流离的艰苦生活。

1936年12月，在"中华民族到了最危险的时候"，不满于蒋介石"攘外必先安内"政策的杨虎城将军，在西安与东北军将领张学良将军发动了震惊中外的西安事变，以"兵谏"的方式劝促蒋介石停止内战、一致对外。在中国共产党的调解下，经过各方的努力，西安事变得以和平解决，蒋介石接受停止内战、一致抗日的主张。这为中华民族抗日统一战线的形成起到了关键性的作用。

但是，返回南京的蒋介石扣留了张学良将军，并迫使杨虎城将军辞去一切职务，安排杨虎城将军出国"考察"。谢葆真携带年少的杨拯中随同杨虎城将军出国"考察"，忍痛将幼小的杨拯美、杨拯英、杨拯汉、杨拯陆等四姐妹留在家中。

1937年7月"卢沟桥事变"爆发后，心系民族命运的杨虎城将军与谢葆真极力请求回国抗日。1937年11月底，杨虎城夫妇才得以辗转回国，但杨虎城将军随即被蒋介石派的特务监视起来，并被要求赴南昌面见蒋介石。杨虎城将军遂安排谢葆真等先行回到西安。幼小的杨拯陆姐妹终于见到了分别大半年的母亲。

可是，欢聚的日子是十分短暂的。1937年12月初，在西安焦急等待杨虎城将军消息的谢葆真，得知杨虎城将军被蒋介石扣押了起来，她对蒋介石的背信弃义感到十分的气愤，对壮志未酬而身陷囹圄的丈夫杨虎城将军感到十分的痛心和担心。不顾个人安危和亲友劝阻的谢葆真，毅然做出一个决定：前去援救陪伴杨虎城将军，誓与杨虎城将军同生死、同患难。

于是，刚与家人团聚的谢葆真，不得已又与幼小的杨拯陆等姐妹分别。她将杨拯陆等四姐妹托付给自己的母亲和杨虎城将军的副官张雨春等。临行前，谢葆真到西安八里村看望杨拯陆四姐妹，陪孩子们在院中玩耍，并向孩子外婆等嘱托幼小子女的事。杨拯陆姐妹与母亲谢葆真的这一别，竟成了她们人生的最后诀别！此时的杨拯陆还不满2岁。

此后,杨虎城夫妇与爱子杨拯中等开始了漫长的监禁生活,而幼小的杨拯陆姐妹则完全失去了父母的疼爱和抚慰,与外婆等相依为命,开始了担惊受怕、颠沛流离的艰苦生活。

1938年初,杨拯陆刚2岁,此时日本侵略者加紧了对古都西安的轰炸和军事进攻筹划,西安的安全形势日渐紧张,外婆只好携带杨拯陆姐妹避难至成都。但1938年底,日军又开始对成都展开轰炸,外婆经常带着杨拯陆姐妹躲避日本的狂轰滥炸。杨拯陆姐妹与外婆等在四川度过了异乡漂泊的三年。当时,国民党的特务们已经盯上了杨拯陆姐妹及外婆等。为了杨拯陆姐妹的安全,外婆在杨虎城将军友人石解人、副官张玉春等人的帮助下,决定返回西安。她们由水路经四川三台绕新都,然后走旱路翻越秦岭,过陕南经宝鸡,最后回到西安。

孩童时即失去父母疼爱的杨拯陆经常问外婆、问姐姐:"爸爸在哪儿?妈妈在哪儿?""不是说回到西安就可以见到爸爸妈妈了吗?"①可是,一天天地过去了,杨拯陆始终没有听到爸爸妈妈的消息,始终没有见到爸爸妈妈。因担心国民党特务迫害杨虎城将军和谢葆真女士的后代,外婆都不让杨拯陆姐妹对外说自己的父母是杨虎城将军和谢葆真女士,逐渐长大的杨拯陆姐妹上学时,外婆将她们登记为老家陕西蒲城的一个乡下远房叔叔家的子女。②

在颠沛辗转的时光中,外婆在晚上会给杨拯陆姐妹讲述她们父母的往事,令杨拯陆姐妹印象最深的一句话是:你们的爸妈是为了抗日被老蒋(蒋介石)抓起来的,不知道什么时候才能回来。说着说着,外婆往往情不自禁地流下眼泪、发出叹息。③杨虎城将军和谢葆真女士的革命经历和家国情怀,深深地触动了杨拯陆姐妹的心灵,她们对父母的革命事迹产生了由衷的敬仰,期盼着爸爸妈妈能够早日回来与她们团聚。

---

① 张长海. 三塘湖不会忘记:记为三塘湖盆地石油勘探开发事业英勇献身的杨拯陆[J]. 地火,2010(4):11-23.
② 周宏. 杨虎城爱女报国新疆戈壁[N]. 中国档案报,2006-01-06(档案大观).
③ 杨拯美,杨拯英. 怀念母亲谢葆真[M]. 北京:中国青年出版社,2002:2-3.

## 二、迎来解放　立志报国

1949年5月，西安迎来了解放，13岁的杨拯陆与外婆、姐姐们终于从"白色恐怖"中逃脱了出来。此时，杨拯陆的大哥杨拯民、大姐杨拯坤从外地回到西安，而杨拯陆正在西安女子中学读书，她从大哥杨拯民、大姐杨拯坤那里学到了很多革命思想和革命事迹。在家人和师长的影响下，杨拯陆得到很大进步。1949年暑假，在西安市团委举办的青年团训练班中，杨拯陆学到了新的革命思想，光荣地加入了中国新民主主义青年团，并积极参加西安市团委和市学联组织的各种活动。

中华人民共和国成立后，杨拯陆在为共和国的成立感到激动和高兴的同时，期待着父母可以回家与其团聚。不料，1949年底至1950年初相继传来的都是杨拯陆无法接受的噩耗：杨虎城将军和谢葆真女士已惨遭国民党特务杀害，而在狱中的哥哥杨拯中、妹妹杨拯贵等也惨遭杀害。这对于青少年时期的杨拯陆来说，可谓晴天霹雳。

其实，在消息传来之前，杨拯陆的大哥杨拯民已被通知到重庆认领杨虎城将军的遗体了，而母亲谢葆真早在1947年底已遭国民党特务残害致死了。但外婆、哥哥、姐姐们把她当作小孩，一直瞒着杨拯陆。杨拯陆忍不住内心的悲伤，大哭起来，铭记着中共中央发来的唁电与嘱托："杨虎城将军……有功于国家民族……因坚持爱国民主立场而牺牲，这个牺牲是光荣的……杨将军英名，将为全国人民所永远纪念。……望勉节哀思，为继承杨将军的爱国事业，彻底消灭反动匪帮而奋斗。"[①]杨拯陆为父母献身革命的悲壮深深感怀，更加坚定地立志要像父母那样热血报国。

1950年，在西安女子中学党支部书记李岩同志的帮助下，杨拯陆得到快速成长，逐渐成为学生活动的重要骨干力量，先后被选为学校团总支宣传委员和团总支书记。为保家卫国，1950年秋，中国人民志愿军应朝鲜请求，跨过鸭绿江，开赴朝鲜，与朝鲜人民军并肩作战。当时，全国各校的很多学生自愿参加军事干部学校，西安也

---

① 中国共产党中央委员会. 致杨虎城将军家属的唁电[M]//西安事变研究会资料室. 西安事变电文选. 西安：陕西师范大学出版社，1986：7.

成立了军干校招生委员会，刚满14岁的杨拯陆提交了申请，但因年纪尚小未被批准。1951年，全国开展了镇压反革命运动，杨拯陆在西安召开的动员大会上，"含着眼泪揭露了美蒋特务在'中美合作所'的大屠杀，愤怒诉说了父母兄妹四人在囚禁中被杀害的经过。她的控诉声声血泪，在全市人民和学生中震动很大"。①1951年的五四青年节，西安市团委授予杨拯陆"先进团干部"荣誉称号。

1953年，杨拯陆选择到西北大学地质系石油地质专业学习，立志为祖国的石油发展事业和社会主义建设事业不懈奋斗。当时家人曾劝说她，这个专业很苦，可能更适合男同志去做。但是，杨拯陆意志坚决。在大学期间，杨拯陆学习刻苦，友爱同学，表现积极，踊跃参加各种学生活动。1954年4月，在大学里读书的杨拯陆被组织批准加入中国共产党，当时她刚满18岁。

杨拯陆之所以选择投身于祖国西北的石油事业，自然离不开父母的西北情怀和报国精神的强烈感召，同时亦与其大哥杨拯民的精神感染有关。中华人民共和国成立后，曾在军队担任指挥员的杨拯民，主动要求投身于国家的社会主义建设事业当中，并选择了条件艰苦的大西北。经时任西北局第二书记习仲勋、西北野战军司令员彭德怀等的关心和安排，杨拯民被派往当时的国家重点油矿、全国第一个石油基地——玉门油矿担任党委书记，全力投入国家石油生产的恢复与建设事业中。杨拯陆在中学读书时，就经常听大哥杨拯民讲述祖国石油发展为国家建设作出的重要贡献，令即将步入青年的杨拯陆激动不已。

1954年7月，杨拯陆在《陕西日报》发表了《我要做一名祖国工业化的尖兵》一文。②她在文章中写道："还在上中学时，我对自己的未来就充满着理想。想做一名教师，用自己的血汗去灌溉正在成长着的社会主义幼苗。想做一个畜牧工作者，使祖国草原上的牛羊长得更肥壮。想学冶金、采矿，也想做一个地质工作者。总之，我想得很多，但最吸引我的是做一个地质工作者——祖国工业化的尖兵。我羡慕那些工作在荒山僻野的勘探队员们，他们披荆斩棘，辛勤工作在最偏僻最荒凉甚至没有人烟的地方。而在他们后边却建起了巨大的厂房，高耸的烟囱。没有他们，工业就

---

① 中华人民共和国民政部.中华著名烈士（第28卷）[M].北京：中央文献出版社，2003：399-400.
② 新疆石油管理局宣传部. 啊，克拉玛依 [M]. 乌鲁木齐：新疆人民出版社，1985：242. 张长海. 三塘湖不会忘记：记为三塘湖盆地石油勘探开发事业英勇献身的杨拯陆 [J]. 地火，2010（4）：11-23.

图 12-2　杨拯陆（右二）与西北大学的同学

没有粮食；没有他们，千变万化的大自然就永远是一个谜。我愿意和他们一起去探求大自然的秘密，去寻找藏在祖国辽阔土地下的丰富宝藏……在祖国的地图上，还有许多地方是一片空白。在那辽阔的土地深处，在那崇山峻岭里，埋藏着多少宝贝啊！它在等待着我们，等待着我们抹上一笔可靠的颜色……"①

1955年从西北大学毕业时，杨拯陆放弃了一些更好的机会，如选择去北京或留西安，抑或到大哥杨拯民担任党委书记和矿长的玉门油矿等，她不顾亲友、师长和组织劝说，毅然决定到最艰苦的地方——新疆，立志为祖国的石油事业拼搏奋斗。当时，她还以父亲杨虎城将军写的一首诗铭志："西北山高水又长，男儿岂能老故乡。黄河后浪推前浪，跳上浪头干一场。"②

---

①　杨拯陆. 要做一名祖国工业化的尖兵［M］//新疆克拉玛依市党委宣传部，新疆油田分公司党委宣传部. 怀念杨拯陆［M］. 乌鲁木齐：新疆人民出版社，2008：264-267.
②　杨虎城将军的此诗作于反袁战争时期。参见：萧三. 革命烈士诗抄［M］. 北京：中国青年出版社，2015：496.

## 三、为国找油　献身大漠

1955年5月,杨拯陆与谢宏等29名同学,怀着建设祖国的雄心壮志,踏上了西行的征程,践行"到祖国最需要的地方去"的誓言。谁也没有想到,这一行,杨拯陆竟将自己的青春热血洒在了祖国西北的戈壁荒漠之中,洒在了伟大祖国的石油事业之中。

到新疆石油管理局报到后,杨拯陆与同学们期盼着去野外勘探的安排,但新疆石油管理局宣布野外勘探的具体人员分配时,却没有杨拯陆的名字。杨拯陆很是着急,她找到地质调查处处长余萍了解情况,余处长耐心地向她解释道:"你的情况我们清楚,我和局长(张文彬,时任新疆石油管理局局长)商量了,你是革命烈士的后代,又是党员,很年轻,现在机关里缺党员啊,野外工作条件很艰苦,我们考虑让你在机关地质科工作,将来有机会再送你到苏联留学。"杨拯陆听后回答:"余处长,谢谢你们对我的关心,但是我不需要照顾。我长期生活在大城市,现在需要到艰苦的野外去锻炼。搞地质工作重要的是实践,我连戈壁滩都没有见过,没有一点感性认识就到机关工作,也干不好。现在国家建设急需石油,我应当努力为寻找油气田作贡献。"[1]杨拯陆的态度十分坚决,经新疆石油管理局商量研究后,杨拯陆的请求得到了同意。

领到勘探队员罗盘、地质锤、地质包、军用水壶、碗筷等"五件宝贝"的杨拯陆,经过一段时间的锻炼和调整,很快适应了戈壁滩中的艰苦工作和生活条件,改变了很多人对于女同志可能较难胜任野外地质勘探的看法,她在工作中顽强拼搏、认真负责、照顾队友、勇挑重担的积极表现,受到领导和同事们的认可和赞扬。1956年,杨拯陆参加了新疆石油管理局第一次党员代表大会,是当时出席大会的8名女代表之一。随后,新疆石油管理局第一次团代会召开,杨拯陆参加大会并被推选为中国新民主主义青年团新疆石油管理局委员会委员。

---

[1] 张长海. 三塘湖不会忘记:记为三塘湖盆地石油勘探开发事业英勇献身的杨拯陆[J]. 地火, 2010(4): 11-23.

1957年，新疆石油管理局向准噶尔盆地东部地带进发，杨拯陆被调到117/55队，不久被任命为该队的代理队长。杨拯陆带领的勘探队受命赴克拉美丽地区展开详细的地质勘察。该地区干旱少水，队员们时常没有足够的水擦洗，于是杨拯陆就率先剪去了自己的长发。在杨拯陆的带动下，其他女队员也剪短了头发，几位男队员还干脆剃了光头。有一次，该队提供保障的汽车坏了，供给不能及时送达，在储存水即将用完时，大家都很着急。当他们终于找到一个小水坑时，却发现水坑里的水质并不干净，还有一些小虫子在水里游动。当将此水坑中的水烧开后，杨拯陆自己先喝了一杯，并以队长的身份严肃地命令大家都不能饮喝此水，等第二天杨拯陆发现自己并无不适后，才让大家开喝。杨拯陆的举动令队员们十分感动和钦佩。在工作中，杨拯陆正是以这种舍己为人、勇敢担当的斗志，团结和带领队员们为祖国的建设与发展事业顽强地拼搏着。

年底时，杨拯陆带领的勘探队完成的工作量超过了原计划工作任务，并在克拉美丽地区发现了大量的化石层、硅化木和沥青脉等，完成了《克拉美丽红山区地质调查总结报告》，分析了克拉美丽地区的生油、贮油等情况，受到新疆石油管理局领导和地质专家们的一致赞扬。

1958年3月，117/55队改为106/58队，杨拯陆被正式任命为队长。7月，杨拯陆带领106队"在炎热、缺水的情况下，以惊人的干劲完成了克拉美丽地区的地质详查任务，完成了国家计划的187%。接着，他们又马不停蹄地开赴位于中蒙边界的三塘湖盆地，进行石油地质普查。8月份，他们队又超额完成了月定额。9月份，他们在21天里完成6800平方公里的普查任务，完成国家计划两倍多，并且质量完全合乎标准"①。上级部门对106队给予了很高的评价。杨拯陆率领的勘探队也被授予"先进勘探队"称号，杨拯陆本人也多次荣获先进工作者称号，被视为三塘湖油田的开拓者。

在艰苦而忙碌的工作中，杨拯陆内心里还藏着对家人的思念，更藏着一簇爱情的甜蜜。杨拯陆时常会收到家人寄来的书信和照片，她则写信告诉家人在新疆野外勘查的收获和趣事。杨拯陆还时常以书信的方式，与恋人谢宏诉说着彼此的眷恋之情。谢宏是杨拯陆的同班同学，当时他们俩都是学生干部，经常在一起学习讨论、组

---

① 李升旗. 杨虎城幺女杨拯陆献身大西北[J]. 炎黄春秋，2002（4）：62-63.

织参与各种活动,逐渐建立了深厚感情。毕业后,他们俩又一起来到了新疆,为祖国建设并肩奋斗,不过谢宏的勘探队常在准噶尔盆地南部,他们俩彼此相距甚远,平时只能靠书信诉说心肠。本来杨拯陆与谢宏定于1957年结婚,家人和队友们还时常向他俩催问何时吃到喜糖,但为了工作,二人的婚事一再推迟,他们相约三塘湖盆地地区地质勘查工作结束后就举办婚礼。

1958年9月25日的早晨,风和日丽,为了完成中蒙边界三塘湖盆地的地质勘查收尾工作,"杨拯陆决定,(该队的)三个组全出工,一个组搬家,一个组回点,自己带上张广智去搞一项收尾工作"①。于是,杨拯陆与张广智从自己的驻地出发,乘坐队里的汽车到达了工作地点,并让司机傍晚时过来接他们。不料,当天下午天气发生变化,大风骤起,飞沙走石,天边黑云聚集。看到天气变化,队员们立即驱车赶往约定地点接人,不料半途中逐渐飘起了大雪,气温骤降,这是西伯利亚的寒流来了!队员们冒着严寒风雪到达约定地点时,却不见杨拯陆和张广智的身影。队员们知道杨拯陆和张广智没有足够的衣服,十分焦急,他们就分头寻找,并发动当地的公社和居民一起寻找,但始终没有找到杨拯陆和张广智。次日凌晨,在当地居民的带领下,于距驻地东北方向2公里的小山坡下,队员们终于发现了僵卧在雪地上的张广智。在张广智所在之地的不远处,队员们也终于找到了杨拯陆:她的身体匍匐着、向前着,双手深深插在雪地中,地质资料包贴在胸前,清晰完好的新绘地质勘探图依然保留着"可靠的颜色",但是,杨拯陆的身体已经冻僵,心脏已经停止了跳动!此时的她年仅22岁,正值豆蔻年华的杨拯陆,将自己的青春热血洒向了祖国西北的戈壁荒漠,洒向了祖国亟待建设发展的石油事业!将门之女以身报国的顽强斗志和牺牲精神,淬炼和升华了"西大精神"。

杨拯陆和张广智牺牲的消息传来,大家无不动容流涕,从几百公里外赶到三塘湖的谢宏悲痛欲绝。杨拯陆牺牲后,新疆石油管理局授予她"党的优秀儿女、知识分子的优秀代表、坚强不屈的共产党员"光荣称号,新疆维吾尔自治区党委批准她为革命烈士,经中国地质学会批准,杨拯陆牺牲之地三塘湖盆地的含油地质构造被正式命名为"拯陆背斜"。

---

① 刘肖无. 祖国的好儿女,将军的好女儿[M]//新疆石油管理局宣传部. 啊,克拉玛依. 乌鲁木齐:新疆人民出版社,1985:237-251.

2008年11月，在杨拯陆的牺牲之地三塘湖盆地竖立起了杨拯陆烈士的纪念铜像，铜像总高度3.78米，其中人像高2.2米，寓意杨拯陆烈士牺牲时年仅22岁；基座高1.58米，寓意杨拯陆烈士牺牲于1958年。

图12-3 杨拯陆烈士纪念铜像

（曹振明）

# 第十三讲

## 高冠瀑布：
## 郭峰舍己救人精神彰显大爱无疆

> 郭峰（1969—1989），出生于陕西省长武县。1987年考入西北大学地理系。1989年4月16日，20岁的郭峰和同学们在离西安不远的高冠瀑布风景区踏青时，为救起不慎跌落河中的西安帆布厂的一名女工，不幸和落水者一同被湍急的水流冲入深潭而牺牲。1989年4月18日，《光明日报》《中国青年报》《中国教育报》、中央人民广播电台等媒体都报道了郭峰的动人事迹。西北大学党委报请中共陕西省委追认他为中国共产党党员，共青团陕西省委授予他"优秀共青团员"荣誉称号。1989年9月29日，陕西省人民政府批准他为革命烈士。

郭峰烈士不幸牺牲后，学校整理了他的大学入学通知书、入党申请书、与同学朋友往来的书信、竞赛准考证，以及郭峰创作的8本约30万字的诗歌和日记等珍贵文献资料，追忆郭峰短暂却辉煌的一生，并总结提炼出了郭峰精神。2009年，学校首次开辟郭峰烈士事迹展室，并展出了《中国教育报》等媒体报道郭峰烈士舍身救人事迹的原稿，郭峰烈士追悼会现场照片、悼词、签名簿，以及授予郭峰烈士"中国共产党党员""优秀共青团员"的表彰文件。2015年，西北大学组织开展"追寻英雄足迹，弘扬时代精神"郭峰生平事迹采集的活动，前往长武县收集了众多有关郭峰家人和同学的口述回忆资料。2021年，长武县文联主席赵志华来西北大学参加郭峰事迹展厅开展仪式，提供了郭峰珍贵的生活照片、烈士证明书等材料，也讲述了郭峰鲜为人知的童年故事。

图 13-1 郭峰（1969—1989）

## 一、爱党爱国 追求进步的理想信念

郭峰，1969 年 5 月出生在陕西省长武县昭仁镇灵凤村。父亲郭喜存是原咸阳纺织机械厂的职工，母亲是一名农民，那个时代把这种家庭叫作"一头沉"。郭峰是家里小字辈第一个孩子，家中还有一弟一妹，两人自小与郭峰亲密无间。

小时候，父母就经常给郭峰讲许多做人的道理和英雄模范的故事，董存瑞、雷锋、黄继光等，这些英雄的故事在他小小的心灵中安了家。淳朴的家庭教育，让郭峰从小就有着至善至真的人格追求和积极进取的学习态度。革命先烈的英勇壮举，让郭峰从小就胸怀革命主义的崇高理想和报效祖国的远大志向。郭峰深深热爱着伟大的祖国，他把爱国主义精神和个人的品格养成放在一起，他在日记中这样写道：

爱国之心不可无，叛国之心不可有，进取之心不可无，颓废之心不可有。

（摘自《郭峰日记》1985-09-25）

图 13-2　郭峰西北大学入学通知书

郭峰生前执著追求真理，政治上要求进步，是党长期培养教育的结果。1987年9月，郭峰以优异的成绩考入了西北大学地理系（现城市与环境学院）自然地理专业。

进入大学不久，郭峰积极向党组织靠拢，多次与舍友谈及自己入党的想法，并在行为举止上时刻严格要求自己。郭峰曾说："中国共产党是具有崇高品质的人的组合体。"他把党性原则和党的宗旨具象为"做人"的崇高品质，深刻地认识到中国共产党肩负着光荣而伟大的使命。这坚定了他加入中国共产党，全心全意为人民服务的决心。这一年，他才18岁，出身卑微，却人格高贵；生活平凡，却奋进不止。据舍友回忆，"在那个年代，他一直很注重自己的仪容仪表"。而后，他慎重而庄严地向党组织递交了入党申请书，里面写道："中国共产党不仅是一个实干的党，也是一个勇于承认不足、努力改进的党，作为一个诞生于新中国社会主义社会的热血青年，我热切地希望成为其中的一员，为她的事业而奋斗。"郭峰表达了自己希望成为一名共产党党员、为人民服务的热忱。可以说，爱党爱国不仅仅是一种情怀，还是他做人的品格和信念。

## 二、见义勇为　不怕牺牲的奉献精神

　　1989年，郭峰20岁，在学习自然地理专业两年后，他对西安这座古城周围或险峻或秀美的山川河景充满了探索之心，多次在和友人的信件中提到想趁假期饱览秦地风光，身临其境地感受自然地理之奇伟奥妙。于是，1989年的4月16日，在一个晴空万里的星期日，郭峰与几位好友相约来到了高冠瀑布游玩。高冠瀑布位于陕西户县，以地势奇特、瀑布景观奇伟闻名，这也吸引了各行各业的人们纷至沓来。其中，除了有来自西北大学地理系1987级学生郭峰等一行人，也包括西安帆布厂的一群女工。

　　正午时分，游玩了一上午的游人们纷纷在河水边寻觅凉爽之处来小憩一番。初来乍到的女工们并不知晓这清澈的水下潜藏的凶险，一味陶醉在这壮美的自然景观里。河心裸露出的数块白玉般的磐石，一下就吸引了女工薛某的目光，薛某决定起身，去磐石上小坐片刻。于是，她大步向磐石跨去，却未曾料想，由于巨石在丰水期藏于水下，久经冲刷，表面早已无比光滑，她还未站稳脚跟，身体重心还未落在磐石之上，便平摔入水中，立刻被急流裹挟而下。

　　意外发生时，瞬间降临的灾难让原本享受静谧的游客们炸开了锅，女工们早已经吓得惊慌失措，高声大喊救人。一时间，此起彼伏的救命声响彻河岸，混乱的声音传到了休息的郭峰一行人耳中。这时，郭峰等人已经眼看着女工薛某被河水裹挟漂下，若此时再不施救，薛某很快就会随激流堕入瀑布下的高冠潭，再无生还可能。情急之下，郭峰顾不得和身边的同学打一声招呼，脑子里只想着"救人，救人"！他毫不迟疑地立刻跳入水中，一步步艰难地向河心跋涉，全然忘却了自己并不识水性的事实。

　　转眼间，薛某便漂到了郭峰身旁，郭峰立刻拽住她的一只胳膊，奋力将其抱起，想要向河西岸游去。事态的转折总是来得不逢其时，还没等郭峰站稳脚跟，他脚下的急流便带着残忍的力量，将郭峰狠狠冲倒在河水当中。郭峰被冲倒后，和薛某一起向下游漂去——没有可供逃生的契机，郭峰与落水者一起坠入了深渊，不复生还。纵使之后西安石油学院的唐春雨和崔继荣等人也参与了救助，却也无回天之力。事

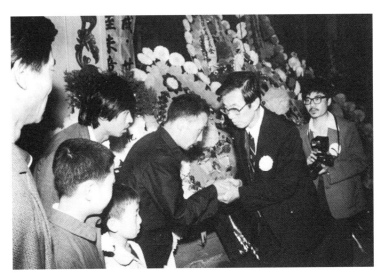

**图 13-3** 西北大学校长张岂之先生在追悼会上慰问郭峰家属

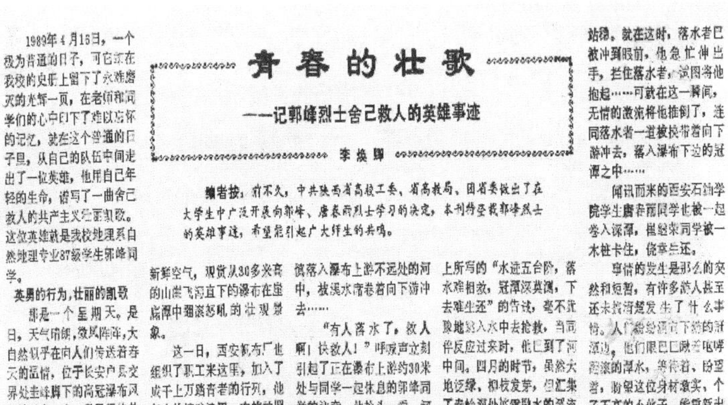

# 青春的壮歌

## ——记郭峰烈士舍己救人的英雄事迹

李焕卿

**编者按：** 前不久，中共陕西省高校工委、省高教局、团省委做出了在大学生中广泛开展向郭峰、唐春雨烈士学习的决定，本刊特登载郭峰烈士的英雄事迹，希望能引起广大师生的共鸣。

1989年4月15日，一个极为普通的日子，可它却在我校的史册上留下了永难磨灭的光辉一页，在老师和同学们的心中印下了难以忘怀的记忆，就在这个普通的日子里，从自己的队伍中间走出了一位英雄，他用自己年轻的生命，谱写了一曲舍己救人的共产主义壮丽凯歌。这位英雄就是我校地理系自然地理专业87级学生郭峰同学。

**英勇的行为，壮丽的凯歌**

那是一个星期天。是日，天气晴朗，微风阵阵，大自然似乎在向人们传送着春天的温情，位于长安户县交界处圭峰脚下的高冠瀑布风景旅游点，这一日显得格外热闹，那些在吵杂的城市中憋久了的人们，成群结队地涌到这里，领略大自然的风采，呼吸从秦岭深处送来的新鲜空气，观赏从30多米高的山崖飞泻直下的瀑布在崖底潭中翻滚怒吼的壮观景象。

这一日，西安帆布厂也组织了职工来这里，加入了成千上万踏青者的行列，他们有的嬉戏追逐，有的拍照留念，有的哼轻小歌，一切看上去是那样的浪漫和惬意。

中午约1时40分，意外的情况发生了：该厂的一名女工不慎落入瀑布上游不远处的河中，被溪水席卷着向下游冲去……

"有人落水了，救人啊！快救人！"呼救声立刻引起了正在瀑布上游约30米处与同学一起休息的郭峰同学的注意，他抬头一看，河中有一位身穿红色衣服的妇女，急速向下游漂来。面对险情，他忘了自己不会游泳，也忘记了上山时导游牌上所写的"水迹五台阶，落水难相救，冠潭深莫测，下去难生还"的告诫，毫不犹豫地跳入水中去抢救，当同伴反应过来时，他已到了河中间。四月的时节，虽然大地泛绿，柳枝发芽，但汇集了秦岭深处冰雪融水的溪流仍冰冷刺骨，加之河水又在将近2/10比降的河床中下泄，流速极高，巨大的冲力和脚下溜滑的石头使他无法站稳。就在这时，落水者已被冲到眼前，他急忙伸出手，拦住落水者，试图将他抱起……可就在这一瞬间，无情的激流将他推倒了，连同落水者一道被挟带着向下游冲去，落入瀑布下边的冠潭之中……

闻讯而来的西安石油学院学生唐春雨同学也被一起卷入深潭，崔继荣同学被一木桩卡住，侥幸生还。

事情的发生是那么的突然和短暂，有许多游人甚至还未看清楚发生了什么事情。人们纷纷涌向下游的冠潭边，他们眼巴巴瞅着咆哮翻滚的潭水，等待着、盼望着，盼望这位身材敦实、个子不高的小伙子，能重新出现在水面上，回到岸边……

（下转第二版）

本版编辑 万荫生

**图 13-4** 《西北大学报》刊载纪念郭峰的文章

图 13-5　郭峰同志革命烈士证明书

情发生后，西北大学，西安石油学院，西安市公安局，长安、户县公安局和市政工程公司等单位的领导率领打捞人员迅速赶赴现场，最后于 4 月 20 日下午将死者的遗体打捞出水。

　　郭峰的牺牲留给家人、老师和同学们无尽的悲痛和遗憾。郭峰在入水中的那一念之间，肯定存在着恐惧与勇气的斗争，但是勇气战胜了恐惧，这个勇气来自对人民的热爱，对生命的尊重和珍惜，来自对共产党党员党性原则的理解，来自青年人对时代的责任和担当。这个勇气不是一时兴起，而是来自日常生活中，长期的点点滴滴的自我修养和自我暗示。见义勇为、不怕牺牲的奉献精神是积土成山、积步成跬，一点一点养成的。正如他的父亲所说的，心里很痛，但是为拥有这样的儿子而骄傲！大家专门为他谱写挽歌，深切地悼念他，颂扬他的事迹，并为他集体守灵三天。

　　郭峰烈士的英勇壮举引起了强烈的社会反响，《光明日报》《中国青年报》《中国教育报》、中央人民广播电台等媒体都将郭峰舍身救人的事迹广泛报道。西北大学党委追认他为中国共产党党员，共青团陕西省委授予他"优秀共青团员"荣誉称号。1989 年 9 月 29 日，陕西省人民政府批准他为革命烈士。1991 年 4 月 24 日，原国家教委号召高等学校学生向郭峰等四位张华式的优秀大学生学习。

## 三、热爱生活　富有爱心的大爱情怀

郭峰以英雄人物作榜样，从小就显得很懂事。他在小学第一年就戴上红领巾成了少先队员，在学校，他是严于律己、团结友爱、勤学善思的好学生；回到家里，又因经常帮助邻居做好事而受到邻居的夸赞。有一次放学回家的路上遇到下雨，他把自己的衣服脱下来，披在邻居家的小朋友身上，自己冒雨回去。父亲看着淋得像落汤鸡的儿子，问他衣服哪儿去了，他却用憨诚的笑做了回答。班主任曾写给他这样一段评语：

> 郭峰同学思想进步，学习认真，成绩好，遵守纪律，尊敬老师，团结同学，热爱班集体……

上中学时，郭峰由长武县农村老家迁居到咸阳市父亲工作单位的家属院里。到了城市，郭峰没有因生活环境改变而改变，他抽空帮邻居打扫院子，积极分担家庭责任，帮爸妈洗菜做饭。母亲种了一些香菜，他就和弟弟去街上卖香菜，换点零用钱补贴家用。结果兄弟俩谁都张不开嘴大声叫卖，一个推一个转了半天，菜一根也没卖出去。但郭峰还是决定，不卖完菜决不回家，因为他知道母亲的艰难。最后他鼓起勇气找了一家饭店，把香菜卖给了他们。

郭峰说："正直是我的追求，洁净是我的个性。"大学期间，他经常利用业余时间为同学修理电器，同学们的录音机出了毛病，他总是第一时间为他们修理。他还主动打扫实验室卫生，为同学们提开水，还当同学们的义务保管员，就在他牺牲的那一刻，他的衣兜里还装着为几位同学保管的自行车钥匙。他和同学们的关系一直十分融洽，他的威信较高，被推选为校团委干部。在一次野外实习中，班里的一位同学生病了，他知道后十分着急，借来了三轮车将同学送到了几里以外的医院诊治，又是挂号，又是取药，累得满头大汗也不肯休息，彻夜守护在病人床前，用扇子为病人扇凉，驱赶蚊子。那位同学苏醒后看到熬红了双眼的郭峰，感动得流下了眼泪。

此外，郭峰爱好广泛，喜好书法和诗歌，还在理工科学生中组织"文学社"，拓宽大家的知识领域，丰富同学的业余生活。据郭峰舍友回忆，郭峰喜好练习书法，床头经常放着汪国真的诗集。他热爱中国古代爱国诗人，曾在同学面前激情朗诵岳飞的《满江红》。他崇拜《钢铁是怎样炼成的》中保尔柯察金式的英雄人物，还用省下的生活费购买路遥的《平凡的世界》。他热爱作诗、写日记，借文字记录生活感触与奇思妙想，在他牺牲前，他写作的诗集和日记共有8本，总计30余万字。

## 四、勤奋学习　勇于实践的优良品质

郭峰在上中学时，除了积极承担家务外，其余时间都认真学习。我们从他的日记中发现了郭峰上中学时一天的作息时间表，从表中可以看出他的生活是多么紧张又充实。

  1985年5月10日，星期日
  起床……5：15～5：20
  洗漱早饭……5：20～5：40
  到达公园……5：45
  去公园途中记 promise，favour，wear
  读初中外语第五册……5：47～6：35
  到达学校……6：42
  早读语文……6：45～7：00
  早读外语……7：00～7：20
  第一节课间休息……做操、预习立体几何
  第二节课间休息……预习物理
  第三节课间休息……拉单杠，记五册外语单词
  中午回家……11：40～11：50
  做午饭……11：55～12：25记外语单词
  预习政治和历史作业……12：35～14：10
  下午第一节自习……做几何及物理作业
  下午第三节自习……做物理练习册
  放学到回家……17：05～17：20
  淘米、烧稀饭、背外语……17：25～18：00

听小说……18：00～18：30

复习当日所学课程……19：00～20：30

预习、巩固前段所学……20：30～22：00

郭峰还创作诗歌鼓励自己努力学习，奋发向上。

"滴答""滴答"，钟表在一个劲地督促我，奋发，奋发。

"蓬叭""蓬叭"，座钟在一个劲地提醒我，蓬勃，蓬勃。

一个青年人，不能失去奋发的精神，和蓬勃的朝气；

一个青年人，要有时刻向上的意志，和正茂的风华；

像钟表里上足的发条，充满着弹性和能量；

像钟表里清脆的秒针，踏着稳健的步伐；

走向阳光灿烂的明天。

（摘自《郭峰日记》1985-09-19）

你该是跳跃的河流，

不是没有波涛的死海；

你该是东方朝霞的激愤，

不该是沉落夕阳的悲哀；

你既然是生命的帆，

就不该停在平静的港湾。

（摘自《郭峰日记》1985-11-28）

1987年的元旦，郭峰在迎接新年的同时，也不忘抓紧自己的学业。这一天，他在日记中这样告诫自己：

在新的一年中，我应该好好学习，利用一切可以利用的因素，来提高我的学习成绩。奋斗吧，郭峰，愿你前进不息，在困难面前永远做一个强者，永远富有快乐。

（摘自《郭峰日记》1987-01-01）

天道酬勤，1987年9月，勤奋刻苦的郭峰考入了西北大学地理系自然地理专业。在校期间，他学习上一如既往地认真刻苦，总是能够不断给予自己人生激励，用榜样的力量不断鞭策自己：

大学四年是不能荒废的。努力吧，为了目的的达到，为了生活的充实，我应该奋勇向前，不断进取！

（摘自《郭峰日记》1987-10-29）

他是这么说的，也是这么践行的。刚进大学时，郭峰的外语基础较差，为了学好这门功课，他坚持每天早起读外语，在床铺周围贴上外语单词卡片。该班的外语听力课在周六下午，听课的同学寥寥无几，但是郭峰每次必到，从未缺席。后来，他的外语成绩也逐渐名列前茅。就在他去高冠瀑布的那天早晨，他还坚持读了两个小时外语。

大二的郭峰已经尝试把所学到的知识用于实践之中，他画出了家乡的地图，并在地图上标出各种资源。在这个地图上，他规划了交通和工业。这些想法虽然稚嫩，但也透露出他敢于实践的一面。作为学生，他把爱党爱国的信念，热爱生活、富有爱心的情怀都集中体现在刻苦勤奋的学习上，他清楚地知道，这是学生的职责和任务。

## 五、西大英烈　精神永驻

郭峰大学时代的老师、原地理系总支书记李焕卿谈到，要向郭峰学习一种"将平凡事做好，做到不平凡"的精神。青年学郭峰，就是要学习郭峰爱党爱国、追求进步的理想信念，见义勇为、不怕牺牲的奉献精神，热爱生活、富有爱心的大爱情怀，勤奋学习、勇于实践的优良品质。像郭峰那样，把个人修为渗透在生活的点点滴滴，把追求进步贯穿在平凡的日常作息，把精神动力转化为勤奋学习的动力、助人为乐的动力、自立自强的动力。郭峰精神使一代大学生接受了一次崇高的精神洗礼，树立起一座时代的精神丰碑。

2002年百年校庆之际，西北大学全校师生捐款，共同修建了郭峰烈士雕像，这座雕像至今仍矗立在西北大学太白校区木香园北边广场一个繁茂的石楠树丛里。之后每年清明大家都在此地缅怀英雄，寄托哀思。郭峰烈士通过这种方式重新回到了西大的校园，永远地生活在西大的玉兰紫藤间。

西北大学根据郭峰烈士英勇救人的感人事迹创作了两部音乐诗剧——《英雄如歌》和《玉兰飘香　紫藤花开》。2005年5月，诗剧《英雄如歌》登上了全国大学生

图 13-6 郭峰烈士雕像

"五月的鲜花"文艺演出舞台。2009 年，学校首次开辟了郭峰烈士事迹展室，建立起广大师生学习郭峰精神的文化场所。2012 年，以"弘扬烈士精神，谱写青春赞歌"为主题的思想政治教育活动获得陕西省校园文化建设优秀成果高等学校一等奖。同时，西北大学城市与环境学院成立了理论学习类社团"峰青社"和志愿服务类社团"诚志爱心社"，从理论到实践，知行合一，全面学习弘扬郭峰精神。2015 年，学校开展"追寻英雄足迹，弘扬时代精神"郭峰生平事迹采集活动，收集郭峰的生平事迹。2021 年 4 月，西北大学郭峰事迹展厅开工建设，6 月举行开展仪式。该展厅位于西北大学城市与环境学院大楼，占地面积 50 平方米，分为"心有天地""舍身救人""薪火相传"和"精神永驻"四个部分。同年 7 月，城市与环境学院党委书记史波为全院党员师生讲授"青年学郭峰，奉献新时代"主题党课，并谈道："一个人的理想志愿只有同国家的前途、民族的命运相结合才有价值，一个人的信念追求只有同社会的需要和人民的利益相一致才有意义。"以此号召当代青年深入学习郭峰精神，传承红色基因，为新时代奉献力量。

（林启东）

# 第十四讲

## 见义勇为：
## 全国道德模范提名奖获得者戴俊

> 戴俊（1963—2007）①，江苏阜宁人。陕西广播电视大学工商管理专科毕业，2001年考入西北大学研究生班，取得硕士学位。2007年6月26日晚，在环城西路与太白路十字，为解救遭抢劫的女青年被三名歹徒残忍杀害。后被评为全国道德楷模、文明风尚典型、见义勇为先进个人和革命烈士。

### 一、艰难每从贫家始　梅花香自苦寒来

1963年，江苏省阜宁县沟墩镇条岗村，一声婴儿的啼哭响彻乡村土屋，戴俊出生在这个小小村庄。戴俊的父母都是老实本分、面朝黄土背朝天的农民。戴俊出生后，他家里面又接连迎来了三个儿子。因为父亲长年多病，母亲体弱基本丧失了劳动能力，在那个困难的年代里，提起戴家，村里人总是唏嘘不已，他们一家六口艰难地蜗居在20多平方米的土坯房中，一家经常是吃了上顿发愁下顿。四个半大的小子，需要的口粮足以压垮这个贫寒的家庭。好在善良的村民们对戴家多有照拂，经常帮衬，戴家四兄弟才得以长大成人。

---

① 追忆英雄戴俊见义勇为撼苏陕［N］．三秦都市报，2008-07-22（A14）．刘轩华．中国企业家百年档案1912—2012［M］．北京：企业管理出版社，2012：95．

图 14-1　戴俊（1963—2007）

穷人的孩子早当家，长子的身份使戴俊格外早熟。作为大哥的戴俊，是家里当仁不让的"主心骨"角色，身为家中孩子的老大，一大家子的衣食住行都压在了戴俊一个半大的孩子身上。据戴俊同班同学的了解，戴俊和弟弟们的衣服都是替换着穿，老大穿过的衣服给老二，老二长个子不能穿之后给老三。他们每年的衣服都是补了又补，补丁摞补丁。每天放学回家以后，戴俊还要忙着做饭打扫卫生、去地里干活，因为不干活一家人的收入来源就没有了。他边干农活边读书，还不忘时时刻刻拉扯弟弟们，成绩也是四兄弟里最好的。可惜由于无法心无旁骛地读书，高考时因为差一分，戴俊落榜了，和心仪的大学失之交臂。家里人和村里人都觉得可惜，劝戴俊再考一年，"再考一年，你肯定能当个大学生"，但戴俊看了看年久失修的土屋和下面三个连饭都吃不饱的弟弟，一狠心，抛下了钢笔，拿起了剃刀，跟老师傅学起了理发，当起了农村一个十几岁的小小理发匠。但当时农村穷啊，理一次头发只有三毛钱的收入，还不一定每天都能赚到。后来家里下面三个弟弟已经慢慢长大成人，家里开销越来越大，经常是入不敷出的状态，弟弟们长身体吃得更多，爹妈躺在床上需要医药费，三个弟弟要上高中，学费、书本费也是一笔不菲的支出，理发的生意也越来越干不下去，就连维持家里的基本开销都很困难。

三个弟弟长成后都不是读书的料，成绩都比不上当初的戴俊，戴俊不得不另想办法替他们谋出路。剃头攒了50块钱，戴俊一分都没给自己留，全部给了第二个弟弟，把他送去学了瓦匠。第二次又存够了100元，他仍然没留下，用它把第四个弟弟送去学修钟表。瓦匠和钟表匠在当时可是体面的技术活儿，戴俊希望弟弟们能够有一技之长用来养家糊口。最后仅剩的三弟，则被他留在自己身边，学起了理发。后来，一股时尚新潮风"刮"到了阜宁，女性开始流行烫卷发。为了赚更多的钱，戴俊将理发店搬到了沟墩镇，又找老同学给理发店起名——"一乐理发店"，他也跑到了阜宁县城学烫发手艺。殊不知，由于烫发成本高，农村大姑娘小嫂子们并没有多少人愿意花一笔"巨款"在自己的头发上，戴俊花了大价钱学的烫发在农村并不受欢迎，生意惨淡，几近无法维持家里的生计。

## 二、学习创业两不误　终成乐善好施家

1988年春节后，戴俊接到了一个来自他堂弟的电话，这个重要的电话改变了他的一生。彼时他这个学木匠的堂弟正在陕西韩城，他告诉戴俊这里正在搞旧城改造，破旧的小城镇即将成为一座新兴的城市，家家户户都需要铝合金门窗，生意好得很。他问戴俊愿不愿意来陕西跟他一起干。

穷则思变。戴俊是个有眼光的年轻人，他敏锐地捕捉到了里面巨大的商机，当即决心和堂弟一起干铝合金装潢生意。他去信给了在阜宁中学当教师的老同学陈穆询问建议，老同学支持了他，但他发现戴俊没有启动资金，于是老同学又求他未婚妻向他的岳母借了一千元钱，在当时大多数人工资只有几十块钱的年代，一千元钱可谓一笔巨款。怀揣这一千元钱，戴俊从苏北出发，踏上了前往西北的梦想的创业之路。

初创业充满艰辛，他在给老同学的信中写道："穆弟，你不知道我们在这里有多苦，我们住的地方放不下一个煤炉子，下雨时，都是头顶着一片塑料薄膜或者三合板在炉子上做饭。"①那是在创办华达铝合金装饰厂时，戴俊在韩城租了两间门面，没有烧饭的地方，只能拿三块砖头垒起一个锅灶，用废木料、木屑生火做饭。

由于没有本地那些"关系"，他们只能靠自己在大街小巷跑业务。戴俊将他们手上的铝合金柜台、门窗拍成照片，写上价格，贴在笔记本上。每每看见路边有正在施工建设的楼房，他就要上门进行推销。为了能将自己的生意推广出去，他受了不

---

① 追思英雄戴俊曾写给我的四封信（2011-05-08）[2022-05-06].

少冷眼，也多次被拒绝。有一次，为了谈一笔生意，戴俊前前后后跑了八次，到了第九次终于打动了经理，答应把铝合金装潢的生意给他们。①

肯吃苦的人总会得到更多收获，他告诉客户：先干活后收钱，干不好分文不收。这一招"生意经"迅速让质朴的陕西人民对他这个远道而来的外地人产生了信任。一传十，十传百，戴俊的铝合金装潢生意越做越好。人生地不熟的戴俊，很快就在陕西站稳了脚跟。

生意稍有起色后，戴俊就把在苏北老家的三个弟弟接来了陕西韩城。从此，兄弟们在戴俊的带领下，一人负责一个区域的业务，配合得非常默契，小生意蒸蒸日上。

但时间长了，戴俊发现自己之前对装潢装饰业一窍不通，只是凭着自己的热情和干劲推销，生意止步不前。"充实口袋必须要先充实脑袋"，戴俊暗自下定决心，于是他捧起了大量建筑学、美学、管理学以及和装饰装潢有关的书籍，如饥似渴地认真阅读。他坚持边干业务边"充电"，自学了陕西广播电视大学工商管理专业的全部课程，取得了专科文凭。

1999年底，在全家一致表决后，2000年他们在西安注册成立了自己的公司，仅注册资金就有1000多万元。

在现代企业管理和企业文化的建设中，为了汲取更多的知识，提升企业文化，2001年，戴俊自费考入西北大学工商管理专业研究生班，开始了他攻读MBA的学习生涯，并且取得了国民经济学研究生学历。当时西北大学研究生课程进修中心为社会公众提供经济学和管理学两大学科硕士研究生课程学习的平台，自20世纪90年代办学以来，数百人通过在中心的学习在职申请到了硕士学位，更有上千人将所学应用到企业经营和社会实践发展中去，为社会创造了良好的经济效益和社会效益。

正是这段宝贵的求学经历，使戴俊不仅收获了来自西北大学经济管理学院专业知识的熏陶，更使他结识了一群同样优秀的同学们。当时戴俊的公司在韩城市，生意繁忙，韩城又距离西安有一段距离，但戴俊每周都风雨无阻从韩城驱车来到西北大学上学。在全班120多个同学中，戴俊是经常来上课的同学之一。由于戴俊为人豪爽，热心助人，学习认真，因此他理所应当地被大家推选为班长。戴俊在学习方

---

① 郭小川. "来世有缘还要做兄弟"（2007-07-04）[2022-05-06].

法上有独到的见解，和其他同学明显不同，他更注重理论和实践的结合。他的创业激情和经营才能使同班同学喟叹。每当老师讲过什么知识原理后，戴俊总爱向老师发问。有一次，教授在管理学原理这门课上提到了现代企业的薪酬制度，戴俊课间休息时就和老师探讨企业中的薪酬设计问题，希望在员工利益、企业效益和社会公正之间达到和谐。

此外，他更是同窗心目中为人仗义的老大哥。班里每次组织集体活动，戴俊不仅忙上忙下，而且总是负担活动费用。平时同学们一起聚餐，戴俊总是巧妙地早早买单，以致有的同学三年都争取不到一次"买单权"而颇感失落。毕业时戴俊更是慷慨解囊，一个人承担了几千元印刷精美、做工考究的同学录制作费用。临毕业前，最后一次同学聚会，戴俊是赞助最多的。他很珍惜这段在西北大学求学的难忘时光，更珍惜在西北大学相遇的这群同窗好友们。

而后戴俊更没有放弃对专业技术的探索和追求，在公司里，戴俊第一个拿到了项目经理资格证书。时隔一年，他又成为全公司第一个建造师。在进行技术专精的同时，戴俊也不断完善企业管理制度，遵纪守法，诚信经营，事业蒸蒸日上，受到政府的信赖和客户的肯定。企业连年被行业评为优秀企业，戴俊个人被评为2006年度陕西省装饰行业优秀企业家。

正是因为吃过苦，所以更愿意帮助同样身处困境中的人们。戴俊在老家慈善的名声远近皆知。"在戴家村，哪个孤寡老人、贫家学子没受过戴俊的恩惠！"村子里的人如是说。

他对村里的中华人民共和国成立前的老党员户、困难户和有病的人员特别关照，每年到了年关，他总是要给村里的老村支书打电话问"今年谁家里最困难，过不了个好年"，然后每年春节回家时，戴俊都慷慨解囊，逐户上门慰问，送上过年年礼和压岁钱。感恩于当年村子里乡亲们的拉扯，他见村子里洗澡不便，于是出资近3万元帮村民们盖起了一座澡堂；见进村子的路难走，于是又出资近5万元修起了一条300多米的砖石路；见阜宁中学一部分贫困学生上不起学，他又想起了当年因为学杂费不足读书困难的自己，遂出资10万元设立专项奖学金予以资助；见县城绿化需要资金，他又带头捐资。①

---

① 刘汉昌. 民族精神集粹［M］. 北京：知识产权出版社，2009：187-188.

除了在村里鼎力相助有困难的乡亲们，戴俊更愿意让他们跟着自己一块儿干活发财。每年但凡有人要外出打工，戴俊都热情地让他们来西安投奔自己，前前后后有300多村民去了他的公司。对于这些在自己小时候帮衬了自己家的穷乡亲们，戴俊从来不摆老板的架子，都是尽心扶持。一年下来，大伙儿在他公司里赚的工资，比在其他地方干活儿高上万元。很多跟着他干活的村民都在村里盖上了二层小楼房，买齐了城里的家用电器。

每年到了年末，戴俊还会直接包上几辆大巴把村里人直接送回家和家里人团聚，临行前也总不忘包个大红包让大家过个好年。

时间久了，附近村庄的人都羡慕得很，提起戴俊总是交口称赞。

而奔赴总是双向的，戴俊的公司规模越做越大。因为诚实经营，用人靠谱，到2007年左右，公司的年产值已经突破了4000万元。公司的员工发展到200多名，仅条岗村村民就有70余人。

## 三、见义勇为垂青史　舍身成仁铸俊魂

戴俊自己当年因为一分之差没考上大学，所以对女儿的学习格外重视上心。为了方便正在上高中的独生女戴妮上学，戴俊特意在女儿读书的学校附近租了一套两室一厅的房子。

2007年6月26日，一个和往常一样平凡的一天，戴妮在家为了即将到来的期末考试专心复习。为了让女儿安心学习，戴俊决定这一天不去公司上班了。此前，妻子也说："公司里没有什么事情，你留在家里陪陪女儿吧。"于是，一整天，戴俊都留在家里照顾女儿。

晚上19时30分，吃完晚饭，戴俊怕自己在家会影响女儿学习，便询问了她的学习情况，叮嘱她学习一定要静下心来。随后，就跟往常一样下楼去遛弯闲转。当晚，戴俊出门后直奔位于环城西路的一家洗印店去取照片。照片是一周前戴俊去浙江考察项目时拍摄的。

当晚22时，一位来自陕西省宝鸡市扶风县的女青年孙某从太白南路某商场下班后，往租住地白鹭湾小区赶路回家。

当她走到环城西路自来水公司的公交车站附近时，突然从路边蹿出三个男子。这三个男子本打算去网吧上网，结果一摸身上没多少钱，三人便游荡在街道，想找准一个合适的时机抢笔钱花销。正巧看见急匆匆赶路的孙某，便寻思趁着僻静无人又是夜黑，正好趁着手上有刀，抢了她包里的钱去吃喝玩乐。其中一名男子趁孙某不备，迅速上前一手用刀威逼，一手抢夺她的背包。面对穷凶极恶的歹徒，孙某想到包里有一张存有10万余元的银行卡，卡里是老板让她拿去进货的资金，而且还有一部值钱的手机，便下意识紧紧抓着背包不放。在双方僵持过程中，三名歹徒对她拳打脚踢，孙某的背部、腿部被刀划伤，人也被按倒在地。另外两名歹徒也冲上前一起抢包。

濒临绝望的女孩大声呼救，希望能为自己争取一线生机。正巧取完照片路过此地的戴俊听见了孙某惨烈的哀号。戴俊当仁不让，冲上前去，厉声喝止歹徒。

三名即将得手的歹徒看见有人"多管闲事"，恼羞成怒，干脆一不做二不休，放开了孙某，转身围攻戴俊，用手上的刀子往戴俊身上捅。戴俊被连捅数刀，伤及心脏，受伤倒在了一片血泊里。歹徒们见势不妙，怕闹出了人命，于是匆忙逃向西门方向，消失在了夜色中。

路过此地的群众见此情形，急忙拨打了110报警。赶来案发现场的民警立即通知120急救车，但由于戴俊身中数刀并且伤及了致命部位，急救车赶到时为时已晚。医生把戴俊抬到救护车上，迅速地给他做电击治疗，但长达半个小时的电击治疗也没能挽救戴俊宝贵的生命。经法医诊断，戴俊被伤至肺破裂、肝破裂，最后因失血过多而身亡。孙某听到这消息昏倒在地。

很快，警方就通知了戴俊的亲属。四弟戴贵匆匆忙忙从家中赶去了环城西路，而他那可亲可爱的好大哥已经是被白布盖住的一具尸体。从现场的手机和白布下露出的鞋子看，戴贵一眼认出了那正是他的大哥，随即脚下一软瘫倒在地。

那双鞋子，简朴的大哥穿了好多年，甚至上一次见面他也穿着这双鞋。而那部手机，也早就磨损得连键盘上的字母都看不清了。为了这手机的事，戴贵曾多次提醒大哥："好歹是个老板，总得要点面子嘛！"但每次戴俊都说：做生意面子不是最重要的，你做事实诚，谁管你用啥手机。就在遇害当天，戴贵还接到大哥的电话："算了，你还是给我买一个新的吧，现在这手机按键都用不了了。"这天，戴贵还特意亲自从外地买了个好手机，打算找时间给大哥送去。①

看着地上的那个旧手机，戴贵蹲在地上抱着头大哭。此时此刻，人到中年的他，也仿佛只是当年条岗村里那个小小稚童，失去了大哥的他，整个人好像也失去了人生全部的方向，多年来兄弟相互扶持的回忆出现在他脑海里。

不仅仅是戴贵，对于整个戴家甚至整个公司来说，戴俊也是所有人的"主心骨"。他走后，从三个弟弟到弟媳，甚至是公司里那些员工们，无一不是悲痛欲绝。

在戴俊的葬礼上，一位名叫邱学仕的普通员工边抹眼泪边说：戴总的恩情，我还没有机会还呐！在事发前一年，邱学仕的父亲遇上了车祸，急需一笔医药费。他急得团团转，刚入职不久的他没有什么积蓄，听说老板人好，便鼓起勇气去借钱。没想到戴俊问清缘由后，二话不说拿出一笔钱给了他。父亲得救了，邱学仕才想起老板没让他打借条，也没说让他啥时候还这笔钱。他本打算从今往后就好好为公司出力，来报答这份救命之恩的。

而最伤心的，是戴俊的妻子和独生女儿。得知丈夫出事后，陪着丈夫白手起家的卜正琴几天夜不能寐，粒米未进，不断呕吐，始终不相信丈夫已经离开了他深爱的妻子和女儿。

巨大的哀伤笼罩着这个家族，也笼罩在古城西安的上空。

## 四、世人同钦弘正气　苏陕共仰泪满襟

案发现场毗邻西安市某大型商场，商场安有摄像探头，案发时正好拍下犯案的全过程，这大大提升了警察破案的效率。警方迅速调取了监控录像，初步掌握了行凶者的外貌特征；且事发时现场有许多目击者，根据目击者的描述，警方迅速锁定了犯罪嫌疑人的身份。

这三名穷凶极恶的歹徒，竟是三名十几岁的青少年！

16 岁的陈某、18 岁的孙某和 17 岁的武某同在华县一个村子长大。他们三人早

---

① 2007 年大叔救打工妹牺牲，身份公开，富豪们纷纷表示：我们很惭愧（2022-01-13）[2022-05-06].

早辍学,经常出入网吧,俨然一副不良少年,平常靠偷抢谋生,甚至时而持刀威胁他人以谋取钱财,被村民们视为当地村子的"恶势力"。陈某的父亲对办案民警说:"儿子是个不肖之子,是个坏蛋。"

7月4日晚20时30分,警方在华县新文街飞越网吧将陈某抓获。此时,陈某已将原本嚣张的网名"华县太子"改为"通缉犯",这似乎注定了他的下场。

7月5日零时许,民警冲进嫌疑人孙某家中,将熟睡中的他当场抓获。

7月5日早8时许,最后一名犯罪嫌疑人武某投案自首。

戴俊遇害4天后,也就是6月30日,西安市为他举行了遗体告别仪式。当天,泪洒三秦大地,鲜花和啜泣声成为天空和大地哀鸣的底色。当听说英雄的事迹后,3000多名群众从西安市各处自发赶来参加了戴俊的遗体告别仪式,尽管他们中的大部分人和戴俊素不相识。他们手捧白菊花,拉起"英雄一路走好""西安人民永远怀念你"等条幅。

尔后,还出现了极为震撼感人的一幕,有50辆自驾车,从四面八方赶来,为英灵护路送行。当灵车离开西安时,沿途数十辆汽车一起鸣笛致哀,其中包括戴俊在西北大学经济管理学院2001级国民经济学研究生课程进修班的20多位同学,他们从不同渠道得知他英勇献身的消息,纷纷从各自岗位匆匆赶来送别戴俊最后一程。那是身处西大同窗的数年情谊,更是对英雄精神的万分感怀。

"二十天前,老班长还给我打电话,询问同学们和老师的工作、生活情况,对大家十分关心,想不到突然遭此厄运!全班同学失去了一位好大哥、好榜样、好班长!班长虽然离开了我们,但我们全班同学都为他感到骄傲,他永远活在我们心中!"当年的副班长李三战含泪在灵堂前说。①

2007年6月30日,江苏省委书记李源潮在省公安厅上报的信息上批示:"戴俊见义勇为、光荣献身的事迹可敬可叹,其精神应大力弘扬。"②

2007年7月1日,江苏省省长梁保华在省公安厅上报的关于阜宁籍商人戴俊在西安见义勇为英勇献身引起社会各界强烈反响的信息上作出批示,要大力弘扬戴俊同志见义勇为的精神,并请阜宁县委、县政府转达他对戴俊同志家属的慰问。

---

① 张平阳. "班长,我们为你骄傲!" [N]. 西安日报,2007-06-29 (3).
② 罗斯文. 李源潮:戴俊事迹可敬可叹 [N]. 现代快报,2007-07-01 (F11).

在戴俊的家乡盐城，市委书记赵鹏也作出批示："戴俊同志的英雄壮举十分感人，他是盐城人民的骄傲"，要求在全市开展向英雄学习的活动。盐城市亭湖区委书记徐超说，戴俊堪称部分先富起来的人群中的典范。学习戴俊，可以引导更多先富起来的人们更好地承担起自己的社会责任，也有助于倡导社会的良好风尚，构建社会主义和谐社会，加快发展、科学发展。此事件发生后，该区已在全区开展"做先富典范、树苏商形象"学习活动，他们把广大的企业家作为开展活动的重点对象，先组织各级机关干部先学一步，然后分批委派机关干部到企业家当中，广泛宣传戴俊的先进事迹，并把企业家们集中到一起进行座谈，让他们谈体会、说心得。①

告别西安，魂归故里。2007年7月3日，戴俊的遗体回到了故乡阜宁。阜宁县政法委和阜宁见义勇为基金会联合成立了治丧委员会，决定以烈士规格迎接英雄回家。戴俊被安葬在县里的烈士陵园中。后由戴俊家乡的企业家出资，县淮剧团组织专业编剧人员用一周时间赶出《英雄戴俊》的剧本，正式演出时万人空巷，阜宁用艺术的形式留下戴俊不怕牺牲的英雄气概。②

2008年6月26日是戴俊去世一周年纪念日，满怀着对英雄的崇敬与怀念，数字影片《戴俊》在西安举行了首映式，影片以戴俊创业过程为主线，塑造了一位出身贫寒、立志高远、乐善好施的新时代企业家形象。

2008年7月21日，因犯罪情节恶劣，西安市中级人民法院依法以抢劫罪判处孙某、武某和陈某无期徒刑，并分别处罚金51000元、54000元和51000元。③

凶手已受到应有的制裁，戴俊的精神更是深深影响着戴家人。破案后，戴俊的四弟戴贵和公司员工等5人，手捧锦旗和感谢信，送给专案组。当戴贵准备将3万元慰问金赠送给专案组时，专案组组长、西安市公安局刑侦局局长游明婉言谢绝。游明称，警方的职责就是打击犯罪、保护人民，公安机关只有将工作干好，才能回报社会和人民。④

---

① 戴俊. 百度百科（2013-08-22）[2022-05-06].
② 淮剧《英雄戴俊》上演 江苏阜宁县万人空巷[N]. 西安日报，2007-08-23（3）.
③ 富商戴俊见义勇为被杀案宣判 3歹徒被判无期[N]. 三秦都市报，2008-07-22（A06）.
④ 程彬. 凶手还曾劫杀一教师 警方谢绝戴俊家属3万慰问金（2007-07-10）[2022-05-06].

图 14-2　送别戴俊

戴家另外 3 个兄弟也将继续着哥哥未完成的事业。戴俊在西北大学的老同学也是最后一位见到戴俊的同学、时任西安交通大学机关党委书记的赵剑回忆道,戴俊想捐建一所希望小学,让他做方案。弟弟们知道哥哥一生乐善好施,知道了大哥的遗愿,便决心一定要帮助大哥完成他未竟的事业。后来经过和当地教育部门沟通后,得知学校经费较为充足,他们又将这笔钱拿来创立了教育基金——"宝马装饰公司爱心奖学金",继续帮助那些因贫困而濒临辍学的孩子们。这一做,就是好多个年头。时至今日,戴俊生前创办的公司依然将戴俊精神作为最宝贵的财富,代代相承。①

## 五、昨夜星辰依然闪烁　英雄虽去英名永在

戴俊院友去世三周年时,西北大学经济管理学院组织 100 余名统一身着白衣黑裤的党员志愿者,以及数百名市民参加了在环城西苑广场上举行的"大俊归来——向戴俊学习、做时代有为青年 6·26 纪念活动"。淅淅沥沥的小雨并没有阻挡大家缅

---

① 西安宝马建设科技股份有限公司公益活动/爱心基金(2017-05-06)[2022-05-06].

怀英烈的脚步，大家深情地朗诵了《大俊归来》①：

> 当他踉跄着扑倒在古都的街头，夏夜好疼！大地好疼！……三年了，不曾忘……戴俊是走了，可是他并未远离，他在我们的心间播下爱的种子……戴俊，你的名字，我们不会忘，永远不会忘！

每一字，每一句，无不渗透着西大学子们对这位学长、这个榜样深深的敬佩和赞颂。戴俊走了，但他的宝贵精神融入了西大的骨血，成为西大精神的一部分，在一代又一代西大人的口耳相承中传扬。

在场的群众也被同学们的深情所感染，再次涌起对英雄事迹的感怀。西北大学经济管理学院的志愿者们在英雄的相片前深情地宣誓："学习英雄戴俊，树立时代新风；践行奉献精神，传播先进文明……为建设公平正义、诚信友爱、安定有序、人与自然和谐共处的社会主义和谐社会贡献力量！"②

"现在我们整个社会，人们都忙着追求物质，缺的就是戴俊这种关爱他人的精神！我们在精神上应该向戴俊学习！"西北大学经济管理学院大二学生程思齐说。

20多年前，以三个半人的小作坊起家的江苏伯乐达集团董事长陆留伯感慨尤深。他说，自己也是一位民营企业家，是盐城先富起来的一部分人中的一个。他表示要积极响应省、市委领导的号召，向戴俊学习，力争以更好的形象、更大的业绩去回报社会。阜宁一位陈姓私企老板参加了戴俊的追悼会后，噙着泪水感慨地说，戴俊的精神真的了不起，他生前白手起家，艰苦创业，自己富了以后又慷慨解囊，回报社会。虽然腰缠万贯，但当他人遇到危难时，能挺身而出，用生命维护了正义。以前，自己也想为社会做点好事，但又觉得自己口袋里的钱还少，等真的富了再说。可与戴老哥相比，真的很惭愧。英雄虽然走了，但他高尚的人格和品德将永远铭记在我们心中。

戴俊所得到的以下荣誉，当之无愧：

2007年6月28日下午，受西安市委常委、市委政法委书记、市公安局局长丁健的委托，西安市委政法委、西安市公安局、市局刑侦大队、西安市见义勇为协会等

---

① 经管学院组织党员志愿者参加戴俊逝世三周年纪念活动（2010-05-29）[2022-05-06].
② 见义勇为英雄戴俊遇难三周年（2010-06-27）[2022-05-06].

图14-3 西北大学经济管理学院举行"大俊归来——向戴俊学习、做时代有为青年6·26纪念活动"（2010-06-26）

单位领导专程来到戴俊家，慰问了其家属。同年6月29日，西安市莲湖区政府授予戴俊"西安市莲湖区见义勇为先进个人"荣誉称号。

2007年7月1日，江苏省省长梁保华在省公安厅上报的关于阜宁籍商人戴俊在西安见义勇为英勇献身引起社会各界强烈反响的信息上作出批示，要大力弘扬戴俊同志见义勇为的精神。

2007年7月3日，阜宁县政府将戴俊的骨灰按照烈士规格安葬在阜宁烈士陵园，接受人们瞻仰。

2007年8月31日，戴俊被西安市政府追授"西安市见义勇为先进个人"称号。

2007年10月10日，中华人民共和国民政部批准戴俊为革命烈士。

2008年4月19日，陕西省人民政府决定，追授戴俊"陕西省见义勇为先进个人"荣誉称号，奖励10万元。

2008年7月22日，戴俊先后被中央文明办、全国总工会、共青团中央确定为全国道德楷模、文明风尚典型和革命烈士，并被全国妇联授予"见义勇为先进个人"荣誉称号。

诚如戴俊家乡阜宁县的陈慕和张大勇 84 行诗所写：

你踉跄着扑倒在古都的街头，夏夜在疼痛，西安在疼痛，大地在疼痛，千里之外的阜宁哟，泪流满面，沉痛哀悼！

你过去的善，曾经的真，往昔的美，永恒的好，像日升像月行像群星高照，一件件，一桩桩，一条条，一座无形的纪念碑哟，在父老乡亲的心头，越垒越高。

戴俊乡贤，你没有倒下，戴俊英雄，你将永生，就像西安古城墙巍巍着风骚，就像阜宁射阳河滚滚涌浪潮……

戴俊在全社会弘扬社会正气、抑制邪恶、创建和谐社会的大背景下，义无反顾地用自己宝贵的生命维护了正义，谱写了一曲见义勇为的英雄之歌。

（赵嘉文　王旭州　姚　远）

# 第十五讲

## 西大九烈士：
## 危难之际彰显英雄本色

### 一、坚守信念　为工农武装革命献身

王文宗（1904—1928），又名隐，字子清。清光绪三十年（1904）出生于陕西渭南大王姜巷。曾就读于陕西省立第一中学、陕西公立法政专门学校、国立西北大学。1927年2月转入西安中山学院。1927年夏毕业后，在渭南县立中学任校长，同年加入中国共产党，兼任国民党县党部委员和常委。1928年2月29日，在"宣化事件"中被捕。1928年6月17日下午，与一同被关押的8位共产党员一起被活埋于西安北门外红庙坡。

1924年至1927年间的大革命失败后，中共陕西省委号召共产党员到农村去，到军队中去，准备力量，武装反抗国民党的反动统治。王文宗就是在此期间完成在西北大学三个前身学校（陕西公立法政专门学校、国立西北大学、西安中山学院）的学习，并于1927年夏回到渭南，投入了这场伟大的斗争。他初任渭南县立中学教员，后任校长，1927年10月在校加入中国共产党。受党派遣，王文宗同冯异僧、郭壁等人参加了重建国民党渭南县党部工作，担任国民党县党部委员和常委，取得了领导权。他利用职务之便，随时掌握国民党内部的动向，及时向县委书记肖明汇报。在"宣化事件"中，他冲在最前面，积极营救被捕的群众，但自己却身陷囹圄。在狱中，他遭受非人折磨，却英勇不屈，直至将生命献给了中华民族的解放事业！

图 15-1　王文宗（1904—1928）

对王文宗的研究很少，仅见有《西安市志》①的简要介绍。《临渭红色印记》②中收录有一二百字。另外，在研究"宣化事件"中涉及王文宗的史料。③

位于陕西省渭南市临渭区双王街道办槐衙村的宣化观，为大革命时代宣化小学所在地。这虽然是个很小的地方，但它在1927年3月就建立了秘密党支部，也是中共西北区委机关所在地。在此发生的"宣化事件"是在中共陕东特委的直接组织领导和西北工农革命军的支援下，渭南、华县万余农民起义的导火索，拉开了渭华起义的序幕。

事件由国民党县党部的一场选举引起。1927年11月，陕西省政府主席宋哲元委派国民党党员刘铭初等7人筹备改组国民党渭南县党部。共产党人为了争取合法地位，在中共渭南县委的领导下，经过努力，推举共产党员、渭南县立中学校长王文宗等5人组成国民党渭南县党部执行委员会，王文宗等为执行委员。王文宗受中国共产党的派遣，主持重建国民党渭南县党部的工作，担任国民党渭南县党部常委以

---

① 西安市地方志编纂委员会. 西安市志·第七卷：社会·人物［M］. 西安：西安出版社，2006：559.

② 程钧鸿. 临渭红色印记［M］. 西安：三秦出版社，2016：179.

③ 阳郭史苑：拉开渭华起义序幕的"宣化事件". 渭南市华州区人民政府（2018-08-27）［2021-06-12］.

及党务指导员，接替前任党务指导员焦健民（亦为中国共产党党员）而主持国民党渭南县党部工作。王文宗从容掌控国民党动向，及时向中共渭南县委汇报，将国民党渭南县党部的领导权牢牢掌控在我党手中。而落选的刘铭初等渭南县国民党县党部委员便气急败坏，伺机报复。

1928年2月29日，刘铭初伙同落选的薛明璋、王武轩、田宝丰及李万春等人，纠集地痞流氓四五十人闯入宣化高小，砸坏校牌，抢去文件，殴打教员，驱赶学生。宣化高小迅速向中共渭南县委做了汇报。党组织认为这是反动势力企图彻底破坏党的地下组织的重要信号，并于当晚召开紧急扩大会议（中共陕西省委常委张金印也出席会议并讲了话），决定对反动分子的挑战和猖狂进攻予以反击。黎明时分，集聚的农民和几百名学生愤怒高呼"打倒恶绅"的口号冲进宣化观，要求赔偿被毁的宣化小学校舍。刘铭初等恼羞成怒，口吐恶言，谩骂群众，抛砖舞棍，并用铁拐杖抡打学生，一名学生被打得血流满面。顿时，民愤沸起，学生一齐上手，用木棒、石头砸死了刘铭初和薛明璋，又用菜刀砍伤田宝丰。恶绅王武轩越墙逃跑，慌不择路，掉入井中。事件因此升级，国民党政府疯狂镇压群众，宣布渭河南北各学校一律停办，切实改组。校长不良者撤换之，教员不良者更易之，学生不服从师长者，以共产党论罪。渭南县立中学、渭阳中学（今故市中学）、赤水职业学校、第一高等小学等均被查封或解散或暂停。这几所学校的党员、团员和学生、群众等40余人被捕，并解除了中共掌握的高塘自卫团的武装。

为营救被捕的同志和学生，王文宗找县政府说理，却被无理逮捕，扣押于渭南，后转西安西华门军事裁判处。1928年3月13日，中共陕西省委发出39号通告，要求各地党组织声援"二二九"革命行动。中共渭南县委决定发动全县学生和当地农民与暴徒展开斗争。3月13日，国民党县党部调来一支冯玉祥的部队，包围高塘镇，企图将中共华县县委一网打尽。中共渭华地方党组织陕东赤卫大队形成100余人、60余支长短枪的一支革命武装，准备抵抗。中共陕西省委代理书记李子洲（主持省委工作）担心渭华地区的党组织遭到破坏，经省委紧急会议讨论，决定渭华地区提前起义。

4月下旬，在国民党西北军新编第3旅进行兵运工作的共产党员刘志丹、唐澍和旅长许权中率该旅由潼关向华县高塘镇进发，途经华县瓜坡镇时宣布起义。起义部队在高塘镇改编为西北工农革命军，近1000人，刘志丹任军事委员会主席，唐澍任总司令。

1928年5月1日，渭华起义全面爆发。渭南县、华县万余农民在渭南县崇凝一带举行起义，成立了崇凝区苏维埃政府和陕东赤卫队，占领集镇，惩办反动官吏、土豪劣绅，在高塘、崇凝、塔山等地建立了40多个区、村苏维埃政府。

这时，被关押于西安西华门军事裁判处的王文宗等9位共产党员随时面临生命危险。敌人惨无人道，用尽酷刑，也没能使他们屈服。在被押上囚车拉到西安市北门外的途中，几位同志一路上不断高呼："中国共产党万岁！""打倒国民党反动派！"徐九龄和方鉴昭高声痛骂国民党反动派的无耻罪行，凶残的敌人将方鉴昭的舌头割断，致其浑身血迹，惨不忍睹。在将几位党员同志推入深坑活埋时，李维俊忍着窒息的痛苦，挣扎着用尽最后的力气警告敌人："你们只能埋葬我的肉体，却埋不了我所信仰的共产主义！"

1928年6月17日下午，王文宗与同被关押的其他共产党员同时被活埋于西安北门外红庙坡。时年，王德安31岁，李嘉谟27岁，方鉴昭、冀月亭、李维俊22岁，校明济、徐九龄21岁，任醴18岁，王文宗24岁，史称"西安九烈士"。同时，西北工农革命军、陕东赤卫队在人民群众的支援下，打退国民党军向高塘、崇凝一带的两次进攻，6月20日晚退入秦岭，后向雒南（今洛南）县转移。7月初，在雒南两岔河、保安镇地区遭国民党军和地主武装的袭击，大部队被打散，唐澍牺牲，刘志丹等少数人员分散转入隐蔽斗争。

1952年12月21日，中共中央西北局、中共西安市委在西安人民大厦召开追悼大会，隆重纪念"西安九烈士"。会后，将他们的遗骨移入西安市南郊烈士陵园。①

## 二、唤起工农　中山学院四学生不惧牺牲闹革命

程永盛（1906—1928）、宁克齐（1905—1932）、杨实初（1903—1930）、高绪祖（1907—1935），均系西北大学前身西安中山学院毕业生，在工人运动或农民运动中，相继遭国民党反动派杀害。

---

① 高照峰. 西安九烈士［M］//陕西省革命烈士事迹编纂委员会. 英烈传选第1卷. 西安：陕西人民出版社，1987：63-78.

图 15-2 程永盛（1906—1928）

程永盛，清光绪三十二年（1906）出生于陕西省旬邑县清塬镇郝村的一个贫农家庭。1925年初，成为自西安成德中学学成毕业的旬邑籍中共党员许才升的学生，他接受马克思主义观点，思想觉悟提高很快，积极参加学生运动，反对旧文化，提倡新文化，带领广大学生参加许才升组织的学生和农民向县政府请愿、要求减免粮款的活动，并在许才升推荐下到旬邑宝塔高小任教。

1926年8月西安围城之际，中共西安地委指示旬邑籍中共党员许才升、宁克齐、王日省以国民党陕西省临时党部特派员的身份返回旬邑，筹建国民党旬邑县党部和发展党的组织，并在旬邑宝塔高小任教，他们进而与程永盛成为同事。不久，许才升介绍程永盛等9人加入中国共产党。随后，许才升创立中国共产党旬邑特别支部和中共宝塔高级小学支部，并担任特支书记兼宝塔高小支部书记，程永盛任组织委员。之后，程永盛跟随许才升等人积极投身农民运动，宣传革命道理，发展革命力量，为旬邑党组织的发展奠定了根基。1927年初，受中共旬邑特支委派，程永盛赴西安中山学院农民运动班学习。毕业后，他返回旬邑继续从事革命活动。1927年10月，在程永盛的协助下，许才升、吕佑乾等将中共旬邑特支改为中共旬邑区委，程永盛按照区委决定被聘为旬邑城关仓里小学教师，并秘密发展5名学生加入中国共产党，成立了中共仓里小学小组，程永盛被推选为党小组组长。由于旬邑国民政府教育局调整，程永盛被调至丈八寺小学任教至次年初，又在此地为党组织的发展壮大秘密培育和发展了后备力量。不久，他回到清塬，组织农民运动，捐款购买枪支、刀、长矛，准备农民起义。1928年5月7日，起义农民攻占县城。1928年5月12日上午，起义队伍在宝塔高小召开旬邑县临时苏维埃政府成立大会，中共旬邑区委书记吕佑乾、新成立的临时苏维埃政府代表许才升分别讲话，临时苏维埃政府军事委员会委员长兼中国工农红军渭北游击支队总指挥程永盛宣布秘书室及军事、土地分配、经济、交通、宣传、外交、革命裁判7个委员会共8个机构首长名单。随后，程永盛宣布起义军改编为红军渭北游击支队，下辖3个连。会后，程永盛、吕佑乾率第一、二连驻守旬邑县城，在保护革命成果的同时，防范反动派的反扑。5月30日，因叛变分子刘兴汉等人出卖，程永盛被捕，31日被押至张洪镇。行刑前，程永盛等人高喊"中国共产党万岁"，慷慨赴死，时年仅22岁。①程永盛积极践行在西安中山学院所学的马克思主义理论，在旬邑发展党的组织，宣传革命，唤醒工农大众，发起旬邑起义，为中国劳苦大众的翻身解放献出了自己年轻的生命。

宁克齐（1905—1932）②，字子康，清光绪三十一年（1905）出生于陕西省旬邑县上堡村一个家境殷实的地主家庭。1923年秋考入西安私立民立中学，在此接触到《中国青年》《向导》《共进》《唯物史观》《资本论入门》等革命书刊，同时结识中共党员教师魏野畴、雷晋笙、吕佑乾等人。1924年秋，在西安加入中国社会主义青年团。1925年12月初，吴化之整顿三原团组织时，将宁克齐等人吸收为中共党员。1924年冬和1926年8月，宁克齐相继与许才升回旬邑开展革命活动。1926年的寒假教师补习班，宁克齐在向学员讲授数学的同时，对他们进行马列主义教育。1927年初，他在平民夜校讲授中国共产党和国民党的关系及帝国主义的形成。1927年夏，他在来自旬邑、邠县、淳化、长武、正宁、宁县等地的师生暑期学习班上，亲自讲解《共产党宣言》《唯物史观》《共产主义与共产党》《马列主义浅读》等。1927年4月李大钊遇害后，他协助中共旬邑特支先后召开李大钊烈士追悼大会并担任大会主席，特支还召开"五卅"惨案追悼会，由宁克齐负责纪念大会的组织工作。1927年暑假，宁克齐被中共旬邑特别支部派往西安中山学院政治班学习。西安中山学院解散后，宁克齐任中共陕西省委交通员。1929年春，因叛徒出卖，中共陕西省委主

---

① 《旬邑文库》编纂委员会. 旬邑文库人物卷［M］. 西安：三秦出版社，2016：40.
② 中共旬邑县委党史研究室，旬邑县档案局. 中国共产党旬邑历史大事记［M］. 西安：三秦出版社，2017：6.

图 15-3 宁克齐（1905—1932）

要负责人潘自力、李子洲等领导，以及宁克齐和长安县团县委负责人杜松寿等 40 多名同志先后被捕，被关押在西安军事裁判处看守所。面对国民党反动派的严刑拷打，宁克齐坚贞不屈，严守党的机密。他被关押期间，胞兄宁克修和本村张彦清带金镯钱财探监，拟将宁克齐赎出，但要宁克齐画押时，遭到他的严词拒绝，复因此而被打得遍体鳞伤。1930 年，宁克齐逃出监狱，暂居家中。1931 年 3 月，宁克齐被党组织派往甘肃省国民党警三旅第二团第二营第六连，以司务长和连文书的身份为掩护做兵运工作，并在党内任连党支部书记。1932 年，宁克齐在靖远县与土匪作战时牺牲，时年 27 岁。

杨实初（1903—1930）①，又名杨朴，字实初，清光绪三十一年（1905）出生于陕西省澄城县寺前镇东正街。1919 年在三原甲种工业学校做艺徒，织绑腿。1920 年在杨虎城部任排长，与刘镇华的镇嵩军作战时因夺得一把手枪而与营长发生摩擦，被陷害入狱，后获释被救。1927 年 3 月，入西安中山学院军事政治班。4 月，中共党员、国民军联军总政治部部长刘伯坚在学院选拔有军事经验者 10 人随之出关东征，杨实初获选随行。"四一二"反革命政变后，刘伯坚被撤职，苏联顾问乌斯曼诺夫等

---

① 严佐民. 杨实初烈士传略［J］//中国人民政治协商会议陕西省澄城县委员会文史资料研究委员会. 澄城文史资料，1985（1）：43-45.

人被"礼送"回国,西北地区的革命形势急转直下,到处笼罩着一片白色恐怖。国民军联军驻陕总部政治部副部长魏野畴,以及共产党人吴岱峰、杨实初、张学静、刘子华等来到杨虎城部,杨虎城全都委以职务。①吴岱峰②同志回忆:

> 在驻马店,我见到了杨实初(陕西渭南人,曾在十军第二师任政治部主任兼搞我党地下工作)、申明甫等同志。杨问我离开太和的情况,我叙述了经过。杨说他离开十军时,魏野畴同志已到阜阳去了,军委书记由宋树勋代理。不久,宋叛变了,把全军共产党员名单交给了孙蔚如。孙把一百多名共产党员都集合看管起来,给每人都开了护照,发了路费。第二天早晨,派炮兵连连长孔从洲带一连人"押送"到界首集,交给了肖之楚。肖又派兵"押送"出界。杨还说他与地方党接上了关系,叫我就在这里参加农民暴动。后来,我和申明甫被派到驻马店东乡十里之处,与一个小学教员(地方党组织负责人)接上关系,夜间和农民一起外出打土豪,分粮食、牲畜、农具等,白天又回到驻马店第七军副官处。是年中秋节后,我和朱侠夫、朱敏,还有一个姓常的,四个人一起到遵化县(当时是四十七军高桂滋部的驻地),与杨重远(四十七军军委书记)接上了关系,又开展了农运工作。③

1927年12月,按中共河南省委指示,主要以杨虎城部的中共党员为基础,建立中共皖北特委,以杨虎城、高桂滋、王虎臣、肖之楚四支部队的中共党员为骨干开展工作。杨实初任杨虎城部第二师党总支书记。④1928年4月9日,杨实初随中共皖北特委书记魏野畴参加皖北暴动。暴动失败后,他到开封从事工运,衣着破旧,常与人力车夫一同居住,曾与中共河南省委书记吴芝圃在一起工作。据时任中共陕西省委书记耿炳光回忆,杨实初1930年前后在豫南牺牲,时间、地点不详。

---

① 中国中共党史人物研究会. 中共党史人物传精选本3·英烈与模范卷上[M]. 北京:中共党史出版社,2010:302.

② 吴岱峰(1903—2005),中央组织部正部长级离休干部。中共七大代表,第三、四届全国政协委员,第五届全国政协常委。陕西省安定县(今子长县)人。是陕甘晋红军早期的主要创建者和领导人之一、西北红军和西北革命根据地的主要创建者和领导人之一。曾任西安中山学院军事政治队中队长、大队长、党总支委员、总支书记。

③ 吴岱峰. 忆杨虎城军校中党的工作(1982年11月在四九起义座谈会上的发言,李恒山整理)[M]//中共阜阳县委党史办. 皖北阜阳四九起义. 合肥:安徽人民出版社,1986:88.

④ 中共界首市委党史办公室.中国共产党界首历史·第1卷[A].教育印务有限公司,2011:27.

图 15-4　高绪祖（1907—1935）

高绪祖（1907—1935）①，字绳武，曾用名何通，陕西省佳县店镇神堂沟村人。1925 年春，考入陕北绥德省立第四师范学校，积极参加学生爱国运动，参与进步学生组织的"振葭会"，并经常在《振葭》刊物上发表文章。1926 年冬，加入中国共产党。1927 年春，入西安中山学院学习。大革命失败后，高绪祖在家乡坚持革命斗争，任佳县农村最早的党组织中共神堂沟支部书记，后任中共佳县南区委组织委员。1928 年 2 月间，党派高绪祖到刘拴沟小学当教员，以此为掩护，通过节日、庙会宣传革命思想，在这一带发展党团组织，建成一个秘密农会。次年陕北大旱，小学倒闭，高绪祖被迫回家，经济情况十分困难，但他仍将家中仅有的一点小米背着父母卖掉交了党费。这时，为工作便利，中共佳县县委决定将神堂沟村党支部改建为佳南区委，高绪祖担任区委组织委员。1934 年冬季，佳县县委组织部部长乔鼎铭奉命去特委工作，县委决定高绪祖任县委组织部部长。1935 年初，佳县红五团南下，国民党反动派乘机"围剿"佳县苏区，革命形势非常紧张，高绪祖和其他同志一起始终坚持斗争，机智勇敢，多次摆脱了敌人的追捕，安全脱险，继续开展革命活动。②

---

①《榆林人物志》编纂委员会. 榆林人物志［M］. 西安：陕西人民出版社，2007：1152.
② 本书编委会. 雕山忠魂 英烈事迹、遗文（墨）、回忆纪念文章［M］. 西安：陕西人民出版社，2011：114-116.

1935年农历二月二十日，高绪祖和时任佳县县委书记的高光祖一起去枣林沟、李家圪崂村一带活动，开完会后，被当时尚未暴露的叛徒李友仁等安置在山窑住下，李却连夜去店镇给国民党驻军告密。敌连长郭福堂于拂晓包围了整个山窑，高绪祖闻枪声出去观察情况，因前几天突围时小腿受伤，行走不便，被敌抓获杀害，敌人又残忍地将高绪祖的头挂在树上示众，惨不忍睹。遇害时高绪祖年仅28岁。

## 三、雨花台遇难　黄人祥坚守革命情操英勇就义

黄人祥（1904—1930），安徽六安人。1924年考入国立西北大学，后因参与反对陕西封建势力的斗争而被学校开除学籍。1926年，在北京农业大学加入中国共产党。1929年4月，负责南京市委工作（书记）。同年6月，因叛徒出卖被捕入狱。1930年9月20日夜，在雨花台被敌人杀害，年仅26岁。

### （一）家境殷实，自幼好学

黄人祥（1904—1930），字瑞生，在从事革命工作期间曾使用过黄瑞卿、黄子仁、黄瑞绅等名字作掩护。1904年8月，黄人祥出生在安徽省六安黄涧河乡沙家湾村的一个农户家。黄人祥有兄弟姐妹6人，他排名老二。祖父黄光雨是当地一位有名的私塾老师。父亲黄先举曾在黄玉堂茶行管账，后即从事农业生产并有少量土地出租，因而其家庭条件较为殷实。加之在华夏文明源头之一皋陶文化的长期滋润下，黄人祥自幼表现出不凡的学习能力。10岁起，他开始在沙家湾村的黄家祠堂里接受启蒙教育。一段时间后，他前往30里外的骆家庵和石婆店的私塾接受教育。黄人祥性格沉稳，做事细心谨慎，学习刻苦认真，品行端正有教，深受长辈和私塾教师的喜爱。1918年，安徽省立第三甲种农业学校（以下简称"三农"）在六安成立，渴望了解外面世界的黄人祥与私塾的几位同学一起报考且均被录取，黄人祥进入该校的农科学习，从此开始了接受新知识和新文化的成长历程。

1930年，迫于各种压力以及革命形势的需要，省立第三甲种农业学校停止办学。在短短的10余年间，作为当地一所著名的革命学府，它为皖西地区的革命工作培养

图 15-5 黄人祥（1904—1930）

了大量的优秀干部，学校毕业的很多学生后来都成长为土地革命战争时期党、政、军各领域的领导人或高级干部，为中国的民主革命工作作出了贡献。黄人祥就是"三农"学子中的优秀代表，经过"三农"的学习和反帝反封建斗争的锻炼，黄人祥已成长为一名坚强的革命战士。1922年底，他以优异的成绩从"三农"毕业，怀着救国大志，踏上了新的革命征途。

### （二）北京农大展宏志，革命战士已成型

黄人祥从"三农"毕业后，考取了位于西安的国立西北大学，成为家乡远近闻名的"文曲星"，也成为五四运动后从皖西地区最早走出的有志青年之一。但是，入学一年多之后，由于他领导和参与反对陕西省封建势力的斗争而被学校开除学籍。1925年夏，一些由于段祺瑞政府教育总长章士钊压制北京女子师范大学学潮而被"放逐"去西安的进步教师，都因学潮的解决回到了北京。在革命热情的驱使下，黄人祥跟随这批人来到了北京。到达北京后，黄人祥进入北京励群学院补习英语和数学，为投考北京的大学做准备。北京励群学院是民国时期著名的教育改良人士陈行可创办的专为中学毕业生报考大学做补习准备的学校，招生规模最多时达到300余人。在此期间，他开始接触中共北京地下党组织，并担负起党的一些外围宣传工作。这一

年"英商南京和记洋行"工人罢工事件发生以后①，黄人祥受北京地下党的派遣，以黄瑞绅的化名作为四名调查员之一参与了此事的调查处理过程，并将调查过程和结果发表在了报纸上，用确凿的证据揭露了帝国主义在中国犯下的滔天罪行，揭露了该企业殖民买办的本质属性，声援南京人民的反帝斗争。

1925年秋，经过补习培训的黄人祥以班级第一名的成绩考入了北京农业大学（以下简称"北农大"）农艺系学习。入学后，他为人诚朴，治学笃实，作风正派，成绩优良，获得了师生一致好评。同时，黄人祥积极加入了党的外围组织"农业革新社"，担任农村夜校教师。同时，他还负责北农大的学生会工作，也组织了西郊的一些农民运动。

1926年1月，经中国共产党北京农业大学支部詹乐贫介绍，黄人祥光荣地加入了中国共产党。中国共产党北京农业大学支部创建于1924年1月，是在农大团支部的基础上发展而来的，著名的中国农林生物学家、教育家、科学家乐天宇担任第一位支部书记。农大党支部在积极动员和组织学校师生参加各项政治斗争外，还根据形势发展的需要，选派一些能力突出的党团员分散到全国各地从事革命工作，为全国的革命工作也作出了重要贡献。当时的北农大如同其他高校一样，革命形势十分喜人。1926年初，学校的党团员人数各为14至15人，1927年夏就发展到了50人左右，约为当时全校学生的四分之一。

战斗中的黄人祥不仅英勇，而且充满了智慧。面对国民党反动派的搜捕，为了迷惑敌人，他委托在日本的朋友从东京给学校发来信件告知自己已经东渡日本留学。消息在学校传开以后，敌人真的以为他去了日本，就放松了对他的搜捕，在此情形下，他出现在北京中山公园等地再次开展革命活动。他的勇气给学生会的同学以极大的鼓舞，也更加配合他的革命工作。1926年，黄人祥被任命为农艺系支部书记。

---

① "英商南京和记洋行"，又称和记洋行、和记蛋厂，它是英国伦敦"合众冷藏有限公司"（又名"万国进出口公司"）的老板韦斯特兄弟派大班马凯司和买办韩永清、罗步洲在南京下关金川河两岸筹建的"江苏国际出口有限公司"的俗名，工厂占地52公顷，雇佣中国工人达四五千人，最多时达1万余人，是当时南京规模最大、最现代化的食品加工厂。1925年5月，"五卅"惨案发生后，在共产党员宛希俨、曹壮父等人的领导下，和记洋行成立了罢工委员会和各界救济罢工委员会声援上海。可是，负责工厂的英将早就准备好的英国海军陆战队的士兵带进工厂，并让他们向工人开枪射击，打死、打伤工人数十名，当场逮捕工人百余名，制造了和记"下关惨案"。

由于黄人祥积极工作，农艺系支部逐渐发展成为北农大各支部中最出色的一个支部，黄人祥本人也成为全校最优秀的一个支部书记。除了学校工作以外，他还担负起了北京西郊农民运动的组织和领导工作，经常前往长辛店、跑马场、什坊院等地指导农民运动。

1926年3月18日，在中共北方区委的领导下，北京各界群众在天安门前举行反对八国通牒示威大会，抗议日本军舰进攻天津大沽口及英、美等八国的武力恐吓。黄人祥作为北农大请愿队伍的领导人之一，组织和领导学校师生高呼口号，游行示威。谁知凶残的段祺瑞政府卫队竟然对手无寸铁的学生开枪扫射，黄人祥不顾个人安危，沉着机智地指挥参加请愿斗争的队伍有序撤离。北农大的革命志士特别是中国共产党党员们为中国革命作出了突出贡献。

"三一八"惨案发生后，北京地区笼罩在国民党的白色恐怖之中。考虑到部分党员同志的身份可能暴露，北方地区党的负责人李大钊决定将部分身份暴露的同志调离北京。随后黄人祥和北农大的18名中共党员一起被送去黄埔军校学习，暂时躲避。在广东期间，他又参加了北伐战争。不久之后，黄人祥再次调回北京。此时的北京由军阀张作霖严密控制，他面向全城发出通告，"凡通赤有证者不分首从一律处以死刑"，反动势力十分猖獗。①面对如此严峻的局面，黄人祥沉毅果敢，深思熟虑，仍然积极参加各项工作。这一时期，黄人祥相继担任中国共产党北京农业大学支部的组织委员、支部书记等职。他对革命工作极为认真负责，分秒必争，倾注了自己的全部热情。

1927年，随着蒋介石、汪精卫等人反革命政变的爆发，南方的革命形势随之变得更加严峻起来，黄人祥按照组织安排奉命到上海中共中央机关工作。不久，黄人祥又被调到中共江苏省委工作。而此时的江苏自"四一二"反革命政变后便一直处于国民党的白色恐怖之中，中共江苏省委领导下的南京市委组织机构在一年多的时间内遭到了敌人的三次破坏，市委多位负责人壮烈牺牲，急需得力干部挑起重担，进而恢复全市党组织以继续开展革命事业。在此情形下，1928年5月，中共江苏省委领导人李富春决定派黄人祥到中共南京市委工作，以期尽快恢复中共南京市委的工

---

① 中共江苏省委党史工作办公室，中共南京市委党史工作办公室，雨花台烈士陵园管理局. 雨花魂［M］. 北京：中共党史出版社，2015：26-31.

作。黄人祥到达南京后化名为黄子仁，在国民党统治中心从事艰苦的地下革命工作。随着国民政府定都南京，南京已经成为国民党反动派的老巢和总穴，便衣暗探遍布全市的角角落落，革命者随时都有被捕牺牲的危险。黄人祥临危受命，以前仆后继的英雄气概和坚定不移的革命意志，在腥风血雨中艰难地打开了南京地区的革命工作局面。他乔装打扮为客商，以洽谈生意为名游走在工人、群众和国民党军校学员中间，利用每一次接触的机会摸情况、找关系、立感情，进行革命宣传和培养发展革命力量。鉴于黄人祥的突出表现，在1928年12月举行的中共江苏省委改选南京市委的活动中，黄人祥当选为宣传委员，游优哉任书记。在中共南京市委同志的努力下，到1929年2月时，中共南京市委所属党组织恢复了包括沪宁路工人支部、国民党中央陆军军官学校特别支部等在内的19个地下支部，累计发展了163名地下党员，之后还建立起了地下城南区委。

1929年4月，由于游优哉被调走、缪庄林被捕，中共江苏省委遂决定由黄人祥全盘负责南京市委的工作，黄人祥承担起了市委书记的角色。他临危受命，为了便于工作改为姓张，在杨将军巷一号租赁一间小屋作为住所和掩护机关开展工作。其间，他还作为入党介绍人亲自介绍在北正街读书的湖南长沙人余讯宇（朱树农）加入了共产党。6月19日，原中共南京市委军事委员王昭平叛变，供出了分布于南京市多处的地下党组织，以及市委负责人黄人祥等人及其住处，国民党首都公安局据此抓捕了黄人祥等人。他先后被解送到国民革命军总司令部军法处，又转解到苏州的江苏省高等法院关押。与此同时，中央军校等多处中共地下党组织也被敌人破获，中共南京市委遭遇了第四次严重破坏而陷入停顿之中。

### （三）狱中斗争不止，雨花台就义

黄人祥被捕后，在法庭上从容地面对敌人的审讯，拒不承认自己的真实姓名和身份，"坚决不承认有加入共党情事，并坚称伊不是黄瑞生"，并修改籍贯为霍邱县。① 敌人始终不能从他的嘴里问出一点党的秘密，在生与死的考验面前，黄人祥表现出了高尚的革命情操和不屈不挠的革命精神。1929年8月，在没有证据的情况下，黄

---

① 鲍劲夫. 黄人祥烈士传略［M］//中国人民政治协商会议安徽省委员会文史资料研究委员会. 安徽文史资料·第24辑：解放战争时期. 合肥：安徽人民出版社，1985：66-72.

人祥以"加入反革命集团,执行重要事务"等莫须有的罪名,被判处有期徒刑18个月,送往江苏吴县的江苏省第三分监关押。第三分监是一所人间地狱,狱方对于这里的政治犯看管极其严格,提供的伙食也是极其粗劣,监狱所长随意克扣政治犯的伙食,任意给犯人强加手镣和脚镣,甚至不给犯人出号门大小便。面对这种境遇,黄人祥决意联络狱中难友开展斗争、改善待遇。10月16日,黄人祥利用哨兵不给犯人刘爱群出外大解并毒打一事,组织狱中同志与敌人展开了一场尖锐的斗争。

在狱中关押期间,黄人祥在暗地组织狱中难友争取改善待遇的同时,还利用上诉这一合法手段与敌人进行斗争。在1929年江苏高等法院对他作出判决之后,他立即上诉当时的中华民国最高法院。1930年1月18日,江苏高等法院根据最高法院的指令对黄人祥等人进行了复审并最终作出维持原判的裁决。虽然上诉未能成功,但它却展现出了黄人祥身陷囹圄却依旧坚持革命的斗争精神。1930年8月,黄人祥再次组织狱中难友进行斗争时,由于叛徒的告密,敌人在他的牢房中搜出了地下党的秘密文件,黄人祥等23人被作为"要犯"解送到江苏省镇江市进行"军事会审"。所谓的军事会审,就是国民党反动派可以超越法律条文的规定而任意处死共产党的革命同志。

黄人祥等人到达镇江后,被关押在镇江侦缉队的看守所中。由于他们这些所谓的"要犯"基本都是上海、南京和江苏各地党组织的领导骨干,因此当然不会安心地待在监狱中等候命运的判决。在对这里的地形和看守情况进行侦察和分析之后,他们发现这些牢房都是占用老百姓的民房,一面墙壁的外面就靠着路边小巷,于是,黄人祥、陈政齐、刘纪平和昌达等人商量策划了一起越狱计划。但在最后的越狱实施过程中,先走的刘纪平、昌达二人行动不慎引起了附近村镇野狗的狂吠,等到黄人祥逃出的时候引起了看守的注意,他们发现有人越狱后狂鸣警笛,警察到处搜捕抓人,黄人祥又被敌人抓住。

黄人祥等人在狱中的一系列斗争和反抗引起了敌人的极度厌恶和仇恨,使他们成为国民党反动派的"眼中钉肉中刺"。1930年9月20日的夜晚,黄人祥和张慧如、傅天柱(扈柔)、夏东山、郭振青等五人被国民党首都卫戍司令部派人悄然地枪杀于南京雨花台,黄人祥时年26岁。在生命中的最美年华,领导南京革命斗争的黄人祥同志将一腔热血洒在了这片土地上,他为了共产主义英勇奋斗、不怕牺牲的精神,将永远闪耀着绚丽的光辉。

黄人祥同志是中国共产党的优秀党员，生前为中国人民的解放事业作出了重要的贡献。1950 年，经皖北行署批准，追认黄人祥为革命烈士。

## 四、血洒黄花岗　黄花岗七十二烈士之一陈可钧

陈可钧（1888—1911），中国近代民主革命家，黄花岗七十二烈士之一。1911 年 4 月 28 日从容就义。

陈可钧（1888—1911）是中国近代民主革命家，黄花岗七十二烈士之一。字希吾，一字少若，福建侯官（今福州）人。清光绪二十九年（1903）随伯父仕陕，入陕西大学堂，光绪三十一年（1905）入日本弘文学院普通科，因日本文部省颁布《取缔清国留学生规则》愤而归国。次年再次东渡，宣统三年（1911）归国参加广州起义，攻入督署，力尽被捕。审讯时，痛斥清廷官吏："尔等利禄熏心，岂以富贵可久恃耶？吾辈必有继起，而终成吾志者！"1911 年 4 月 28 日从容就义。后被葬于黄花岗，为黄花岗七十二烈士之一。

## 五、战地天使　冯白华和武琦为解放大西北献身

冯白华（1927—1949），陕西白水人，1948 年考入陕西省立医学专科学校攻读医学，参加支前队伍时是国立西北大学医学院一年级学生。

武琦（1928—1949），陕西渭南人，1947 年考入陕西省立医学专科学校攻读医学，参加支前队伍时是国立西北大学医学院二年级学生。

她们是国立西北大学医学院的两位白衣天使，她们年轻的生命定格在共和国开国大典前夕的 1949 年 9 月 21 日。她们在完成解放大西北战地救护任务的返校途中献出了她们宝贵的生命，一位是一年级学生 22 岁，一位是二年级学生 21 岁。

1949 年 5 月 20 日西安解放以后，国民党反动派胡宗南主力部队撤退到咸阳西、陇海铁路两侧，妄图凭借渭北高原和渭河屏障负隅顽抗，扶眉战役一触即发。6 月初，以贺龙为主任的西安市军事管制委员会组织各方力量支援前线，要求国立西北

大学医学院动员学生参加前线医疗工作。6月中旬，组成以侯新民为队长的医疗队，包括冯白华和武琦两位学生，一起编入第一野战医院，每人发给一身军装，一切按照部队纪律严格要求。冯白华和武琦先乘火车到武功普集镇一带，再步行赶到扶眉战役战场，马上投入战地救护工作。之后，她们又辗转兰州，参加兰州战役的战地救护工作。在部队，两位同学表现突出，得到首长和伤病员的表扬，她们的事迹上了野战医院的黑板报。9月下旬，她们奉西北军区卫生部的命令回校继续学习。

1949年9月21日，当她们从兰州返回西安途中在通过长武县亭口镇黑河桥时，突然遭遇河水暴涨，山洪暴发，她们乘坐的车辆翻车，二人落水，不幸遇难。

当时，这是西（安）兰（州）公路唯一的一座石桥。9月初，习仲勋同志与贺龙、贾拓夫及彭老总的夫人浦安修从兰州返回亭口时，也是黑河水猛涨，漫过桥面，无法渡过，只得停留一天一夜。当时，他们看到亭口镇黑河石桥路面狭窄，距水面太低，如河水上涨，极易漫过桥面，阻塞交通。贺老总当即建议习仲勋、贾拓夫同志考虑重新建一座大桥。当年冬天大桥开始动工修建，20世纪50年代建成通车。

令人惋惜的是，武琦、冯白华乘坐的卡车路过此桥时晚于贺龙、习仲勋同志的车辆20来天，雨季未过，石桥路面狭窄，距水面太低，故她们遭遇了同样的境地。但因她们乘坐的车辆是运输食盐的大卡车，车辆本身就体大体重，加上食盐也有相当重量，故过桥时遭遇翻车事故。

武琦，1928年生于陕西渭南，比冯白华小一岁。她在西安东南中学、汇文中学毕业后，于1947年考入陕西省立医学专科学校攻读医学，参加支前队伍时是二年级学生。她在校学习刻苦，追求进步，为人温淑诚朴，富于正义感，已经是新民主主义青年团员。她参加解放军第一野战医院奔赴前线，在扶眉战役等解放西北的战地救护中，工作细心，对伤员关心爱护。兰州解放后奉命复员。牺牲后，青年团西安市委为其举行了隆重的追悼大会，西安市人民政府授予其"革命烈士"称号，并将其安葬于西安烈士陵园。

冯白华，1927年生于陕西白水，1948年考入陕西省立医学专科学校攻读医学，参加支前队伍时是一年级学生。她随解放军第一野战医院在前线救护伤员时，工作勤恳，对患者爱护备至。牺牲后，她被西安市人民政府授予"革命烈士"称号。青年团西安市委在西安为她举行了隆重的追悼大会，并追认她为新民主主义青年团员。冯白华的遗体被洪水冲走，仅留衣冠冢，与武琦一起安葬于西安烈士陵园。

因为陕西省立医学专科学校已在此前的 1949 年 8 月 1 日并入国立西北大学医学院，因此她们也就成为西北大学的校友。可惜的是，世代更替之际，百废待兴，亦无完整的档案可查，她们留给我们的仅仅是这几百字的小传，就连民政部门的烈士证也无法发出。

然而，住在天津的一位 78 岁的老人，也就是杨虎城侄儿杨拯湘弥补了这个缺憾[①]。2018 年 4 月，杨拯湘随一个摄制组在西安烈士陵园拍摄电视片时，发现纪念碑上有一个"冯白华"的名字，想到他有一个同学叫冯国华。随后，他在天津、陕西、江苏奔波一年多，终于找到了冯国华老人，随后得知冯白华烈士就是她的姐姐。2019 年 9 月 21 日，冯国华一行 4 人在杨拯湘老人的陪同下，前往西安烈士陵园烈士名录墙前祭奠冯白华烈士，又专程到冯白华遇难地咸阳市长武县亭口镇黑河桥进行祭奠。我们由此知道：冯白华的父亲是早期革命家、西安中山军事学校校长兼教务长李林，母亲为吴碧云。1927 年他们生下了白华。李林在闽南牺牲，吴碧云改嫁给早期共产党人冯润璋，所以"白华"改姓冯。

（姚　远　伍小东）

---

① 石俊荣.杨虎城 78 岁侄儿奔波一年多 找到冯白华烈士家属[N].西安晚报，2019-09-28(3).